中華章法學會主編

辭章章法學體系建構叢書

第九冊

章法學新論

陳滿銘 著

萬卷樓圖書股份有限公司出版

目次

自序

　　個人對辭章章法學的研究已超過四十年，陸續發表相關論文近四百篇（含臺灣學報 72 篇、大陸學報 61 篇）、出版相關專著二十餘種，已具備「基礎性」（章法類型與結構）、「概括性」「章法規律與家族」、「多元（角度、比較）性」、「系統性」（雙螺旋、「多二一（0）」螺旋系統）與「藝術性」（「多」、「二」、「一（0）」之美），而建構了一完整體系。

　　為此，萬卷樓圖書公司梁錦興總經理在不久前建議：聚焦於個人，出版一套叢書共十冊，有系統地推出，以促進學術發展與交流。經幾個月的考慮後，初步決定推出「辭章章法學研究通貫系列」一套十冊。於是從二十餘種專著中選來選去，以完整章節來論章法學之論著而言，只能從最早於二〇〇三年七月出版的《章法學綜論》選起。這樣，總覺得有所疏漏，應該另有一本論著能涵蓋早期出版之《國文教學論叢》（1991）、《詩詞新論》（1994）、《國文教學論叢續編》（1997）、《章法學新裁》（2001）、《章法學論粹》（2002）、《學庸義理別裁》（2002）與《論孟義理別裁》（2003）等論文集，因為這幾本論文集分別收集了個人自一九七四年六月起至二〇〇三年六月止所發表的有關章法學之論文約一百三十篇，如少了這些，不能不說是一大缺憾；此外，在二〇一二年十一月出版了《比較章法學》之後，又有一些新的論述，也一樣不能加以忽略；所以便決定推出這本《章法學新論》，以其前四章關涉「基礎性」與「概括性」、第五章關涉「多元性」，以照應二〇〇三年七月前的一些舊成果；以第六章涉及「多元性」、第七章關涉「系統性」與「藝術性」，以照應二〇一二年十一月後的一點新觀察。

　　由於篇幅所限，這本《章法學新論》只能收入其中數篇而已。在第

一、二章「常見章法類型（一）、（二）」中，僅納入「因果」、「正反」、「賓主」、「凡目」、「虛實」、「抑揚」、「插補」與「平提側收」八種。其中「因果」，原題〈論因果章法的母性〉，載於二〇〇二年十二月《國文天地》18 卷 7 期（頁 94-101）；「正反」與「賓主」為原題〈談運用辭章材料的幾種基本手段〉的第一、三部分，載於一九八五年十月《中等教育》36 卷 5 期（頁 5-23）；「凡目」原題〈談見於詩詞裡的凡目結構〉，發表於一九九九年六月由臺灣師大國文系主辦之第一屆中國修辭學學術研討會，收入《修辭論叢》1 輯（頁 95-116）；「虛實」乃合兩篇論文而成，其一為原題〈談運用辭章材料的幾種基本手段〉的第二部分，其二原題〈論時空交錯的虛實複合結構——以蘇辛詞為例〉，載於二〇〇二年六月臺灣師大《中國學術年刊》23 期（頁 357-379）；「抑揚」為原題〈談運用辭章材料的幾種基本手段〉的第四部分；「插補」也合兩篇論文而成，其一原題〈插敘法在辭章裡的運用〉，載於一九九一年九月《國文天地》7 卷 4 期（頁 101-105），其二原題〈談補敘法在辭章裡的運用〉，載於一九九六年十一月《國文天地》12 卷 6 期（頁 38-43）；「平提側收」原題〈談平提側收的篇章結構〉，發表於二〇〇〇年六月由高雄師大國文系主辦之「第二屆中國修辭學學術研討會，收入《修辭論叢》2 輯（頁 193-213）。第三章「特殊章法類型」，原題〈論幾種特殊的章法〉，論述「偏全」、「點染」、「天人」、「圖底」與「敲擊」五種，載於二〇〇二年六月臺灣師大《國文學報》31 期（頁 175-204）。第四章「章法規律的內涵」，原題〈談辭章章法的主要內容（上）、（下）〉，一九九七年十二月、一九九八年一月發表於《國文天地》13 卷 7 期（頁 84-93）、13 卷 8 期（頁 105-117）。第五章「章法與義理會通」，分「偏全與《四書》解讀」與「本末與博文約禮」兩端加以論述；前者原題〈從偏全的觀點試解讀《四書》所引生的一些糾葛〉，後者原題〈論博文約禮〉，先後在一九九二年四月、二〇〇〇年二月刊於臺灣

師大《中國學術年刊》13 期（頁 11-22）、21 期（頁 69-88）。

　　以上是「舊成果」的一部分，雖比較著重在「求異」一面，卻為了以「新」觀「舊」，不得不作了一些「新」的調整；而「新觀察」則比較著重在「求同」面的「體系建構」、「跨領域研究」與「兩岸學術交流」之上，就在二〇一二年十一月出版《比較章法學》之後迄今，單以學報來看，已在臺灣於二〇一二年十二月發表〈試論篇章風格中剛柔成分之量化——以稼軒「豪壯沉鬱」詞為例作探討〉於彰化師大《國文學誌》25 期（頁 61-102）、發表〈完形理論與意象互動——以辭章為例作觀察〉於文藻外語學院《應華學報》12 期；於二〇一三年一月發表〈論章法結構系統——以其陰陽變化作輔助觀察〉於高雄師大《國文學報》17 期（頁 1-30）、九月發表〈語文能力與讀寫互動關係〉於臺灣師大《中等教育・專題論文》64 卷 3 期（頁 17-34）；且另有〈論真、善、美與篇章鑑賞——以范仲淹〈岳陽樓記〉為例作探討〉、〈因果邏輯與章法結構〉與〈形象、邏輯思維與篇章結構——以思維（意象）系統、「多二一（0）」螺旋結構切入作探討〉等三篇論文，經通過審查，將依序刊於《中山人文學報》、《臺北大學中文學報》與《興大中文學報》。而在大陸則於二〇一二年十二月發表〈「真善美融合」之三探——楊道麟博士的語文教育美學的核心思想述評〉於《焦作大學學報》26 卷 4 期（頁 106-110）、發表〈章法研究在海峽兩岸交流與推進——以論文發表於學報與研討會者為範圍〉於《畢節學院學報》2012 年 12 期（頁 13-17），於二〇一三年六月發表〈意象「多二一（0）」螺旋結構的哲學意涵〉於《平頂山學院學報》2013 年 3 期（頁 114-117），且另有一篇〈論篇、章的邏輯結構系統〉，已獲通知將發表於《當代修辭學》（2013 年第 5 期）。此外，又於最近完成了《辭章章法學導讀》一書，針對「辭章章法學研究通貫系列」，以章法學之體系為軸心，簡介其主要內容，正付印中；同時另撰寫了〈修辭轉化論〉、〈思維系統與辭章內涵——

以文本評析為例作觀察〉、〈修辭邏輯與章法結構〉、〈兩岸辭章學交流的回顧（1999-2012）〉、〈章法與文章體裁〉、〈章法的藝術特色〉等論文。對此，也一樣限於篇幅，在這本《章法學新論》中，只能納入後兩篇為第六、七章，作為「新觀察」的代表作。

　　必須再作說明的是，這本新著之外，另一本論著《《四書》義理螺旋結構析論》也正完稿中。這樣，「辭章章法學研究通貫系列」一套十冊便完整了，擬由萬卷樓圖書公司於二〇一四年推出，它依序是：

《章法學綜論》（整體照應基礎性、概括性、多元性、系統性與藝術性，2003 年初版）

《篇章結構學》（從不同深廣度，整體照應基礎性、概括性、多元性、系統性與藝術性，2005 年初版）

《多二一（0）螺旋結構論——以哲學、文學、美學為研究範圍》（以多元性、系統性與藝術性為主，2007 年初版）

《章法結構原理與教學》（從不同深廣度，整體照應基礎性、概括性、多元性、系統性與藝術性，2007 年初版）

《唐宋詞拾玉——以篇章結構分析為軸心》（以基礎性、多元性為主，2010 年初版）

《篇章意象學》（以多元性、系統性與藝術性為主，2011 年初版）

《章法結構論》（以多元性、系統性與藝術性為主，2012 年初版）

《比較章法學》（以多元性為主，2012 年初版）

《章法學新論》（從不同深廣度，整體照應基礎性、概括性、多元性、系統性與藝術性，已完稿）

《《四書》義理螺旋結構析論》（以基礎性、多元性與系統性為主，完稿中）

　　其中全面以實例解析辭章的章法結構為重心，直接為其他各冊之理論與舉例作進一步的驗證的，本來已準備收入《文章結構分析——以中學國文課文為例》與《唐宋詞拾玉——以篇章結構分析為主軸》兩冊，希望藉此兼顧理論與實際，能呈現個人研究章法學之進程與結果。不過，因另有一新著《《四書》義理螺旋結構析論》，正完稿中，所以考慮結果，決定以它取代《文章結構分析——以中學國文課文為例》（1999），列入這套書內，將章法分析的實例由文學性提升到哲學性，使其涵蓋面能更為擴大。

　　切盼這本《章法學新論》能使「辭章章法學研究通貫系列」更趨完整，有助於讓讀者對「辭章章法學」體系建構的重要內容與過程，掌握得更全面、更清晰！為此，敬祈　碩學專家大力支持並多所指正，以匡不逮！

陳滿銘

序於國文天地雜誌社

二〇一三年九月二十三日

第一章
常見章法類型（一）

　　章法呈現的是篇章中內容材料的邏輯關係。本章特聚焦於最常見的四種章法，加以概介，並酌舉實例，略作說明，以見其特色。

第一節　因果類型

　　在目前所發現的章法中，最基本、最普遍的，就是「因果」。因此在諸多章法中，是會關涉到「因果」的。

　　「因果邏輯」在哲學上，雖只看成是範疇之一，卻與「諸範疇」息息相關。張立文在《中國哲學邏輯結構論》中說：「就彼此相聯繫的範疇而言，中國佛教哲學中的『因』這個範疇，它自身包含著兩個事物或現象的聯繫，這種特定的聯繫，各以對方的存在為自己存在的前提或條件。其內在衝突的伸展，使『因』作為一方與『果』作為另一方構成相對相關的聯繫。範疇這種衝突性格，使自身或與諸範疇都處於相互聯繫、相互轉化之中，並在這種普遍的有機聯繫中，再現客觀世界的衝突及其發展的全進程。」[1] 既然「因果」這一範疇能產生「普遍的有機聯繫」，其重要性就可想而知。也就難怪在邏輯學中，會那樣受到普遍的重視，而視之為「律」了。

　　從另一角度看，「因果律」涉及的是假設性之「演繹」與科學性之

---

[1]　張立文：《中國哲學邏輯結構論》（北京市：中國社會科學出版社，2002 年 1 月一版一刷），頁 11。

「歸納」，而假設性之「演繹」所形成的是「先果後因」的邏輯層次；
與科學性之「歸納」所形成的是「先因後果」的邏輯關係，正好可以對
應地發揮證明或檢驗的功能。陳波在其《邏輯學是什麼》一書中說：「因
果聯繫是世界萬物之間普遍聯繫的一個方面，也許是其中最重要的方
面。一個（或一些）現象的產生會引起或影響到另一個（或一些）現象
的產生。前者是後者的原因，後者就是前者的結果。科學的一個重要任
務就是要把握事物之間的因果聯繫，以便掌握事物發生、發展的規
律。」[2] 可見「因果邏輯」對「世界萬物之間普遍聯繫」的重要。而這
種邏輯」，是可藉「章法結構」所呈現的「母性」，來加以驗證的。

　　為此，就以因果章法為軸心，舉幾篇古文與詩詞為例，呈現全篇章
法結構，略作說明，以見因果章法之母性。

　　古文如列子〈愚公移山〉：

　　　太形、王屋二山，方七百里，高萬仞，本在冀州之南、河陽之
　　　北。北山愚公者，年且九十，面山而居。懲北山之塞，出入之迂
　　　也，聚室而謀曰：「吾與汝畢力平險，指通豫南，達於漢陰，可
　　　乎？」雜然相許。
　　　其妻獻疑曰：「以君之力，曾不能損魁父之丘，如太形、王屋
　　　何？且焉置土石？」雜曰：「投諸渤海之尾、隱土之北。」遂率
　　　子孫荷擔者三夫，叩石墾壤，箕畚運於渤海之尾；鄰人京城氏之
　　　孀妻有遺男，始齔，跳往助之；寒暑易節，始一反焉。
　　　河曲智叟笑而止之曰：「甚矣，汝之不慧！以殘年遺力，曾不能
　　　毀山之一毛，其如土石何？」北山愚公長息曰：「汝心之固，固

2　陳波：《邏輯學是什麼》（北京市：北京大學出版社，2002 年 1 月一版一刷），頁
　　167。

不可徹，曾不若孀妻弱子。雖我之死，有子存焉；子又生孫，孫
又生子；子又有子，子又有孫；子子孫孫，無窮匱也。而山不
增，何苦而不平？」河曲智叟亡以應。

操蛇之神聞之，懼其不已也，告之於帝，帝感其誠，命夸峨氏二
子負二山，一厝朔東，一厝雍南。自此冀之北、漢之陰，無隴斷
焉。

　　這是藉一則寓言故事，以說明有志竟成、人助天助的道理，採「先
因後果」（上層）的結構加以統合而寫成。以「因」（上層）而言，直
接以開端四句，交代這個故事發生的地點與原因，屬此文之「引子」，
為「因中因」（次層）；而由「北山愚公者」句起至「一厝雍南」句止，
則正式用具體的情節來呈現這件故事發生的經過；這對開端四句的而
言，為「因中果」（次層）。這個部分，作者又用「先因後果」（三層）
包孕五疊「先因後果」（四、五、底層）的結構予以組合：其中「北山
愚公者」句起至「河曲智叟亡以應」句止，敘述愚公決意「移山」，贏
得家人、鄰居的贊可與幫助，無視於河曲智叟之嘲笑，努力率眾去「移
山」的始末，此為「因」（三層）；而「操蛇之神聞之」起至「一厝雍南」
句止，敘述愚公的這番努力，終於感動了天帝，而命大力神去助其完成
「移山」的最後結果；此為「果」（三層）。以「果」（上層）而言，以「自
此冀之北、漢之陰，無隴斷焉」二句，應起作結，收拾全文。

附其結構系統表供參考：

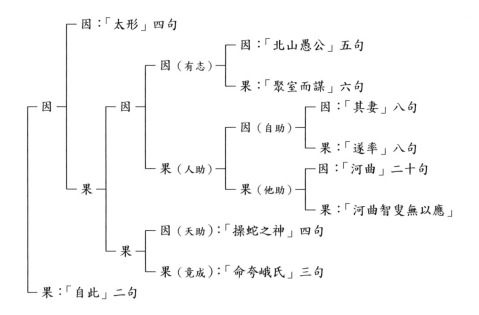

可見此文是完全以「因果」法來組合其篇章結構的。

又如孟子〈齊人一妻一妾〉章：

齊人有一妻一妾而處室者，其良人出，則必饜酒而後反。其妻問所與飲食者，則盡富貴也。其妻告其妾曰：「良人出，則必饜酒肉而後反。問其與飲食者，盡富貴也，而未嘗有顯者來。吾將瞯良人之所之也。」

蚤起，施從良人之所之，遍國中無與立談者。卒之東墻間，之祭者乞其餘；不足，又顧而之他。此其為饜足之道也。

其妻歸，告其妾曰：「良人者，所仰望而終身也；今若此！」與其妾訕其良人，而相泣於中庭。而良人未之知也，施施從外來，

驕其妻妾。

由此觀之，則人之所以求富貴利達者，其妻妾不羞也而不相泣者，幾希矣。

此章文字凡四段，可分兩截，形成「先敘（因）後論（果）」（上層）結構。其中前三段為「敘（因）」，末段為「論（果）」。「敘（因）」一截，用「先點（因）後染（果）」（次層）的結構加以呈現：先以「齊人有一妻一妾」三句，泛敘齊人常「饜酒肉而後反」以「驕其妻妾」之事，作為故事的引子；這是「點」。再以「其妻問」句起至「驕其妻妾」句止，用「由先（因）而後（果）」（三層）、兩疊「先因後果」（四層）與兩疊「先因後果」、一疊「先正（因）後反（果）」（底層）的結構，具體敘述其妻、妾由起疑、跟蹤，以至於發現、哭泣，而齊人卻一無所覺的經過；這是「染」。「論」（果）一截，即末段四句，依據上述的故事，發出感慨，以為人追求富貴利達，很少人不像齊人那樣寡廉鮮恥，很充分地將諷喻的義旨表達出來。

附其結構系統表供參考：

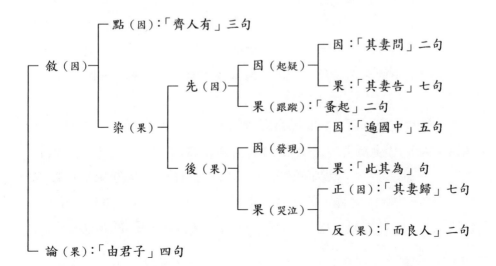

　　可見此文，經過「邏輯思維」的安排布置，在「篇」以「先敘後論」形成其條理；而「章」則以「先點後染」、「由先而後」、「先因後果」、「先正後反」等形成其層次。值得注意的是：在此形成了四個「先因後果」的結構，這是相當奇特的，究其原因，是由於「因果」章這種條理頗原始，既用得很早又用得很普遍的緣故。而很明顯地，「敘論」、「點染」、「先後」、「正反」等，也都可用「因果」加以代替，以呈現「因果」聯繫。

　　然後如沈復〈兒時記趣〉：

　　余憶童稚時，能張目對日，明察秋毫。見藐小微物，必細察其紋理，故時有物外之趣。

　　夏蚊成雷，私擬作群鶴舞空，心之所向，則或千或百，果然鶴也；昂首觀之，項為之強。又留蚊於素帳中，徐噴以煙，使之沖煙飛鳴，作青雲白鶴觀；果如鶴唳雲端，為之怡然稱快。

　　又常於土牆凹凸處，花臺小草叢雜處，蹲其身，使與臺齊；定神細視，以叢草為林，蟲蟻為獸，以土牆凸者為丘，凹者為壑；神遊其中，怡然自得。

　　一日，見二蟲鬥草間，觀之，興正濃，忽有龐然大物，拔山倒樹而來，蓋一癩蛤蟆也。舌一吐而二蟲盡為所吞。余年幼，方出神，不覺呀然驚恐。神定，捉蛤蟆，鞭數十，驅之別院。

　　此文旨在寫作者在兒時所常得到的「物外之趣」，是採「先凡（果）後目（因）」（上層）的結構加以統合而寫成的。以「凡（果）」而言，僅一段，即首段。作者以回憶之筆，直接用兩疊「先因後果」（次、三層），拈出「物外之趣」的主旨，以貫穿全文。以「目（因）」而言，包括二、三、四等段，用「並列（一、二、三）」（次層）的結構來組合：

首先在第二段，以一群蚊子為例（例一），用「並列（一、二）」包孕兩疊「先因後果」（四層）與兩疊「先內（因）後外（果）」（底層）的結構，由細察牠們的紋理，把牠們擬作「群鶴舞空」、「鶴唳雲端」，寫出作者獲得「項為之強」、「怡然稱快」的這種「物外之趣」之情形，為「目（因）一」。其次在第三段，以土牆凹凸處的叢草、蟲蟻為例（例二），用「先因後果」（三層）包孕「先內（因）後外（果）」（四層）的結構，細察牠們的紋理，把叢草擬作樹林、蟲蟻擬作野獸，寫出作者獲得「怡然自得」的這種「物外之趣」的情形，為「目（因）二」。然後在末段，以草間的二蟲與癩蛤蟆為例，一樣用「先因後果」（三層）包孕「先內（因）後外（果）」（四層）的結構，細察牠們的紋理，把癩蛤蟆擬作龐然大物，舌一吐便盡吞二蟲，寫出作者獲得「捉蛤蟆，鞭數十，驅之別院」的這種「物外之趣」的情形，為「目（因）三」。值得注意的是：用「捉蛤蟆」三句來寫「物外之趣」，而且又回到「物內」的片刻加以交代，既特別又生動。這樣，全文以「物外之趣」一意貫穿，自始至終無不針對著「趣」字來寫，使前後都維持一致的情意。

　　附其結構系統表供參考：

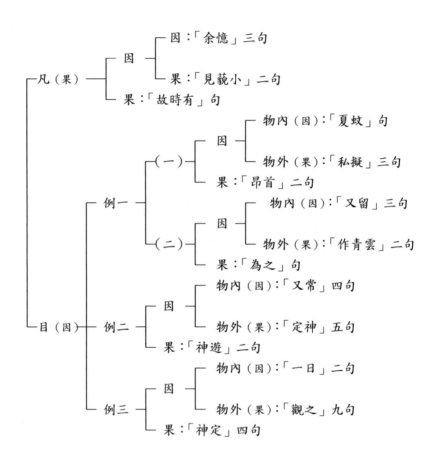

可見作者在此文，將主旨「物外之趣」安置於篇首，採「先凡後目」之「凡」包孕兩層「先因後果」（次、三層）來統括全文。而其他的部分，如「內外」也都可用「因果」代入，以形成其層次。作者在「邏輯思維」上之細緻、嚴密，可由此看出。

　　詩如杜甫〈曲江〉：

一片花飛減卻春，風飄萬點正愁人。且看欲盡花經眼，莫厭傷多
酒入唇。江上小堂巢翡翠，苑邊高塚臥麒麟。細推物理須行樂，
何用浮榮絆此身？

　　這是歌詠及時行樂的作品，採「先因後果」（上層）的結構統合而
成。作者先在首、頷兩聯，藉飛花減春、翡翠巢堂、麒麟臥塚的殘敗景
象，暗寓萬物好景無常的盛衰道理，為第一軌。而在頸聯表出其珍惜光
陰、及時行樂的思想，為第二軌；這是「因」（上層）的部分，而在此，
又以「果、因、果」（次層）之結構加以安排。然後以「細推物理須行樂」
二句，用兩疊「先因後果」（次、底層）的結構將，上六句的意思作個
總括，由此引出「何用浮榮絆此身」一句，發出感慨收束；這是「果」
（上層）的部分。霍松林說：「絆此身的浮榮何所指？指的就是『左拾遺』
那個從八品上的諫官。因為疏救房琯，觸怒了肅宗，從此為肅宗疏遠。
作為諫官，他的意見卻不被採納，還蘊含著招災惹禍的危機。這首詩就
是乾元元年（758）暮春任『左拾遺』時寫的。到了這年六月，果然受
到處罰，被貶為華州司功參軍。從寫此詩到被貶，不過兩個多月的時
間。明乎此，就會對這首詩有比較確切的理解。」[3]。這樣詠來，真是
一筆兜裹全篇，律法精嚴極了。

3　蕭滌非主編：《唐詩大觀》（香港：商務印書館香港分館，1986 年 1 月一版二刷），
　　頁 470。

附其結構系統表供參考：

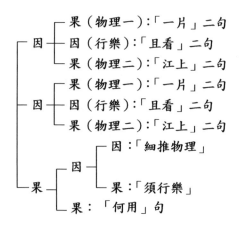

可見作者在此詩，將主旨「細推物理（因）須行樂（果）」安置於篇末，採三疊「先因後果」與一疊「果、因、果」的結構，以雙軌組織全詩，其「邏輯思維」十分清晰。

又如李白〈黃鶴樓送孟浩然之廣陵〉：

> 故人西辭黃鶴樓，煙花三月下揚州。孤帆遠影碧空盡，惟見長江天際流。

這首詩的結構很簡單，可分為兩個部分：一是敘「事」部分，即起二句，敘的是故人西辭武昌前往廣陵 ─ 揚州的事實，為「因」；二是寫「景」部分，即結二句，寫的是故人乘船遠去，消失於天際的景象，為「果」。作者就單單透過「先事後景」（上層）包孕「先此後彼」、「先近後遠」（底層）的結構，從篇外表出無限的離情來。喻守真說：「首句標出送別之地是『黃鶴樓』，二句標出送別之時是『三月』、送往之地是『揚州』。結構即非常綿密。三句始寫離情，望斷碧山，目送孤帆

行人已去，長江自流。景物可畫，別情難遣。」[4] 將一篇之作意把握得很好。

附其結構系統表供參考：

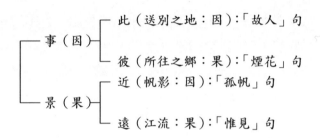

此詩以「先事（因）後景（果）」、「先此（近）後彼（遠）」、「先近（因）後遠（果）」形成其篇章結構，卻都可用「先因後果」來代替，以呈現其層次邏輯。

詞如蘇軾〈如夢令〉：

> 水垢何曾相受。細看兩俱無有。寄語揩背人，盡日勞君揮肘。輕手。輕手。居士本來無垢。

東坡很早就和僧道來往，這對他產生了相當程度的影響。這種影響可明顯看出的是：佛家語、道家語在他的作品裡，可以找到不少。尤其在離黃後，更是如此。這首〈如夢令〉，便用了佛家語。其題序云：「元豐七年十二月十八日浴泗州雍熙塔下，戲作〈如夢令〉兩闋。此曲本唐莊宗製，名〈憶仙姿〉，嫌其名不雅，改為〈如夢令〉，莊宗作此詞，

4　喻守真：《唐詩三百首詳析》（臺北市：臺灣中華書局，1996 年 4 月臺二三版五刷），頁 275。

卒章云：『如夢，如夢，和淚出門相送』，因取以為名云。」據知它們作於佛寺，而在此用佛語也就十分自然了。這是其首闋，是採「因、果、因」（上層）包孕「先果後因」、「先因後果」（底層）的結構組織而成的。

　　作者先以「水垢」二句，說水是水，垢是垢，是不能相受的，這是「因中果」（底層）；因為它們原本就是「無有」，特為以下之「寄語」，就「水垢」說明原因；這是「因中因」（底層），為前一個「因」（上層）的部分。接著以「寄語」四句，交代「揹背人」，這是「果中因」（底層）；要「輕手」，這是「果中果」（底層）；為「果」（上層）的部分。最後以「居士」句，再為「輕手」的寄語，就自己本身說明如此寄語的原因，為後一個「因」（上層）的部分。有了這前後的兩個「因」（上層），那「果」（上層）就有說服力了。

　　附其結構系統表供參考：

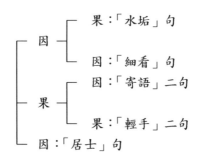

因
　　　果：「水垢」句
　　　因：「細看」句
果
　　　因：「寄語」二句
　　　果：「輕手」二句
因：「居士」句

作者在此，諧戲地用了一些佛家語，極富趣味。用「因、果、因」（上層）與「先果後因」、「先因後果」（底層）的結構，表達「無垢」的旨趣，其「邏輯思維」，是十分清晰的。

　　又如辛棄疾〈賀新郎〉詞：

綠樹聽鵜鴂，更那堪、鷓鴣聲住，杜鵑聲切！啼到春歸無尋處，苦恨芳菲都歇。算未抵人間離別：馬上琵琶關塞黑，更長門翠輦辭金闕。看燕燕，送歸妾。　　將軍百戰身名裂，向河梁回頭萬里，故人長絕。易水蕭蕭西風冷，滿座衣冠似雪。正壯士、悲歌未徹。啼鳥還知如許恨，料不啼清淚長啼血。誰共我，醉明月。

這闋詞題作「別茂嘉十二弟。鵜鴂、杜鵑實兩種，見《離騷補註》」，是採「先賓（因）後主（果）」（上層）的結構統合而成的。

其中的「賓」（因），用「敲（果）、擊（因）、敲（果）」（次層）的結構加以呈現：先以「綠樹」句起至「苦恨」句止，從側面切入，用「先目（因）後凡（果）」（三層）包孕「並列（一、二、三）」（四層）結構，藉鵜鴂、鷓鴣、杜鵑等春鳥之啼春，啼到春歸，來寫「苦恨」；這是頭一個「敲（果）」的部分。再以「算未抵」句起至「正壯士」句止，由「鳥」過渡到「人」，用「先平提（因）後側收（果）」（三層）包孕「先反（果）後正（因）」（四層）與兩疊「並列（一、二）」（底層）的結構，舉古代之二女〔昭君、歸妾〕二男〔李陵、荊軻〕為例，來寫人間離別的「苦恨」，暗涉慶元黨禍，將朝臣之通敵與志士之犧牲，構成強烈的對比，以抒發家國之恨[5]；這是「擊（因）」的部分，也是本詞的主結構所在。末以「啼鳥」二句，又應起回到側面，用虛寫（假設）方式，推深一層寫啼鳥的「苦恨」；這是後一個「敲（果）」的部分。

而「主」（果），則正式用「誰共我」二句，表出惜別「茂嘉十二弟」之意，以收拾全篇。所謂「有恨無人省」，作者之恨在其弟離開後，將

5　陳滿銘：〈唐宋詞拾玉（四）——辛棄疾的〈賀新郎〉詞〉，《國文天地》12 卷 1 期（1996 年 6 月），頁 66-69。

要變得更綿綿不盡了。

附其結構系統表供參考：

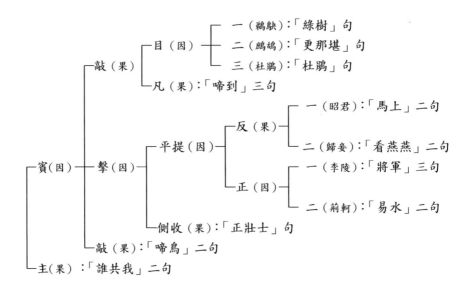

如此，既以「賓」和「主」、「敲」和「擊」、「虛」和「實」、「凡」和
「目」、「平提」和「側收」等結構，形成「調和」，又以「正」和「反」
形成「對比」、「敲」和「擊」形成「變化」；也就是說，在「調和」中
含有「對比」，在「順敘」中含有「變化」。而這「變化」的部分，既
佔了差不多整個篇幅，其中「對比」又出現在篇幅正中央，形成主結
構，且用「擊」加以呈現，這樣在「變化」的牢籠之下，特用「對比」
結構來凸顯其核心內容，使得其他「調和」的部分，也全為此而服務，
而這些都完全可用對比與調和的「因果」聯繫而一以貫之。這樣，對此
詞風格之趨於「沉鬱蒼涼，跳躍動盪」[6]，也是大有作用的。明瞭了這

6　陳廷焯：《白雨齋詞話》卷一，《詞話叢編》4（臺北市：新文豐出版公司，1988 年 2

一點，則此詞「因果」聯繫之密，既可以掌握，而其風格之美，也可以大致領略出來了。

綜上所述，可知「因果」章法的確帶有其母性，能相當普遍地替代其他的章法。這樣，章法似乎只要「因果」一法即可。但是，以「因果」這一邏輯，就想要牢籠所有宇宙人生、事事物物，形成「二元對待」既精且細之層次關係，實在是不可能的。更何況還有一些章法，如「左右」、「大小」、「並列」、「知覺轉換」等，是很不容易找出其「因果」關係來的。因此「因果」章法只能用以「兼法」（如同修辭之「兼格」）之方式，輔助其他的章法，而其他章法的開發與研究，以尋出其心理基礎與美感效果，仍然有其迫切性之需要，而且也希望能由此而充實層次邏輯的內容。

第二節　正反類型

一般說來，作者尋覓材料加以運用，既可全著眼於「正」的一面，也可專著眼於「反」的一面。前者如沈復的〈兒時記趣〉一文，從頭到尾全著眼於正面的「趣」事，卻未雜以任何反面的材料；後者如李斯的〈諫逐客書〉一文，從頭到尾專著眼於反面的「用客之利」，卻很少雜以正面「逐客之害」的材料。這種清一色的運材方法，在古今人的作品中，是相當常見的。除此之外，作者當然也可以部分用「正」、部分用「反」，使一正一反，兩兩對照，以充分的將辭章的義旨顯現出來，以增加說服力。歸有光《文章指南》說：「文章有正說一段議論，復換數字，反說一段，與上相對。讀者但見其應神，不絕其重疊，此文法之巧處。」[7] 指出此法之妙處。

月臺一版），頁 3791。

7　歸有光：《文章指南》（臺北市：廣文書局，1985 年 10 月再版），頁 10。

譬如《史記‧秦楚之際月表序》：

太史公讀秦、楚之際，曰：初作難，發於陳涉；虐戾滅秦，自項氏；撥亂誅暴，平定海內，卒踐帝祚，成於漢家。五年之間，號令三嬗。自生民以來，未始有受命若斯之亟也。

昔虞、夏之興，積善累功數十年，德洽百姓，攝行政事，考之於天，然後在位。湯、武之王，乃由契、后稷，修仁行義，十餘世，不期而會孟津八百諸侯，猶以為未可；其後乃放弒。秦起襄公，章於文、繆；獻、孝之後，稍以蠶食六國，百有餘載，至始皇乃能並冠帶之倫。以德若彼，用力如此，蓋一統若斯之難也！秦既稱帝，患兵革不休，以有諸侯也。於是無尺土之封，墮壞名城，銷鋒鏑，鉏豪傑，維萬世之安。然王者之興，起於閭巷，合從討伐，軼於三代。鄉秦之禁，適足以資賢者，為驅除難耳。故憤發其所為天下雄，安在無土不王？此乃傳之所謂大聖乎？豈非天哉！豈非天哉！非大聖孰能當此受命而帝者乎？

這篇文章用以讚美漢高祖為「大聖」，是採「先敘後論」（上層）的結構加以統合而寫成的。

以「敘」而言，記漢高祖受命之快速與先王一統的艱難事實。用「先正後反」（次層）的結構來呈現：其中之「正」即起段，用「先目後凡」（三層）包孕「由先而後」與「先因後果」（底層）的結構，先從秦楚之際，天下號令之遞嬗情形說起，順次各以「初作難」、「虐戾滅秦」、「撥亂誅暴，平定海內，卒踐帝祚」等句作為引子，分別領出「發於陳涉」、「自項氏」、「成於漢家」三句，以簡述號令遞嬗的過程；然後用「五年之間，號令三嬗」作一總括，並領出「自生民以來」兩句結語，既為下段鋪路，又為末段張本。而「反」即次段。它承首段「自

生民以來」句，用「昔」字統攝全段，也用「先目後凡」（三層）包孕「由先而後」與「先因後果」（底層）的結構，依次以「虞夏之興」、「湯武之王」、「秦起襄公」等句領頭，分三節簡述虞夏、湯武及秦國統一天下的過程，而各以「積善累功數十年」、「修仁行義十餘世」、「稍以蠶食六國，百有餘載」等句，與上段「五年之間，號令三嬗」兩句，正反相較，以見一統的困難，並由此引出「以德若彼」等三句結語，從反面回應上段，並振起下意。

　　以「論」而言，為末段，用「先因（反、正）後果（正）」（次層）包孕「先反後正」與「並列（一、二、三、四）」（三層）的結構來呈現。此段承二段「至始皇乃能並冠帶之倫」句，從反面用「秦既稱帝」一句作引子，先領出「患兵革不休」二句，揭出秦廢封建制度的原因，再用「於是」二字，作上下文的接榫，以「無尺寸之封」五句，敘明秦廢封建制度的措施與期望；然後著一「然」字一轉，先承上節「患兵革不休」二句，由反而正的振出「王者之興」四句，點明這種平民革命是完全出乎秦皇意料的；再遙承「無尺寸之封」數句，近接「王者之興」等句，自然的生出「鄉秦之禁，適足以資賢者，為驅除難耳」的論斷，點明秦廢封建制度的結果，為下文「豈非天哉」的感歎預先作伏。接著用一「故」字，直承上文，帶出「憤發其所為天下雄」二句，指明秦廢封建制度的後果在於成就高祖「無土而王」的大業。繼而先以「此乃傳之所謂大聖乎」一句，緊接上文，讚美高祖是位大聖；再以「豈非天哉」兩句，上承「王者之興」七句，進一層作重複的詠歎，認為這是有天意出乎其間的。然後由此一轉一振，興起「非大聖孰能當此受命而帝者乎」的讚歎，認為秦為漢驅難，雖屬天意，但如非大聖，亦不能獨得天眷，這樣快速的受命為帝，以回應一、二段作結。

　　在這篇文章裡，作者由「正」（起段）而「反」（次段），又由「反」（末段前半）而「正」（末段後半）的往復敘寫、論述，寫得真是曲折

跌宕，婉妙異常。吳楚材說：「前三段一正，後三段一反，而歸功於漢，以四層詠歎，無限委婉，如黃河之水，百折百迴，究未嘗著一實筆，使讀者自得之，最為深妙。」[8] 評析得極為精當。

　　附其結構系統表供參考：

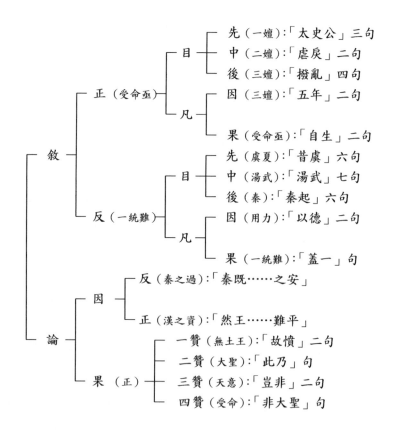

又如蘇軾〈日喻〉：

8　吳楚才評，見王文濡校勘：《精校評注古文觀止》卷五（臺北市：臺灣中華書局，1972 年 11 月臺六版），頁 4。

生而眇者不識日，問之有目者。或告之曰：「日之狀如銅槃。」
扣槃而得其聲；他日聞鐘，以為日也。或告之曰：「日之光如
燭。」捫燭而得其形；他日揣籥，以為日也。日之與鐘、籥亦遠
矣！而眇者不知其異，以其未嘗見而求之人也。

道之難見也甚於日，而人之未達也，無以異於眇。達者告之，雖
有巧譬善導，亦無以過於槃與燭也。自槃而之鐘，自燭而之籥，
轉而相之，豈有既乎？故世之言道者，或即其所見而名之，或莫
之見而意之，皆求道之過也。

然則道卒不可求歟？蘇子曰：「道可致而不可求。」何謂致？孫
武曰：「善戰者致人，不致於人。」子夏曰：「百工居肆以成其
事，君子學以致其道。」莫之求而自至，斯以為致也歟！

南方多沒人，日與水居也，七歲而能涉，十歲而能浮，十五而能
沒矣。夫沒者豈苟然哉？必也將有得於水之道者。日與水居，則
十五而得其道。生不識水，則雖壯，見舟而畏之。故北方之勇
者，問於沒人，而求其所以沒；以其言試之河，未有不溺者也。
故凡不學而務求道，皆北方之學沒者也。

昔者以聲律取士，士雜學而不志於道。今也以經術取士，士知求
道而不務學。渤海吳君彥律，有志於學者也，方求舉於禮部，作
日喻以告之。

　　這篇文章論「學以致道」的道理，是採「先目後凡」（上層）的結
構加以統合而寫成的。

　　以「目」而言，包括一、二、三、四等段，用「先反後正」（次層）
的結構來呈現。其中一、二段屬「反」，三、四段屬「正」：就「反」
來看，用「先敘（事喻）後論（說理）」（三層）的結構來寫：其中「先
敘（事喻）」一截，自起段首句至「他日揣籥以為日也」句止。作者在

此，用「先點後染」（四層）包孕「並列（一、二）」（五層）與兩疊「先因後果」（六層）的結構，敘述了一個盲人識日的故事。這個故事先以開端兩句，敘明有一盲者向常人問日的情事，作為故事的序幕（點），然後由兩個「或告之曰」句帶出兩個譬喻與結果（染）來。頭一個譬喻是就形狀將太陽譬喻成銅槃，結果卻使盲者誤由聲音認鐘為日；第二個譬喻是就光亮將太陽譬喻成蠟燭，結果卻使盲者誤由形狀認籥為日。作者就藉著這個簡單的故事，以生發下一截的議論來。而「後論（說理）」一截，則自「日之與鐘、籥亦遠矣」至「皆求道之過也」止。作者在此，用「目、凡、目」（四層）包孕「先因後果」（五層）結構，先以「日之與鐘、籥亦遠矣」四句，針對上一截的事喻，發出論斷，認為盲者發生那麼可笑的錯誤，乃是由於「未嘗見而求之人」的緣故。然後由「道之難見也甚於日」一轉，領出第二段的其餘句子，將重點從盲者識日轉到世人求道上面來，藉盲者識日的錯誤，指出「或即其所見而名之，或莫之見而意之」，都是一般人求道的過失。就「正」來看：也用「先論（說理：第三段）後敘（事喻：第四段）」（三層）的結構來呈現：其中「先論（說理：第三段）」一截，它首先以「然則」二字作一轉折，由反面過到正面，用「先平提後側注」（四層）包孕「先問後答」、「先目後凡」（五層）、「先問後答」（六層）與「並列（一、二）」（底層）的結構，先引出「道卒不可求歟」兩句，採一問一答的形式，提出作者自身的看法，以為道是可致而不可求的；然後針對著「致」字的意義，引用孫武與子夏的話作為橋樑，得出「莫之求而自至」的最佳解釋，從而將一篇的大旨「學以致其道」輕輕鬆鬆的提了出來，以貫穿全文。而「後敘（事喻：第四段）」一截，用「先正後反」（四層）包孕「先果後因」、「先因後果」（五層）與「先問後答」、「先因後果」（六層）的結構，針對著上一截的說理部分，特舉南方沒人與北方勇者學習潛水的事情充當例證，以說明身體力行的重要。他首先以「南方多沒人」九句，從正

面指出南方的沒人，由於日與水居的關係，到了十五歲就能得道沒水，次以「生而不識水」二句，從反面泛指人如果不識水性，雖然是長得很壯，見了船，還是會感到害怕的；接著以「故北方之勇者」五句，拿「北方之勇者」作為例子來說明，認為如果只求潛水的方法，而不從事切實的體驗，那麼他一跳進河裡，是必然會被淹死的，終以「故凡不學而務求道」二句，就北方勇者學沒這件事，提出結論來，那就是：「凡不學而務求道」是不會有好結果的。

　　以「凡」而言，為末段。是採「先反後正」（次層）包孕「先昔後今」（三層）的結構來寫：「反」的部分：由「昔者以聲律取士」句至「士知求道而不務學」句止，承上文反面的意思，指出古以聲律、今以經術取士的過失。「正」的部分：由「渤海吳君彥律」句至篇末，承上文正面的意思，敘明因吳彥律正參加科舉，而有志「學以致其道」，所以寫了這篇文章送給他。這樣既抱緊主旨作收，也把自己寫作的動機交代清楚了。

附其結構系統表供參考：

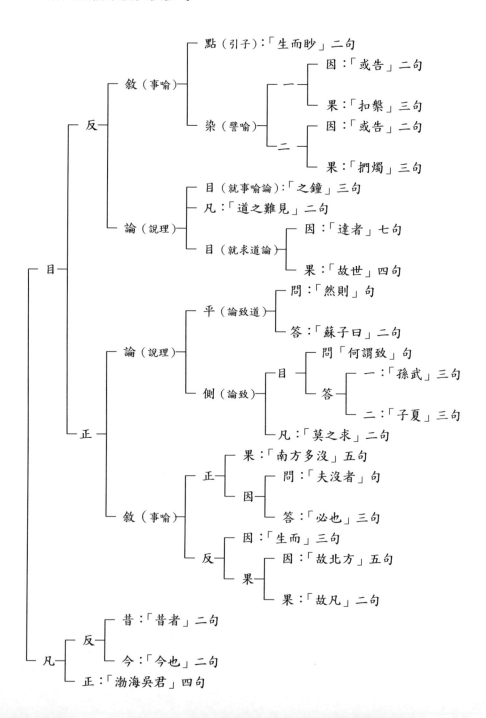

可見此文，作者先用一、二兩段，從反面舉例說明「求道」的錯誤，再由三、四兩段，從正面舉例闡釋「致道」的精義，然後以末段從「反」歸於「正」，將一篇的作意點明。安排巧妙而有變化，確是一篇不可多得的好文章。

又如彭端淑〈為學一首示子姪〉：

> 天下事有難易乎？為之，則難者亦易矣；不為，則易者亦難矣。人之為學有難易乎？學之，則難者亦易矣；不學，則易者亦難矣。
>
> 吾資之昏，不逮人也；吾材之庸，不逮人也。旦旦而學之，久而不怠焉；迄乎成，而亦不知其昏與庸也。吾資之聰，倍人也；吾材之敏，倍人也。屏棄而不用，其昏與庸無以異也。然則昏庸聰敏之用，豈有常哉？
>
> 蜀之鄙有二僧，其一貧，其一富。貧者語於富者曰：「吾欲之南海，何如？」富者曰：「子何恃而往？」曰：「吾一瓶一缽足矣。」富者曰：「吾數年來欲買舟而下，猶未能也。子何恃而往？」越明年，貧者自南海還，以告富者，富者有慚色。西蜀之去南海，不知幾千里也；僧之富者不能至，而貧者至焉。人之立志，顧不如蜀鄙之僧哉？
>
> 是故聰與敏，可恃而不可恃也。自恃其聰與敏而不學，自敗者也。昏與庸，可限而不可限也。不自限其昏與庸而力學不倦，自立者也。

此文是作者寫來勉勵子姪「力學不倦」的，全文採「論（理）、敘（事）、論（理）」（上層）的結構，一路以正反對照的形式寫成：

以篇首之「論（理）」而言，包括一、二兩段，用「並列（一、二）」

（次層）包孕「先全後偏」、「先目後凡」（三層）與三疊「先正後反」（底層）得結構來呈現。起段先就做事談起，而及於為學，指出做事與為學的難易，並不在於「學」與「事」的本身，而在於做與不做、學與不學的行動上，以預為下段更進一層的議論打開路子。二段先承起段的學與不學，配合資材的昏與敏，作更廣泛而徹底的說明，認為人的資質、才能，雖有昏庸與聰敏的分別，但若努力去學，昏庸的自可趕上聰敏的；不努力去學，則聰敏的便和昏庸的沒什麼兩樣。然後以「然則昏庸聰敏之用」兩句，指出昏庸、聰敏是無常的，不可恃的，全力的為末段的結論蓄勢。

　　以「敘（事）」而言，僅一段，即第三段。這一段用「先點後染」（次層）與「由先而後」（三層）的結構，特舉蜀僧去南海的事例，證明肯努力的終能成功，不肯努力的終將失敗。作者在這個部分裡，先用段首三句，提明蜀之鄙有一富、一貧的和尚；次藉二問二答，敘明毫無所恃的貧者願往南海而富者則否的情事；接著以「越明年」作時間上的聯絡，並引出「貧者自南海還」三句，交代貧者成功、富者羞慚的結果；然後以「西蜀之去南海」六句，將貧者與富者、至與不至作一比較，從而發出人須立志，不能不如蜀僧的感慨，以引出下段結論的部分。

　　以篇末「論（理）」而言，亦僅一段，即末段。作者在這一段裡，用「先因後果」（次層）包孕「先寡後眾」與「先反後正」（三層）的結構，首先承上文的「不為」、「不學」、「聰」、「敏」、「屏棄不用」與「富者不能至」，用「是故聰與敏」四句，從反面指明人若自恃聰敏而不去學習，則必然會走上失敗之路；然後承上文的「為之」、「學之」、「昏」、「庸」、「旦旦而學之」與「貧者至」，用「昏與庸」四句，從正面指出人若不自限昏庸而力學不已，則必會走上成功之路，以點明主旨作收。

　　附其結構系統表供參考：

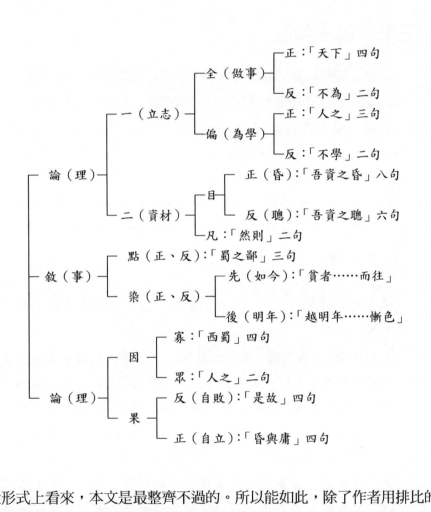

　　從形式上看來，本文是最整齊不過的。所以能如此，除了作者用排比的
手法來寫之外，和材料的運用也有著密切的關係。通常在運用正、反的
材料時，作者大都喜歡以節段作為單元，把正、反兩個部分明顯割開，
如上舉的〈秦楚之際月表序〉及〈日喻〉便是這樣，而本文的作者卻從
頭到尾，以對等、交替的方式運用一正一反的材料，把前後串聯成一個
整體，造成往而復返、迴環不已的對比效果，這是值得我們去注意、去

學習的。

第三節　賓主類型

　　作者想要具體的表出辭章的義旨，除了要直接運用主要材料之外，往往也需要間接的藉著輔助材料來使義旨凸顯，以增強它的感染或說服力量。直接運用主要材料的，即所謂的「主」，而間接運用輔助材料的，則是「賓」。一篇文章裡要有主有賓，才能將它的義旨充分的表達出來，唐彪認為「文不以賓形主，多不能醒，且不能暢」[9]，即是此意。此法也稱「主客」，如王葆心說：「有借客陪主者，……其類甚多，不可枚舉」[10]就是。由此可見「賓主」是一直受到重視的。

　　譬如宋玉〈對楚王問〉：

楚襄王問於宋玉曰：「先生其有遺行與？何士民眾庶不譽之甚也！」

宋玉對曰：「唯，然，有之；願大王寬其罪，使得畢其辭。客有歌於郢中者，其始曰下里巴人，國中屬而和者數千人；其為陽阿薤露，國中屬而和者數百人；其為陽春白雪，國中屬而和者，不過數十人；引商刻羽，雜以流徵，國中屬而和者，不過數人而已；是其曲彌高，其和彌寡。故鳥有鳳而魚有鯤。鳳凰上擊九千里，絕雲霓，負蒼天，足亂浮雲，翱翔乎杳冥之上；夫蕃籬之鷃，豈能與之料天地之高哉？鯤魚朝發崑崙之墟，暴鬐者於碣石，暮宿於孟諸，夫尺澤之鯢，豈能與之量江海之大哉？故非獨鳥有鳳而魚有鯤也，士亦有之。夫聖人瑰意琦行，超然獨處，夫

9　唐彪：《讀書作文譜》（臺北市：偉文圖書出版社，1976 年 11 月版），頁 85。
10　王葆心：《古文辭通義》（臺北市：臺灣中華書局，1984 年 4 月臺二版），頁 36。

世俗之民，又安知臣之所為哉？」

　　此文是以「先問後答」（上層）的結構組合而成的：

　　以「問」而言，採「先點後染」（次層）的結構加以呈現，為本文的引子，主要是在提明問者、被問者及所問的問題，以引出下面回答的部分。

　　以「答」而言，也採「先點後染」（次層）的結構加以呈現，為本文的主體。它採「先凡後目」（三層）的結構來寫，首先以「唯，然，有之」承問作了三應，然後以「願大王寬其罪，使得畢其辭」兩句話（凡），委婉的領出所以「不譽」的正式回答來（目）。這個針對「不譽」所作的正式回答，是採「先賓後主」（四層）的結構表出的：

　　「賓」的部分：自「客有歌於郢中者」至「豈能與之量江海之大哉」止，採「並列（賓一，賓二、三）」包孕「先因後果」、「凡、目、凡」（五層）、「並列（賓二、賓三）」（六層）與兩疊「先反後正」（底層）的結構，共分三小節來寫：第一節以曲為喻，先依和曲者人數之遞減，條分為四層來說明，以得出「其曲彌高，其和彌寡」的結論，這是「賓一」，初步為「主」的部分蓄勢。第二節以鳥為喻，拿鳳凰和藩籬之鷃作個比較，以得出藩籬之鷃不足以「料天地之高」的結論，這是「賓二」，進一步的為「主」的部分蓄勢。第三節以魚為喻，拿鯤魚與尺澤之鯢作個比較，以得出尺澤之鯢不足以「量江海之大」的結論，這是「賓三」，由此帶出「故非獨鳥有鳳而魚有鯤也」句，以啟下文，又一次的為「主」的部分蓄勢。

　　「主」的部分：作者「先點後染」（五層）包孕「先正後反」（六層）的結構加以呈現：先以「士亦有之」句作上下文的接榫，這是「點」；再承上文的鯤、鳳凰和「引商刻羽，雜以流徵」的高雅曲子帶出「夫聖人瑰意琦行，超然獨處」兩句，然後承「尺澤之鯢」、「藩籬之鷃」及「國

中屬而和者數千人」、「數百人」等句，引出「世俗之民，又安知臣之所為哉」兩句，以暗示「行高由於品高，不合於俗由於俗不能知」的道理，這是「染」。如此既回答了楚王之問，也藉以罵倒了那些無知的世俗人，真是單筆短調，其妙無比啊！

　　林西仲說：「惟賢知賢，士民口中，如何定得人品？楚王之問，自然失當，宋玉所對，意以為不見譽之故，由於不合於俗，而所以不合之故，又由於俗不能知，三喻中不但高自位置，且把一班俗人伎倆、見識，盡情罵殺，豈不快心！」[11] 可見這篇短文之所以能獲得古今人之讚譽，並不是沒有理由的。

---

11 林雲銘：《古文析義合編》上冊卷三（臺北市：廣文書局，1965 年 10 月再版），頁 12。

附其結構系統表供參考：

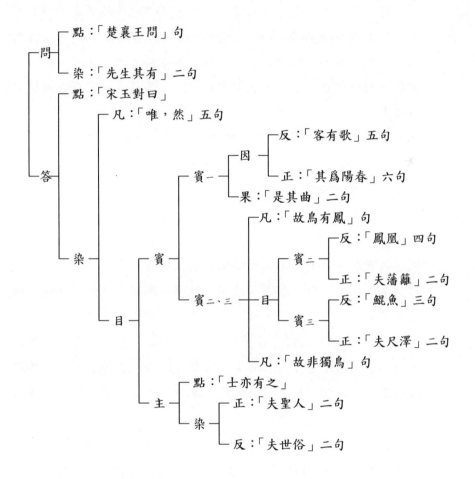

又如韓愈〈送孟東野序〉：

> 大凡物不得其平則鳴。草木之無聲，風撓之鳴。水之無聲，風蕩之鳴，其躍也，或激之，其趨也，或梗之；其沸也，或炙之。金石之無聲，或擊之鳴。人之於言也亦然。有不得已者而後言，其歌也有思，其哭也有懷，凡出乎口而為聲者，其皆有弗平者乎！

　　樂也者，鬱於中而泄於外者也，擇其善鳴者而假之鳴：金、石、絲、竹、匏、土、革、木八者，物之善鳴者也。維天之於時也亦然。擇其善鳴者而假之鳴：是故以鳥鳴春，以雷鳴夏，以蟲鳴秋，以風鳴冬，四時之相推敓，其必有不得其平者乎！其於人也亦然。人聲之精者為言，文辭之於言，又其精也，尤擇其善鳴者而假之鳴。

　　其在唐虞，咎陶、禹，其善鳴者也，而假以鳴。夔弗能以文辭鳴，又自假於韶以鳴。夏之時，五子以其歌鳴。伊尹鳴殷。周公鳴周。凡載於詩書六藝，皆鳴之善者也。周之衰，孔子之徒鳴之，其聲大而遠。傳曰：「天將以夫子為木鐸。」其弗信矣乎！其末也，莊周以其荒唐之辭鳴。楚，大國也，其亡也，以屈原鳴。臧孫辰、孟軻、荀卿以道鳴者也。楊朱、墨翟、管夷吾、晏嬰、老聃、申不害、韓非、慎到、田駢、鄒衍、尸佼、孫武、張儀、蘇秦之屬，皆以其術鳴。秦之興，李斯鳴之。漢之時，司馬遷、相如、揚雄，最其善鳴者也。其下魏、晉氏，鳴者不及於古，然亦未嘗絕也；就其善者：其聲清以浮，其節數以急，其辭淫以哀，其志弛以肆；其為言也，亂雜而無章。將天醜其德莫之顧邪？何為乎不鳴其善鳴者也？

　　唐之有天下，陳子昂、蘇源明、元結、李白、杜甫、李觀，皆以其所能鳴。其存而在下者，孟郊東野始以其詩鳴。其高出魏、晉，不懈而及於古，其他浸淫乎漢氏矣。從吾遊者，李翱、張籍，其尤也。三子者之鳴信善矣，抑不知天將和其聲，而使鳴國家之盛邪？抑將窮餓其身，思愁其心腸，而使自鳴其不幸邪？三子者之命，則懸乎天矣。其在上也，奚以喜？其在下也，奚以悲？東野之役於江南也，有若不釋然者，故吾道其命於天者以解之。

　　這是一篇贈序體的文章。作者特以「天假善鳴」來贈送將前往溧陽擔任縣尉的孟郊，以寬解他的「不平」心緒。採「先論後敘」（上層）的結構統合而成。

　　以「論」而言，由篇首至「奚以悲」句止，是用「先凡後目」（次層）的結構寫成的：「凡」的部分即起首「太凡物不得其平則鳴」一句，這是一篇大旨之所在，林西仲說：「『不平』二字，是一篇之線。」[12] 是一點也不錯的。「目」的部分，用「先賓後主」（次層）又包孕「先賓後主」（三層）、「並列（一、二）」（五層）與「賓、主、賓」（底層）的結構，析兩截來寫：第一截：此一截寫「鳴（賓）」（三層），自起段次句至段末，依次以草木、水、金石、人言（人聲之粗者）為例，來說明「物不得其平則鳴」的情形。第二截：此一截寫「善鳴（主）」（三層），包括二、三、四等段。作者在此，又先就樂器（主中賓一：四層、底層）來寫善鳴的金、石、絲、竹、匏、土、革、木等八音，次就天時（主中賓二：四層、底層）來寫善鳴的春鳥、夏雷、秋蟲、冬風等四季的聲音；再就文辭（主中主：四層）來寫善鳴的古今人物：這些古今人物，先是唐虞之際的咎陶、夔，三代的夏五子、商伊尹、周周公，春秋戰國的孔子之徒、莊周、屈原、臧孫辰、孟軻、荀卿、楊朱、墨翟、管夷吾、晏嬰、老聃、申不害、韓非、慎到、田駢、鄒衍、孫武、張儀、蘇秦和李斯，漢代的司馬遷、司馬相如、揚雄，魏晉的一些善鳴者，唐代「以其所能鳴」的陳子昂、蘇源明、元結、李白、杜甫、李觀和「存而在下」的孟郊、李翱、張籍（主中賓：底層）。末就「三子」（孟郊為主，李翱、張籍為賓：底層）之善鳴，發出嘆詠。以為他們是在上以鳴國家之盛，還是在下以鳴自己之不幸，都不足以喜、不足以悲。語語在悲壯之中流露出無限的寬慰之意來。對這兩截文字，林西仲評說：

12　同前註，頁 220-221。

「篇中從物聲說到人言，從人言說到文辭，從歷代說到唐朝，總以『天假善鳴』一語作骨，把個千古能文的才人看得異樣鄭重，然後落入東野身上，盛稱其詩，與歷代相較一番，知其為天所假，自當聽天所命。又扯李翱、張籍二人伴說，用『從吾遊』三字，連自己插入其中，自命不小！以此視人之得失、升沈，宜不足以入其胸次也。語語悲壯。」[13] 見解十分精到。

以「敘」而言，即末段。作者在此，採「先因後果」（次層）的結構，先以「東野之役於江南也」一句，單結孟郊，敘其行役；再以「有若不釋然者」一句，結出「不平」；然後以「故吾道其命於天者以解之」一句，應上文的四個「天」字作收，就這樣，作者便將所以作序之意明白的交代出來了。

附其結構系統表供參考：

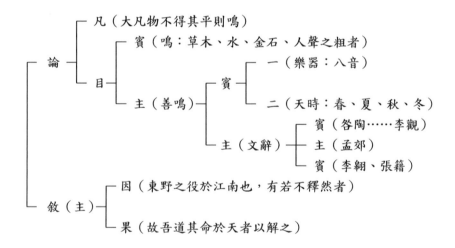

作者在這篇文章要寫的，只不過是「孟郊東野以其詩鳴」而已，卻特意

---

13 同前註。

的在孟郊之外，扯出許多物、許多人來，作者這樣做，無非是想藉以襯出孟郊「以其詩鳴」的意思罷了。因此寫孟郊「以其詩鳴」的是「主」（含主中主、主中賓），而寫「不得其平則鳴」的許多物或人的，則是「賓」（含賓中主、賓中賓）。王文濡說：「從許多物、許多人，奇奇怪怪，繁繁雜雜，說來無非要顯出孟郊以詩鳴，文之變幻至此。」[14] 看法十分正確。

又如周敦頤〈愛蓮說〉：

> 水陸草木之花，可愛者甚蕃：晉陶淵明獨愛菊。自李唐以來，世人盛愛牡丹。予獨愛蓮之出淤泥而不染，濯清漣而不妖；中通外直，不蔓不枝；香遠益清，亭亭淨植，可遠觀而不可褻玩焉。予謂：菊，花之隱逸者也；牡丹，花之富貴者也；蓮，花之君子者也。噫！菊之愛，陶後鮮有聞。蓮之愛，同予者何人？牡丹之愛，宜乎眾矣。

這篇文章是採「先敘後論」（上層）的結構加以統合而寫成的：

以「敘」而言，即起段。在此，作者用「先凡後目」（次層）包孕「先賓後主」（三層）與「並列（一、二）」（底層）的結構，先以開端兩句作個總括（凡），提明世上有許多「水陸草木之花」；然後以「晉陶淵明獨愛菊」十句，依次分寫眾花中的菊、牡丹（賓）、蓮（主）和愛這三種花的人（目）。由於陶淵明愛菊、世人愛牡丹，是人所共知的事實，所以只須交代這個事實，卻不必作進一步的解釋；至於愛蓮，則是作者個人的喜好，當然須把自己愛蓮的理由加以說明，因此作者便用「出淤泥而不染」七句，寫出蓮花與眾不同的特質，藉以象徵君子的高

---

14 《精校評注古文觀止》卷八，頁33。

潔品格，以充分的為下文「蓮，花之君子者也」的一句論斷蓄力。

　　以「論」而言，即次段，也是末段。在這個部分裡，作者用「先因後果」（次層）包孕「先賓後主」、「賓、主、賓」（三層）與「並列（一、二）」（底層）的結構，先就菊、牡丹與蓮等三種花的品格加以衡定（因），然後論及愛這三種花的人，發出感慨收結（果）。在衡定花品的一節裡，敘述菊、牡丹和蓮的次序，完全與首段相同；而在論及人物的一節裡，卻將牡丹和蓮的次序加以對調，作者作了這樣的安排，顯然的，對當代人但知追求富貴，而缺少道德理想的情形，是有著貶責的意思的，不過在語氣上卻力求委婉罷了。

　　很明顯的，作者在這篇文章裡，主要的是寫蓮與愛蓮的自己，這是「主」的部分。為了使這「主」的部分更為突出，便又不得不寫牡丹、菊和愛菊、愛牡丹的人，這就是「賓」的部分。有了這「賓」的部分作陪襯，那麼作者愛蓮與諷喻的意思：「主」便格外的清楚了。這是借賓以喻主的一個明顯例子。

　　附其結構系統表供參考：

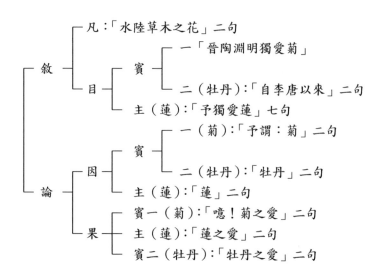

又如方苞〈左忠毅公軼事〉：

先君子嘗言，鄉先輩左忠毅公視學京畿。一日，風雪嚴寒，從數
騎出，微行，入古寺。廡下一生伏案臥，文方成草。公閱畢，即
解貂覆生，為掩戶，叩之寺僧，則史公可法也。及試，吏呼名，
至史公，公瞿然注視。呈卷，即面署第一；召入，使拜夫人，
曰：「吾諸兒碌碌，他日繼吾志事，惟此生耳。」

及左公下廠獄，史朝夕窺獄門外。逆閹防伺甚嚴，雖家僕不得
近。久之，聞左公被炮烙，旦夕且死，持五十金，涕泣謀於禁
卒，卒感焉。一日，使史公更敝衣草屨，背筐，手長鑱，為除不
潔者，引入，微指左公處，則席地倚牆而坐，面額焦爛不可辨，
左膝以下，筋骨盡脫矣。史前跪，抱公膝而嗚咽。公辨其聲，而
目不可開，乃奮臂以指撥眥，目光如炬。怒曰：「庸奴！此何地
也，而汝來前！國家之事，糜爛至此。老夫已矣，汝復輕身而昧
大義，天下事誰可支拄者！不速去，無俟姦人構陷，吾今即撲殺
汝。」因摸地上刑械，作投擊勢。史噤不敢發聲，趨而出。後常
流涕述其事以語人曰：「吾師肺肝，皆鐵石所鑄造也！」

崇禎末，流賊張獻忠出沒蘄、黃、潛、桐間，史公以鳳廬道奉檄
守禦，每有警，輒數月不就寢，使將士更休，而自坐幄幕外，擇
健卒十人，令二人蹲踞，而背倚之，漏鼓移，則番代。每寒夜起
立，振衣裳，甲上冰霜迸落，鏗然有聲。或勸以少休，公曰：
「吾上恐負朝廷，下恐愧吾師也。」

史公治兵，往來桐城，必躬造左公第，候太公、太母起居，拜夫
人於堂上。

余宗老塗山，左公甥也，與先君子善，謂獄中語乃親得之於史公
云。

這篇文章藉左光鬥的一件軼事，以寫其「忠毅」精神，是用「先順敘、後補敘」（上層）的結構予以統合而寫成的：

以「順敘」而言，由起段至四段止，採「先點後染」（次層）之結構加以安排。其中「點」指起句，而「染」則指首段的「鄉先輩」句起至第四段止，乃用「先主後賓」（三層）的結構來寫，從內容來看，可分如下三部分，其第一、二部分採「先底後圖」（四層）、第三部分採「先公後私」（四層）的結構加以呈現：

第一部分為首段，為本文的序幕，寫的是左光鬥識拔史可法的經過。在這個部分裡，作者借其父親之口，敘明左公曾「視學京畿」，將左公所以能識拔史公的原因作個交代；接著以「一日」與「及試」作時間上之聯絡，依次記敘左公於微服出巡時在一古寺識得史公，以及主持考試時當史公面署為第一的情形；然後以「召入」二字作接榫，引出「使拜夫人」數句，藉史公入拜左公夫人的機會，用「吾諸兒碌碌」三句話，寫出左公對史公的深切期許，認為只有史公才足以繼承他忠君愛國的志業，將左公為國舉拔英才的忠忱與苦心，寫得極其生動。這就第二部分（主體）來說，是背景之陳述，為「底」，主要是用「主、賓、主」（五層）的結構來敘述的。

第二部分即次段。是本文的主體，對第一段而言，為「圖」，主要是用「賓、主、賓」（五層）的結構加以陳述，陳述的是左公被下廠獄後史公冒死探監的經過。這段文字以「及」字承上啟下，首先用四句敘明左公被下牢獄與禁人接近的事實；接著用「久之」與「一日」作時間上的聯絡，依次寫左公受刑將死、史公冒死買通獄吏，以及史公探監、左公怒斥史公使離去的情形；然後著一「後」字，帶出史公「吾師肺肝」的兩句感慨的話，充分的寫出左公的公忠憂國（忠）與剛正不屈（毅）來。以上兩個部分，主要在寫左光鬥，為「主」（三層）。

第三部分，包括三、四、五段，是本文的餘波。這個部分，先以第

三段針對「公」，採「先點後染」（五層）包孕「主、賓、主」（底層）的結構，寫史公受左公感召，繼其志業，「忠毅」的奉檄守禦流寇的辛苦；再以第四段針對「私」，也採「先點後染」（五層）的結構，寫史公篤厚師門，時時不忘拜候左公父母及夫人的情事；這寫的主要是史可法，對前兩部分而言，為「賓」（三層）。

以「補敘」而言，為末段，採「先因後果」（次層）的結構，補敘本文所記的軼事，確係有根有據，以回應篇首的「先君子嘗言」，以收束全文。

縱觀此文，作者始終是針對著對「忠毅」二字來寫的。其中寫左公「忠毅」的部分是「主」，而寫史公「忠毅」的部分則為「賓」；也就是說，寫史公的「忠毅」，便等於在寫左公的「忠毅」，所謂「借賓以定主」，手段極高明。而就整體結構而言，這篇文章的核心結構為「先主後賓」。這所謂的「主」，指的是左公；所謂的「賓」，指的是史公。就在「主」的部分裡，又形成「主、賓、主」與「賓、主、賓」的結構，其中的「主中主」，是指左公；而「主中賓」，則指史公。至於「賓」的部分，雖與上個部分（主）一樣，也形成「主、賓、主」的結構，但其中的「賓中主」，指的是史公，而「賓中賓」，則指的是「健卒」。這樣就形成了「四賓主」（「主中主」、「主中賓」、「賓中主」、「賓中賓」）[15]。

---

[15] 「四賓主」之說，起於清代的閻若璩：「四賓主者：一、主中主，如一家人唯有一主翁也；二、主中賓，如主翁之妻妾、兒孫、奴婢，即主翁之身分以主內事者也；三、賓中主，如親戚朋友，任主翁之外事者也；四、賓中賓，如朋友之朋友，與主翁無涉者也。於四者中，除卻賓中賓，而主中主亦只一見；惟以賓中主鉤動主中賓而成文章，八大家無不然也。」見《潛丘箚記》，《四庫全書》八五九冊（臺北市：臺灣商務印書館，1983 年 6 月初版），頁 413-414。

附其結構系統表供參考：

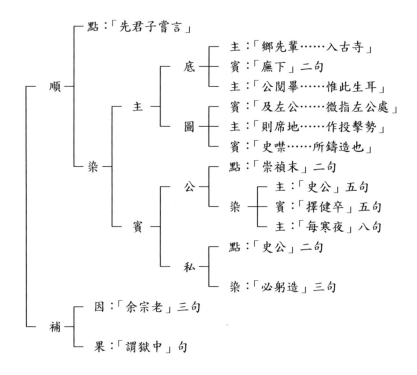

從上舉諸例中，可充分看出「賓主」章法之普遍與妙用。

第四節　凡目類型

　　所謂的「凡」，是指「總括」，而「目」則指「條分」。以「凡目法」
來經營篇章，可說是相當常見的。這種方法，歷代文評家都注意到了，
不過，所用的名稱，卻稍有不同，如陳騤《文則》稱之為「總、數」[16]、

------

16 陳騤：《文則》（臺北市：臺灣商務印書館，1968 年 6 月臺一版），頁 12。

歸有光《文章指南》稱之為「總提、分應」[17]、唐彪《讀書作文譜》稱之為「總、分」[18]、王葆心《古文辭通義》稱之為「外籀、內籀」[19]、蔣伯潛《中學國文教學法》稱之為「綜合、分析」[20]。一九九二年，為求簡單明確，試在「第一屆臺灣地區國語文教學學術研討會」中，用見於《周禮·天官·宰夫》的「凡」與「目」[21]來統一這些稱呼，發表了〈凡目法在高中國文課文裡的運用〉一文[22]，受到與會學者的認可，這就是本論文用「凡目」這個名稱的原因。

　　一般說來，這種凡目法最常用於散文，形成「先凡後目」、「先目後凡」、「凡、目、凡」與「目、凡、目」等四種結構，並且所涉及的「軌數」也可以多至八、九軌[23]。而古典詩詞中，雖也隨處可以見到以上四種凡目結構，卻由於受到篇幅的限制，大都軌數有限，僅見到單軌與雙軌兩種而已；這是「凡目法」用於散文和詩詞時最大不同所在。底下就針對這四種凡目結構，舉古典詩詞為例，分單軌與雙軌，舉例略予說明，以見一斑。

一　先凡後目

　　這是將綱領和要旨以開門見山的方式安置於前端，作個總括，然後條分為若干部分，以依次針對綱領或要旨來敘寫的一種結構。這種謀篇

17 《文章指南》，頁 11-12。
18 《讀書作文譜》，頁 93。
19 《古文辭通義》，頁 46。
20 蔣伯潛：《中學國文教學法》（臺北市：泰順書局，1972 年 5 月再版），頁 84-85。
21 《十三經注疏》（臺北市：臺灣藝文印書館，1965 年 6 月三版），頁 47。
22 陳滿銘：〈凡目法在高中國文課文裡的運用〉，收入《第一屆臺灣地區國語文教學學術討會論文集》（彰化市：國立臺灣師範大學中等教育輔導委員會、國文系，1992 年 4 月），頁 229-254。
23 陳滿銘：〈從軌數的多寡看見凡目結構在詞章裡的運用〉，《國文天地》11 卷 5 期（1995 年 10 月），頁 50-57。又，仇小屏：《文章章法論》（臺北市：萬卷樓圖書公司，1998 年 11 月初版），頁 467-501。

形式，古時稱為外籀，今則通稱演繹。許恂儒在《作文百法》中說：

> 文章之有分有總，猶治絲之有綜有分也。凡一問題率可分為數層
> 意義，然分而不總，則如散絲矣。學者作文，當先想一篇之意
> 思，分作若干層，層次既定，可將全篇之意，先為總提一筆，以
> 立一篇之綱。然後條分縷析，逐層寫去，以引申題中之義，或反
> 或正，或賓或主，皆可隨意布置，而綱領既立，如能有條不紊
> 矣。[24]

說的就是這種結構形式。它在詩詞裡的運用情形，大致可分為兩式：一
為單軌式，這是用置於開端的單一意思來貫穿所有材料的一種形式，其
簡式為：

A（凡）→A1（目一）‧A2（目二）……

一為雙軌式，這是將平列或有主從關係的兩個意思安置於前端，以依次
組合下面兩組材料的一個形式，其簡式為：

B‧A（凡）→A1（目一）‧B1（目二）

單軌者，詩如王維的〈鳥鳴澗〉：

> 人閑（A）桂花落（A1），夜靜春山空（A2）。月出驚山鳥，時
> 鳴春澗中（A3）。

---

24 許恂儒：《作文百法》三（臺北市：廣文書局，1989 年 8 月再版），頁 48。

此詩首先以「人閑」二字直接寫主人翁恬適之心境，是一篇之主旨，為「凡」的部分；其次以「桂花落」，寫桂花之閑，為「目一」的部分；再其次以「夜靜」句，寫夜山之閑，為「目二」的部分；最後以「月出」二句，敍月出鳥鳴，清聽盈耳，所謂「鳥鳴山更幽」，巧妙地寫澗谷之閑，為「目三」的部分。就這樣以單軌藉皇甫岳雲溪別墅的閑景，將主人翁的閑心作充分的襯托，使人讀後也不禁生起一片閑心。很顯然地，這是用「先凡後目」的單軌結構所寫成之名作。

附其結構系統表如下：

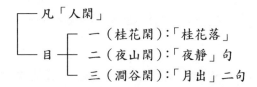

詞如辛棄疾的〈鷓鴣天〉：

> 出處從來自不齊（A）。後車方載太公歸；誰知寂寞空山裡，卻有高人賦采薇（A1）。　　黃菊嫩，晚香枝，一般同是采花時（A2）。蜂兒辛苦多官府，蝴蝶花間自在飛（A3）。

這是首慨歎出處不齊的作品。作者在此，先用「出處從來自不齊」一句揭出一篇主旨，以單軌統括全詞，這是「凡」的部分；然後依此主旨，分別舉出三樣「出處不齊」的例證來。在第一個例證裡，太公望相周，是「出」；伯夷、叔齊隱於首陽山，採薇而食，是「處」；這是「目一」的部分，是就人類「出處」的「不齊」來說的。在第二個例證裡，黃菊始開，是「出」；晚香將殘，是「處」；這是「目二」的部分，是就植物「出處」之「不齊」來說的。在第三個例證裡，蜂兒辛苦，是

「出」；蝴蝶自在，是「處」，這是「目三」的部分，是就昆蟲「出處」
之「不齊」來說的。由於這闋詞也是採「先凡後目」的單軌結構來寫，
所以條理格外清晰。

附其結構系統表如下：

```
    ┌─凡：「出處」句
    │         ┌─ 一（人）：「後車」三句
    └─目 ┤ 二（花）：「黃菊」三句
              └─ 三（蜂蝶）：「蜂兒」二句
```

雙軌者，詩如杜審言的〈和晉陵陸丞早春遊望〉：

獨有宦遊人，偏驚（A）物候新（B）。雲霞出海曙，梅柳渡江
春。淑氣催黃鳥，晴光轉綠蘋（B1）。忽聞歌古調，歸思欲霑巾
（A1）。

此詩採「先凡後目」的雙軌結構寫成。「凡」的部分為起聯，其中
首句為引子，用以帶出次句，分「偏驚」（特別地會觸生情思）與「物
候新」兩軌來統攝屬於「目」的三聯文字。這三聯文字，首先以頷、頸
兩聯具寫「物候新」的景象，由「雲霞」、「梅柳」、「黃鳥」、「蘋」等
具寫「物」，由「曙」、「春」、「淑氣」、「晴光」等具寫「候」，由「出
海」、「渡江」、「催」、「轉綠」等具寫「新」，使「物候新」由抽象化
為具體，產生更大的觸發力，來加強尾聯的感染力量，這是「目一」的
部分，為第一軌（從）。然後藉末聯承「偏驚」，並交代題目的「和」
字，寫讀了陸丞詩後所湧生的「歸思」（即歸恨），點明主旨作收，這
是「目二」的部分，為第二軌（主）。可見本詩的主旨「歸思」出現在
「目」的部分裡，這是相當明顯的。

附其結構系統表如下：

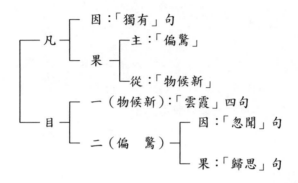

詞如蘇軾的〈蝶戀花〉：

雨後春容清更麗（A），只有離人，幽恨終難洗（B）。北固山前
三面水，碧瓊梳擁青螺髻（A1）。　　一紙鄉書來萬里，問我何
年，真箇成歸計。回首送春拚一醉，東風吹破千行淚（B1）。

這是首抒寫離恨的作品。開端三句，泛寫清麗之景（凡：從）與離
人之恨（凡：主），為「凡」的部分。「北固山前三面水」二句，具寫
京口北固山水清麗之景，為「目一」（從）的部分，為第一軌。「一紙
鄉書來萬里」五句，具寫離人，也就是作者「得鄉書」（題目）卻不得
歸去之恨，為「目二」（主）的部分，為第二軌。這樣來組合材料，採
的正是雙軌式的演繹法。

附其結構系統表如下：

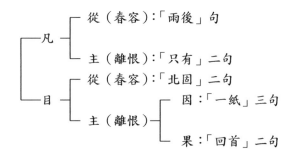

二　先目後凡

　　這是將思想材料先條分為若干部分，依次安置於前，然後才將綱領或要旨提出於後來加以敘寫的一種結構。這種謀篇形式，古時稱為內籀，今則通稱歸納。王葆心《古文辭通義》引李騰芳《山居雜著》云：

> 將上面所有的，不論多少，總括於一處，然後轉身。其法最要老，老方有氣力；又要簡，不簡反絮聒也；又要緊，不緊則氣脈緩了。[25]

說的就是這種結構形式。它在詩詞裡運用的情形，也大致可分為兩式：一為單軌式，這是用置於末端的單一意思來統一所有材料的一種形式，其簡式為：

　　A1（目一）・A2（目二）……→ A（凡）

　　一為雙軌式，這是將平列或有主從關係的兩個意思安置於末端，以

25　《古文辭通義》，頁 80。

依次收拾上面兩分組材料的一種形式，其簡式為：

A1（目一）・A2（目二）→B・A（凡）

單軌者，詩如崔顥的〈黃鶴樓〉：

> 昔人已乘黃鶴去，此地空餘黃鶴樓。黃鶴一去不復返，白雲千載
> 空悠悠（A1）。晴川歷歷漢陽樹，芳草萋萋鸚鵡洲（A2）。日暮
> 鄉關何處是，煙波江上使人愁（A）。

此乃懷古思鄉之作。作者先將題目扣緊，透過想像，在起、頷二
聯，就黃鶴樓虛寫它的來歷；而由黃鶴之一去不還與白雲千載之悠悠，
預為結句的「愁」字蓄力；這是「目一」的部分。接著在頸聯，仍針對
著題目，實寫登樓所見的空闊景物；而由歷歷之晴川與萋萋的芳草，正
如所謂的「水流無限似儂愁」（劉禹錫〈竹枝詞〉）、「王孫遊兮不歸，
青草生兮萋萋」（《楚辭・招隱士》），帶著無限愁恨，再為結句之「愁」
字助勢；這是「目二」部分。然後在結聯，由自問自答中，承上聯，把
空間從漢陽、鸚鵡洲推拓出去，伸向遙遠的故園，且在其上抹上一望無
際的渺渺輕煙，復而逼出一篇之主旨「鄉愁」作結；這是「凡」的部分。
由此看來，說它旨在寫「鄉愁」是不會錯的。不過，我們萬不可遺漏了
「鸚鵡洲」三字，因為作者在此暗用了東漢末禰衡的典故。據《後漢
書・文苑傳》所載，禰衡少有才辯，卻氣尚剛傲，且愛好矯時慢物，所
以雖受到孔融的敬愛與推介，然而不但前後見斥於曹操、劉表，最後還
死於江夏太守黃祖之手。禰衡死後，葬於一沙洲上，而此一沙洲，因產
鸚鵡，且禰衡又曾為此而作〈鸚鵡賦〉，於是後人便以「鸚鵡」為名。
這樣看來，作者在這裡，是暗用了禰衡的典故來抒發他懷才不遇之痛的

啊！可見這首詩雖屬單軌，但它的主旨是顯中有隱的。

附其結構系統表如下：

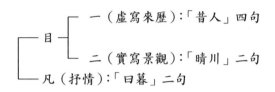

詞如晏殊的〈浣溪沙〉：

> 小閣重簾有燕過（A1），晚花紅片落庭莎（A2），曲闌干影入涼波（A3）。　　一霎好風生翠幕，幾回疏雨滴圓荷（A4），酒醒人散得愁多（A）。

這是抒寫春暮閑愁的作品，它的主旨在末尾的「酒醒人散得愁多」一句上，這是「凡」的部分。因為這種「愁」實在太抽象了，無從產生巨大的感染大量，於是作者就特意安排了映入眼簾的具體景物把它襯托出來：首先是重簾的過燕，這是「目一」的部分。其次是庭莎上的落紅，這是「目二」的部分。再其次是涼被中的闌影，這是「目三」的部分。接著是翠幕間的一陣好風，最後是圓荷上的幾回疏雨，這是「目四」的部分。這些由近及遠的景物，對一個「酒醒人散」的作者來說，每一樣都適足以增添一份愁，那就難怪他會「得愁」那樣「多」了。

附其結構系統表如下：

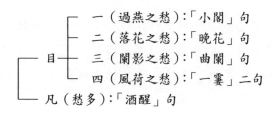

雙軌者，詩如杜甫的〈曲江〉：

一片花飛減卻春，風飄萬點正愁人（A1）。且看欲盡花經眼，莫
厭傷多酒入唇（B1）。江上小堂巢翡翠，苑邊高塚臥麒麟
（A2）。細推物理（A）須行樂（B），何用浮榮絆此身？

這是歌詠及時行樂的作品，作者先在首、頷兩聯，藉飛花減春、翡
翠巢堂、麒麟臥塚的殘敗景象，暗寓萬物好景無常的盛衰道理，這是
「目一」的部分，為第一軌。而在頸聯表出其珍惜光陰、及時行樂的思
想，這是「目二」的部分，為第二軌。然後以「細推物理須行樂」一句，
將上六句的意思作個總括，這是「凡」的部分。又由此引出「何用浮榮
絆此身」一句，發出感慨收束。真是一筆兜裹全篇，律法精嚴極了。

附結構分析表如下：

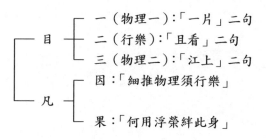

詞如馮延巳的〈蝶戀花〉：

六曲闌干偎碧樹。楊柳風輕，展盡黃金縷。誰把鈿箏移玉柱，穿
簾燕子雙飛去（A1）。　　滿眼游絲兼落絮。紅杏開時，一霎清
明雨（B1）。濃睡覺來鶯亂語，驚殘好夢無尋處（B・A）。

這是藉夢後「驚殘」況味以寫相思之情的作品。作者在這裡，首先
在上片寫輕風「驚」柳、鈿箏「驚」燕的景象，將景寓以一「驚」字，
這是「目一」的部分，為第一軌；接著在下片首三句，寫游絲落絮、杏
花遭雨的景象，將景寓以一「殘」字，這是「目二」的部分，為第二軌；
然後以「濃睡」句作橋梁，引出「驚殘」句，回抱全詞作結，使得風吹
柳絮、燕飛花落的外景，與驚殘好夢的內情產生相糅相襯的效果，令人
讀後感受到極為強烈「驚殘」況味。而這「驚殘」二字，便是一篇之綱
領所在，以「驚」字上收上片五句，以「殘」字上收「滿眼」三句，很
自然地從篇外逼出一篇主旨，也就是相思之情來，這是「凡」的部分。
可見這首詞是用「先目後凡」的雙軌結構所寫成的，而主旨卻置於篇
外。

附其結構系統表如下：

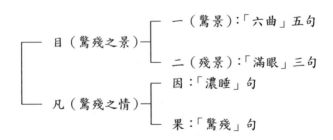

三　凡、目、凡

　　這是將上述「先凡後目」與「先目後凡」兩者加以疊用，形成「合、分、合」或「整、零、整」結構來敘寫的一種形式。歸有光《文章指南》說：

> 賈誼〈先醒篇〉前總提大意，中三段分應，末又一段總收，較之上（即「總提、分應」）則更勝。文體至此，可謂妙而又妙者矣。[26]

說的就是這種形式。這種形式，在散文裡被採用得相當普遍，而在詩詞裡則比較少見。大致說來，它的運用情形，也可分為兩式：一為單軌式，這是將一篇的單一綱領或主意同時置於開端和末尾，而於中間部分來分述的一種形式。其簡式為：

$$A \rightarrow A1 \cdot A2 \cdots\cdots \rightarrow A$$

一為雙軌式，這是將平列或有主從關係的兩個意思，既置於開端，又置於末尾，以統括中間分述部分各思想材料的一種形式。其簡式為：

$$A \cdot B \rightarrow A1 \cdot B1 \rightarrow A \cdot B$$

　　單軌者，詩如李白的〈贈孟浩然〉：

26　《文章指南》，頁12。

　　吾愛孟夫子，風流天下聞（A）。紅顏棄軒冕，白首臥松雲（A
1）。醉月頻中聖，迷花不事君（A 2）。高山安可仰，徒此揖清
芬（A）。

　　此詩旨在表達對孟浩然「風流」的敬愛，這種敬愛之意，首先由開
篇兩句加以泛述，這是頭一個「凡」的部分。接著以「紅顏棄軒冕」兩
句，寫他可敬愛的「風流」之一就是棄官隱居，這是「目一」的部分。
繼而以「醉月頻中聖」兩句，用《三國志・魏志・徐邈傳》所記徐邈的
故事[27]，寫他可敬愛的「風流」之二就是不事王侯而迷花醉酒，這是「目
二」的部分。最後以「高山安可仰」，對孟浩然純潔芳馨的品格，亦即
「風流」，表示了無限崇仰的意思；這是後一個「凡」的部分。黃寶華
以為此詩「開頭提出『吾愛』之意，自然地過渡到描寫，揭出『可愛』
之處，最後歸結到『敬愛』」[28]，雖然沒直接指出它是「凡、目、凡」
的單軌結構，但是這種意思卻相當明顯。

　　附結構分析表如下：

```
┌── 凡：「吾愛」二句
│        ┌── 一（棄官隱居）：「紅顏」二句
├── 目 ──┤
│        └── 二（迷花醉酒）：「醉月」二句
└── 凡：「高山」二句
```

　　詞如辛棄疾的〈蘭陵王〉：

27　《三國志・魏志・徐邈傳》（臺北市：鼎文書局，1977 年 2 月三版），頁 739。
28　《唐詩大觀》，頁 280。

恨之極，恨極銷磨不得（A）。萇弘事，人道後來，其血三年化為碧（A1）。鄭人緩也泣：「吾父，攻儒助墨。十年夢，沈痛化余，秋柏之間既為實（A2）。」　　相思重相憶。被怨結中腸，潛動精魄，望夫江上巖巖立。嗟一念中變，後期長絕（A3）。君看啟母憤所激，又俄頃為石（A4）。　難敵。最多力。甚一忿沈淵，精氣為物，依然困鬥牛磨角。便影入山骨，至今雕琢（A5）。尋思人世，只合化，夢中蝶（A）。

　　這是首抒發激憤之情的作品。其開篇三句，拈出「恨極」作為一篇綱領，以單軌貫穿全詞，這是「凡」的部分。而自「萇弘事」起至「至今雕琢」句止，全用以列舉人世「恨極」之事，其中「萇弘事」三句，敘萇弘恨事，為「目一」的部分；「鄭人緩也泣」六句，敘鄭緩恨事，為「目二」的部分；「相思重相憶」六句，敘望夫石恨事，為「目三」的部分；「君看啟母憤所激」二句，敘啟母石恨事，為「目四」的部分；「難敵」七句，敘張難敵恨事（詳見題序），為「目五」部分。至於「尋思人世」三句，用莊子夢蝶之意，從反面回應篇首之「恨極」作結，這又是「凡」的部分。由這種結構看來，和前一首是沒什麼兩樣的。
　　附其結構系統表如下：

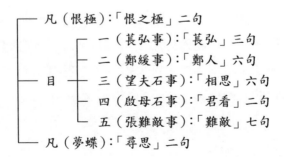

雙軌者，詩如郭震的〈古劍篇〉：

　　君不見昆吾鐵冶飛炎煙，紅光紫氣俱赫然（A）。良工鍛煉凡幾
　　年，鑄得寶劍名龍泉（B）。龍泉顏色如霜雪，良工咨嗟嘆奇
　　絕。琉璃玉匣吐蓮花，錯鏤金環映明月（A1）。正逢天下無風
　　塵，幸得周防君子身。精光黯黯青蛇色，文章片片綠龜鱗。非直
　　結交游俠子，亦曾親近英雄人（B1）。何言中路遭棄捐，零落飄
　　淪古獄邊（B）。雖復沈埋無所用。猶能夜夜氣沖天（A）。

　　　此詩旨在歌頌久已沈埋的古龍泉寶劍，以發出人才淪沒的感慨。它
首先以開篇四句，寫良工鑄出精光閃閃的寶劍。其中「君不見」兩句，
偏於其「精光」作泛寫，為第一軌；而「良工鍛煉」兩句，則偏於其「劍
身」作泛寫，為第二軌。以上是頭一個「凡」的部分。其次以「龍泉顏
色」四句，上應總括部分的第一軌，具寫龍泉寶劍的光彩與畫飾，為
「目一」的部分。又其次以「正逢天下」六句，上應總括部分的第二軌，
用「先因後果」的順序，具寫正逢國內無戰爭，寶劍雖無殺敵之用，卻
幸而還被遊俠、英雄所佩帶防身，為「目二」的部分。最後以「何言中
路」四句，總括起來泛說「劍身」雖被沈埋地下，仍能放出「沖天」的
「精光」，以喻英雄雖然沈淪，卻自然會有所表現；這是後一個「凡」
的部分。倪其心說：「顯然，作者這番夫子自道，理直氣壯地表明著：
人才早已造就，存在，起過作用，可惜被埋沒了，必須正視這一現實，
應當珍惜、辨識、發現人才，把埋沒的人才挖掘出來。這就是它的主題
思想，也是它的社會意義」[29]，體會得很深刻。

---

29 同前註，頁 40。

附其結構系統表如下：

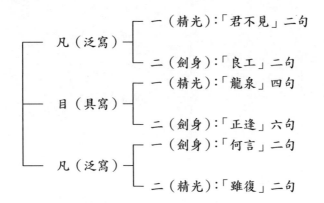

詞如辛棄疾的〈祝英臺近〉：

> 寶釵分（A），桃葉渡，煙柳暗南浦（B）。怕上層樓，十日九風
> 雨。斷腸片片飛紅，都無人管；更誰勸、啼鶯聲住（B1）。
> 鬢邊覷。試把花卜歸期，才簪又重數。羅帳燈昏，哽咽夢中語
> （A1）。是他春帶愁來，春歸何處‧卻不解、帶將愁去（A‧B）。

　　這是首寫暮春恨別的作品。它由篇首三句，直接採泛寫方式，點出
離別（寶釵分）與「晚春」（題目），分為二軌，將全詞作個總括，這
是「凡」的部分；由「怕上層樓」六句，承首的「煙柳暗南浦」（晚春），
透過風雨下的飛紅與啼鶯，具寫晚春的殘景，這是「目一」的部分，為
第一軌；由「鬢邊覷」五句，承篇首的「寶釵分」，透過卜花與入夢，
具寫別後相思的情狀，這是「目二」的部分，為第二軌；由「是他春帶
愁來」三句，也採泛寫方式，以「春歸」上收「目一」的部分，以「愁」
上收「目二」的部分，拈明「春愁」作結，這又是「凡」的部分。這種
「凡、目、凡」的雙軌結構，出現在篇幅短小的詞裡，是很難能可貴的。

附其結構系統表如下：

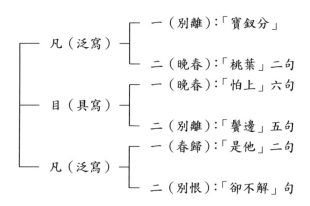

四　目、凡、目

這是將一篇的綱領或主意置於篇腹，而以條分的材料分置於首尾加以敘寫的一種形式。宋文蔚《評注文法津梁》說：

> 束法有用之於中段者，一面束上，即一面起下，乃全篇之過脈。[30]

所謂的「束」，即「總括」；「總括」出現在中段（即中幅），指的就是「目、凡、目」的結構。這種結構在詩詞裡，雖不是用得很普遍，但還是可以見到。它也可分為兩式：一為單軌式，這是用置於篇腹的單一意思來統一首尾材料的一種形式，其簡式為：

30　宋文蔚：《評註文法津梁》（臺北市：復文圖書出版社，1993 年 2 月修訂二版），頁 139。

$$A1\cdots\cdots\rightarrow A\rightarrow A2\cdots\cdots$$

一為雙軌式，這是將平列或有主從關係的兩個意思安置於篇腹，以分領首尾兩組材料的一種形式，其簡式是：

$$A1\cdots\cdots\rightarrow A\cdot B\rightarrow B1\cdots\cdots$$

單軌者，詩如杜甫的〈聞官軍收河南河北〉：

> 劍外忽傳收薊北，初聞涕淚滿衣裳。卻看妻子愁何在？漫捲詩書（A1）喜欲狂（A）。白日放歌須縱酒，青春作伴好還鄉。即從巴峽穿巫峽，便下襄陽向洛陽（A2）。

此詩用以寫「喜欲狂」之情。作者首先在起聯，針對題目，寫「聞官軍收河南河北」時自己喜極而泣的情形，藉「忽傳」、「初聞」寫事出突然，藉「涕淚滿衣裳」具寫喜悅；接著在頷聯，採設問的形式，由自身移至妻子身上，寫妻子聞後狂喜的情狀，很技巧地以「卻看」作接榫，帶出「漫卷詩書」四字作具體之描寫。以上全用以實寫「喜欲狂」，為「目一」的部分。而緊接「漫卷詩書」而來的「喜欲狂」三字，正是一篇的主旨所在，為「凡」的部分。繼而在頸聯，由實轉虛，以「放歌縱酒」上承「喜欲狂」、「好還鄉」上承「妻子」，寫春日攜手還鄉的打算；最後在結聯，緊接上聯「還鄉」之打算，一口氣虛寫還鄉所準備經過的路程。如此，由「忽傳」而「初聞」、「卻看」而「漫卷」、「即從」而「便下」，以單軌一氣奔注，將自己與妻子「喜欲狂」的心情，描摹得真是生動極了。

附其結構系統表如下：

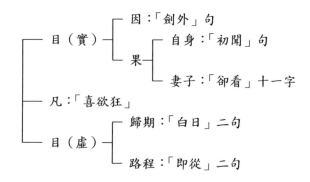

詞如蘇軾的〈浣溪沙〉：

覆塊青青麥未蘇，江南雲葉暗隨車（A1）。臨臯煙景世間無
（A）。　　雨腳半收簷斷線，雪床初下瓦跳珠。歸來冰顆亂黏鬚
（A2）。

這是首描寫「臨臯」（作者所居，在黃岡）美景的作品。它的主旨
在「臨臯煙景世間無」一句，採泛寫的方式，對臨臯之風景作了讚美，
這是「凡」部分。為什麼作這樣子的讚美呢？它的依據有二：一是依據
篇首「覆塊青青麥未蘇」二句所寫作者在車上所見遠距離的純自然清
景，這是「目一」的部分；一是依據下片「雨腳半收簷斷線」三句所寫
作者在車上所見近距離而融入人事的清景，這是「目二」的部分。有了
這首尾兩個條分的部分，合為一軌，來為篇腹的主意作有力襯托，作品
的感染力自然增強不少。

附其結構系統表如下：

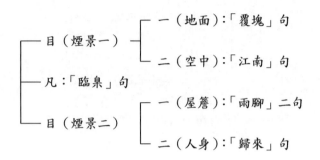

雙軌者，詩如杜甫的〈春望〉：

> 國破山河在，城春草木深（A1）。感時花濺淚（A），恨別鳥驚心（B）。烽火連三月，家書抵萬金（B1）。白頭搔更短，渾欲不勝簪（B·A）。

　　這是感時傷別的作品，全詩可以依聯分為四個部分。它的主旨是「感時」、「恨別」，作者特地將它安置在第二部分裡，形成了兩軌，而由其他的三個部分來補足它的意思。以第一部分而言，寫的是國中「無人」、「無餘物」（《司馬溫公詩話》）的殘破情狀，這主要是就「感時」來說的，是第一軌；以第三部分而言，寫的是在烽火中難於接獲家書的痛苦，這主要是就「恨別」來說的，是第二軌；以第四部分而言，寫的則是白髮蕭疏、日搔日少的形象，這是合「感時」與「恨別」兩軌來說的；所以全詩所寫的無非是「感時」、「恨別」四字而已。這樣，如果僅就前三個部分來看，顯然形成了「目、凡、目」的雙軌結構；如果就全篇而言，則又成為「先目後凡」的單軌結構了。

附其結構系統表如下：

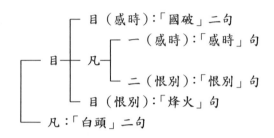

詞如辛棄疾的〈醜奴兒近〉：

> 千峰雲起，驟雨一霎兒價。更遠樹斜陽風景，怎生圖畫！青旗賣
> 酒，山那畔別有人家（A1）。只消山水光中（A），無事過這一
> 夏（B）。　　　午醉醒時，松窗竹戶，萬千瀟灑。野鳥飛來，又
> 是一般閑暇。卻怪白鷗，覷著人欲下未下。舊盟都在，新來莫
> 是，別有說話（B1）？

　　這是首即景抒情的作品。它的綱領置於篇腹「只消山光水色中」二
句，其中「山（水）光」為一軌、「無事」為一軌，這是「凡」的部分。
作者為了要具寫「山（水）光」，便以篇首「千峰雲起」六句，寫「博
山道中」（題目）所見夏日雨後的景色，這是「目一」的部分；為了要
具寫「無事」，就在下片「午醉醒時」十句，藉松竹的瀟灑、野鳥的閑
暇與盟鷗（作者有題作「盟鷗」的〈水調歌頭〉）的反應，寫自己的閑
情，這是「目二」的部分。很明顯地，這又是採雙軌的「目、凡、目」結構
所寫成的。

附其結構系統表如下：

```
        ┌─ 目（山光）┬─ 因：「千峰」二句
        │           │      ┌─ 一（遠樹）：「更遠樹」二句
        │           └─ 果 ─┤
        │                  └─ 二（人家）：「青旗」二句
        │       ┌─ 一（山光）：「只消」句
        ├─ 凡 ─┤
        │       └─ 二（無事）：「無事」句
        │            ┌─ 一（松竹）：「午醉」三句
        └─ 目（無事）┼─ 二（野鳥）：「野鳥」二句
                     └─ 三（白鷗）：「卻怪」五句
```

　　綜上所述，可知凡目結構在詩詞裡，無論單軌或雙軌，都運用得極為靈活，可說幾乎和散文沒什麼兩樣，甚至用得更為細密。如此切入詩詞作品，不但其脈絡可以掌握得更加清楚；就是一篇的作意也更能凸顯出來。這對詩詞的創作或欣賞而言，都大有助益。不過，需要一提的是：「目、凡、目」結構中屬於雙軌的詩例，僅著眼於部分，而非全篇，雖然不算錯，但和其他的例子著眼於全篇的，畢竟有所不同；這是要特別指明的。

第二章
常見章法類型（二）

　　本章特聚焦於比較常見的四種章法，加以概介，並酌舉實例，略作說明，以見其特色。

第一節　虛實

　　在此分「一般」與「時空交錯」兩種類型加以探討：

一　一般類型

　　所謂的「虛」，指的是「無」，是抽象；所謂的「實」，指的是「有」，是具體。通常一個辭章家在創作之際，在運材上，往往從兩方面著手：一是就「有」，運用當時所見、所聞、所為的實際材料，以「語徵實」[1]；一是就「無」，運用憑著個人內心的感覺或想像所捕捉或製造的抽象材料，以「言翻空」[2]。兩者在一篇文章裡是可以並用，也是可以單用的。茲分述如下：

（一）單用者

　　單用是指全文　1.內容純屬虛構，2.只記事而不抒感或說理，3.只寫景而不抒情，4.只抒情而不寫景，5.只寫未來或無法以目見之遠方

1　宋文蔚：《評注文法津梁》（臺北市：復文圖書出版社，1993 年 2 月修訂二版），頁97-98。
2　同前註。

等而言。其中1、2、5三類為虛（「實」在篇外），2、3兩類為實（「虛」在篇外）。譬如《韓非子・外儲說左上》：

> 鄭人有欲買履者，先自度其足，而置之其坐。至之市，而忘操之；已得履，乃曰：「吾忘持度。」反歸取之。及反，市罷，遂不得履。人曰：「何不試之以足？」曰：「寧信度，無自信也。」

王維〈鳥鳴澗〉：

> 人閑桂花落，夜靜春山空。月出驚山鳥，時鳴春澗中。

韓愈〈盆池〉：

> 瓦沼晨朝水自清，小蟲無數不知名。忽然分散無蹤影，惟有魚兒作隊行。

杜甫〈月夜〉：

> 今夜鄜州月，閨中只獨看。遙憐小兒女，未解憶長安。香霧雲鬟濕，清輝玉臂寒。何時倚虛幌，雙照淚痕乾。

李之儀〈卜算子〉：

> 我住長江頭，君住長江尾。日日思君不見君，共飲長江水。　此水幾時休，此恨何時已？只願君心似我心，定不負相思意。

　　上引作品的首篇，是則寓言性質的短文，作者在此，特借一個鄭人
想要買履，卻只相信自己所量尺寸，而不相信自己的雙腳，以致買不成
履的虛構故事，以喻世人逐末忘本之非。通篇但就「虛」處著筆，而把
所要表達的意思藏於篇外，與列子的〈愚公移山〉一文，可說是出自同
一機杼的。次篇是一首寫景（全實）詩。上聯寫花落山空，夜靜人閑；
下聯寫月出鳥鳴，清聽盈耳。簡單的幾句話就將皇甫嶽雲溪別墅的夜景
描摹得十分幽靜悅人，而主人翁恬適的心境也充分的在篇外襯托出來
了。三篇也是首寫景（全實）詩。上聯寫晨間水清，有無數小蟲出現於
盆池裡面；下聯寫小蟲忽然逃散，則有游魚列隊而出。即景成詠，格外
顯得清麗。四篇是月下懷人的一首詩，作者先以起聯提明自己的妻子在
鄜州看月，想念自己；再以頷聯，採旁襯的手法，寫兒女年小，不識離
別，惟妻子對此明月，長夜相思；接著以頸聯，承上兩聯，實寫妻對月
相思，不辭風霜、鬟濕臂寒的情景；然後以尾聯作期望之詞，用「淚痕
乾」三字寫異日月下重逢之喜，藉以大力地反襯出眼前相思之苦來。很
顯然的，作者寫這首詩，純從對方著筆，全不說自己如何的想念妻子，
卻句句說他的妻子在怎樣的思念自己，這種全虛的手法，與《詩經・陟
岵》篇，是完全相同的。五篇是闋相思詞。作者在上片，以起二句，寫
相隔之遠；以後二句，寫相思之久。換頭以後，則以前兩句，敘恨無已
時；以結兩句，敘兩情不負。就這樣，以「長江」為媒介，以「不見」
為根由，純用「虛」的材料，始終未雜以任何寫景的句子來襯托，卻將
「思君」的情感表達得極其真切深長，無論從其韻味或用語來看，都像
極了古樂府。唐圭璋說它「意新語妙，直類古樂府」[3]，是很有見地的。

3　唐圭璋：《唐宋詞簡釋》（臺北市：木鐸出版社，1982 年 3 月初版），頁 115。

（二）並用者

虛實並用，在一般辭章裡，是最為常見的。茲依其性質，分三方面作簡單的說明：

1 　就情景而言者：虛實就情景來說，情是抽象的，是虛；景是具體的，是實。通常由於單靠抽象的情感，是很難使辭章產生巨大的感染力的，所以辭章家在創作的時候，往往須求助於具體的景物來襯托情感，以增強它的情味力量。譬如孟浩然〈宿建德江〉：

移舟泊煙渚，日暮客愁新。野曠天低樹，江清月近人。

杜甫〈旅夜書懷〉：

細草微風岸，危檣獨夜舟。星垂平野闊，月湧大江流。名豈文章著，官應老病休。飄飄何所似？天地一沙鷗。

周邦彥〈蘭陵王·柳〉：

柳陰直，煙裡絲絲弄碧。隋隄上，曾見幾番，拂水飄綿送行色。登臨望故國，誰識，京華倦客。長亭路，年去歲來，應折柔條過千尺。　閒尋舊蹤跡。又酒趁哀絃，燈照離席。梨花榆火催寒食。愁一箭風快，半篙波暖，回頭迢遞便數驛，望人在天北。　悽惻，恨堆積。漸別浦縈迴，津堠岑寂。斜陽冉冉春無極。念月榭攜手，露橋聞笛。沈思前事，似夢裡，淚暗滴。

辛棄疾〈鷓鴣天·鵝湖歸，病起作〉：

枕簟溪堂冷欲秋，斷雲依水晚來收。紅蓮相倚渾如醉，白鳥無言
定自愁。　書咄咄，且休休，一丘一壑也風流。不知筋力衰多
少，但覺新來嬾上樓！

　　以上四首作品，其首篇是旅舟夜泊、即景生情之作。首二句寫泊舟
時地與客中新愁，後二句則寫悽清之景，情景交融，有著無盡的意味。
次篇也是泊舟江邊、觸景生情之作。起聯藉孤舟、風岸、細草，寫江邊
的寂寥；頷聯藉星月、平野、江流，寫天地的高曠；這是寫景的部分，
為實。頸聯就文章與功業，寫自己事與願違、老病交迫的苦惱；尾聯就
旅舟與沙鷗，寫自己到處飄泊的悲哀；這是抒情的部分，為虛。一虛一
實，就這樣產生相糅相襯的效果，使得滿紙盈溢著悲愴的情緒。三篇是
托柳起興，以詠別情之作。全篇分三疊，第一疊首先點題直起，寫「隋
隄上」煙裡弄碧、拂水飄綿的柳色，然後緊承著頂上的「幾番」、「送
行」，透過故園心眼，落於自家身上，藉「年去歲來」的折柳贈別來寫
自己淹留京華的痛苦。第二疊是先以「閒尋」句收束上疊的意思。再以
「又酒趁」三句，刻畫此番餞別的情景，並點明當前的時令，而後用一
「愁」字領起四句，「代行者設想」，虛寫行者船行之速，以表出依依不
捨的離情。第三疊則首以「悽惻」兩句，將上疊的「愁」字加以渲染，
以加強它的感染力量；次用「漸別浦」三句，承上疊的末節來實寫行者
離去後所見「別浦」周遭的晚景，充分的流露出滿懷的離情別緒；末以
「念月榭」兩句虛寫往事舊歡，以「沈思」三句，由過去拉回現在，實
寫為愁所苦、淚下潸潸的情景，這樣一實一虛的詠來，有著無窮的韻
味。四篇是夏日病起、即景抒情之作。上片寫的是溪堂內外的寂寥夏
景，而下片寫的則是作者晚年落寞的情懷。一實一虛，先後相應，把作
者廢退後的失意心境，刻畫得非常生動。
　2　就空間而言者：虛實就空間來說，凡窮盡目力，寫眼前所見的，是

實；而透過設想，寫遠處情況的，則是虛。由於作品中所收容之空間越大，則越足以使所抒寫的情意產生綿綿不盡的效果，所以自古以來，辭章家都喜歡用實與虛連成一個無盡的空間，以烘托深長的情意。譬如王維〈九月九日憶山東兄弟〉：

獨在異鄉為異客，每逢佳節倍思親。遙知兄弟登高處，偏插茱萸少一人。

韋應物〈秋夜寄邱二十二員外〉：

懷君屬秋夜，散步詠涼天。山空松子落，幽人應未眠。

李煜〈浪淘沙〉：

往事只堪哀，對景難排。秋風庭院蘚侵階。一桁珠簾閒不捲，終日誰來？　金劍已沈埋，壯氣蒿萊。晚涼天淨月華開。想得玉樓瑤殿影，空照秦淮。

柳永〈八聲甘州〉：

對瀟瀟暮雨灑江天，一番洗清秋。漸霜風淒緊，關河冷落，殘照當樓。是處紅衰翠減，苒苒物華休。惟有長江水，無語東流。不忍登高臨遠，望故鄉渺邈，歸思難收。嘆年來蹤跡，何事苦淹留！想佳人、妝樓顒望，誤幾回、天際識歸舟。爭知我、倚闌干處，正恁凝愁。

　　這四首的首篇，是重九懷鄉之作。上聯就自身所在之地，寫佳節思親的情懷，這是「實」的部分；下聯透過想像，將空間由客居地伸向故鄉，寫兄弟登高時思念自己的情景，這是「虛」的部分。很顯然的，「虛」的部分是專為加強「實」的情味力量而設計安排的。次篇是秋夜懷人之作。上聯藉涼天散步，實寫自己秋夜「懷君」的情懷，下聯憑著想像，虛寫空山友人「未眠」的情形；將自己對邱二十二員外的懷念，寫得極為動人。三篇是在汴京遙念金陵之作。作者在此，首先以上片起二句，寫自己想及前塵往事所湧生的沈重哀痛，作為綱領，用以貫穿全詞。接著依次以「秋風庭院蘚侵階」句，承上句「對景難排」之「景」，寫秋天寥落的白晝景象；以「一桁珠簾閑不捲」兩句，承起句的「哀」字，寫極致孤獨的悲哀；以下片起二句，承上片起句的「往事堪哀」，寫故國淪亡、銷盡豪氣的痛苦；以「晚涼天淨月華開」句，承上片的「景」，寫秋月升空的淒涼景象；然後以結兩句，承上句的「月」、「空」，將空間由汴京推擴至金陵，虛寫失國後宮廷內外的冷落月色，表出對過去一切已無可挽回的一種沈哀，寫得真是語語慘然，使人不忍卒讀。四篇是秋日懷鄉之作，首以起二句，就時令與氣候，寫一雨成秋的情形；次以「漸霜風淒緊」七句，寫雨後寂寥的黃昏秋景；再以「不忍登高臨遠」三句，由景轉情，寫自己登樓望遠的情形，拈出「歸思」作一篇主意，以統括全詞；接著以「嘆年來蹤跡」二句，承上句，寫自己不得已淹留在外的痛苦；然後以「想佳人」至篇末，循著「長江水」，由登高處一線直通至故鄉，從對面著想，虛寫佳人憑樓顒望，哀怨至極的情狀，以回應篇首的「對」字與換頭的「歸思」二字，表出自己「倚闌」凝眸所湧生的無限哀愁來。十分明顯的，這與前三篇一樣，就空間而言，是虛實並用的。

3　就時間而言者：虛實就時間來說，凡是敘事、寫景或抒情，只限於過去或當前的，是「實」；透過想像，伸向未來的，則為「虛」。

因為這和就空間而言的虛實一樣，足以增加情意的感染力量，所以在一般人的作品裡是相當常見的。譬如王維〈送別〉：

　　山中相送罷，日暮掩柴扉。春草明年綠，王孫歸不歸？

李商隱〈夜雨寄北〉：

　　君問歸期未有期，巴山夜雨漲秋池。何當共剪西窗燭，卻話巴山夜雨時？

張先〈天仙子〉：

　　水調數聲持酒聽，午醉醒來愁未醒。送春春去幾時回，臨晚鏡；傷流景，往事後期空記省。　　沙上並禽池上暝，雲破月來花弄影。重重簾幕密遮燈，風不定，人初靜，明日落紅應滿徑。

蘇軾〈賀新郎〉：

　　乳燕飛華屋。悄無人、桐陰轉午，晚涼新浴。手弄生綃白團扇，扇手一時似玉。漸困倚、孤眠清熟。簾外誰來推繡戶，枉教人、夢斷瑤臺曲。又卻是，風敲竹。　　石榴半吐紅巾蹙。待浮花浪蕊都盡，伴君幽獨。穠艷一枝細看取，芳心千重似束。又恐被、秋風驚綠。若待得君來，向此花前，對酒不忍觸。共粉淚，兩簌簌。

　　上引作品裡的頭一首，是山中送別之作。上聯寫的是山中送別後柴

門深掩的景象，這是「實」的部分；下聯則將時間延伸至明春草綠的時候，以「歸不歸」之問，寫王孫（所別之人）歸期之不定，以襯托出送者無限的離思來，這是「虛」的部分。先實而後虛的來寫，使作品添增了無比的韻味。第二首是客中寄遠之作，上聯實寫歸期未定、夜聽秋雨的寂寞情懷，下聯則承起句之「歸期」，就未來的某一天，用設問的手法，虛寫剪燭相對、傾訴今夕寂寞的情景。顯然的，這是採由實而虛的手段寫成的一首作品。第三首是暮春傷懷之作，首以起二句，寫午醉醒後的一番愁思；次以「送春春去幾時回」四句，承上句的「愁」字，寫流光無情、人事多紛、往事空勞回首、後期徒勞夢想的感傷；再以換頭二句，寫入夜的淒寂景象，而藉「並禽」、「花影」反襯出自己的孤單淒涼；接著以「重重翠幕密遮燈」三句，寫夜半不寐、不敢面對落花的情景；然後以結句，由實轉虛，透過想像，寫明朝落花滿徑的淒涼景象，歸結到送春、惜春之本意上作收。作者這樣由午而至晚，由晚而至夜，再由夜而至明日，層層寫來，實有著不盡的傷春之意。第四首是自傷幽獨之作，作者在此詞的前段，寫了一位絕塵的美人，藉她本身及周遭的「幽獨」物事，再加上「新」、「白」、「玉」、「清」和「悄」、「孤」等字眼，以烘托出她的高潔與孤單。而在後段，則先分初放與盛開兩階段，來描寫不與「浮花浪蕊」為伍而願「伴君幽獨」的榴花，並予以擬人化，以表出無限的幽獨「芳意」；然後由實入虛，透過想像，寫榴花驚風衰謝和美人哀憐落淚的失意情狀，使得情寓景中，達於人花交融的境界；到了這時候，究竟何者是花？何者是人？已完全無從分辨了。從這種詞意與安排看來，我們不難明白：作者是有意藉此以寓其懷才不遇的抑鬱情懷和不肯與流俗妥協的孤高人格的，這就無怪會有一股清峻之氣流貫於篇什之間了。

二　時空交錯類型

　　人生活在宇宙之中，而宇宙就是「時」與「空」的結合體。因此人類本身和周遭的一切，都脫不開「時」與「空」，當然那些藉以反映人之所見、所聞、所思、所感的文學或其他藝術作品，也是如此。而其中文學作品，由於它們不論長短，都不僅適合將「時」與「空」交錯或融合在一起，又特別便利於化「實」為「虛」、轉「虛」為「實」，甚至於複合「虛」與「實」，以呈現出其變化、自由與和諧的高度美感。因此本節特就此種辭章中不可或離之「時」、「空」交錯的「虛實」的類型，分「先虛後實」、「先實後虛」、「虛、實、虛」、「實、虛、實」等四種結構，舉蘇辛詞為例，作一番考察，以見這種章法類型與結構之奧妙於一斑。

（一）「先虛後實」結構

　　這所謂的「虛」與「實」，可以指時間，也可以指空間。照道理說，這種「先虛後實」的結構，該只有「先時（虛）後空（實）」與「先空（虛）後時（實）」的兩種而已；但在實際上，其中的「虛」與「實」，既可以同時用來並指「時」與「空」，也可以用來單指二者之一，其變化可說是相當多樣的。

　　首如蘇軾的〈青玉案〉：

　　　三年枕上吳中路，遣黃犬，隨君去。若到松江呼小渡。莫驚鴛
　　　鴦，四橋盡是，老子經行處。　　　輞川圖上看春暮，常記高人右
　　　丞句。作箇歸期天已許。春衫猶是，小蠻針線，曾濕西湖雨。

　　此詞題作「和賀方回韻，送伯固歸吳中」，據朱（祖謀）注引王（文

誥）案之說，作於宋哲宗元祐七年（1092）八月[4]。它首先以九句〔「三年」句起至「常記」句止〕，從虛空間切入，透過設想，寫蘇堅（伯固）這次回吳中故居時，走在途中和回到家園的情景。其中「吳中路」，由三年來之夢（枕上）帶出，是總括地說（凡）；「松江小渡」、「四橋」，是就途中（近故居）說（目一）；而「輞川圖」，以王維故居作比，是就回到家園時說（目二）；這主要是就虛空間來寫的。然後以「作簡歸期」四句，由虛轉實，將空間和時間拉回到這個送別之時和地，藉「小蠻」（喻作者之妾朝雲）[5]曾在杭州為伯固縫衣之事，以回應篇首之「三年」，一方面表達了兩人深固長久的友誼，一方面又暗示伯固不要忘了杭州、不要忘了老朋友；這主要是就實時間來寫的。

　　附其結構系統表如下：

```
           ┌ 凡:「三年」三句
    ┌ 虛（空）┤        ┌ 先（途中）:「若到」四句
    │      └ 目┤
    │          └ 後（家園）:「輞川圖」二句
    │      ┌ 先（許歸）:「作簡」句
    └ 實（時）┤
           └ 後（憶舊）:「春衫」三句
```

　　次如辛棄疾的〈沁園春〉：

4　朱（祖謀）注：「案伯固於己巳年（1089）從公杭州，至壬申三年（1092）未歸，故首句云然。王案：壬申八月，詔以兵部尚書召還。」見龍沐勛：《東坡樂府箋》（臺北市：華正書局，1978 年 9 月初版）引，頁 257。
5　陳邇冬注：「小蠻，人名，唐代大詩人白居易的家妓，善舞。這裡蘇軾借以指他的妾朝雲。」見《蘇軾詞選》（北京市：人民文學出版社，1986 年 7 月二版），頁 100。

三徑初成，鶴怨猿驚，稼軒未來。甚雲山自許，平生意氣；衣冠
人笑，抵死塵埃。意倦須還，身閒貴早，豈為蓴羹鱸膾哉。秋江
上，看驚弦雁避，駭浪船回。　　　　東岡更葺茅齋。好都把、軒窗
臨水開。要小舟行釣，先應種柳；疏籬護竹，莫礙觀梅。秋菊堪
餐，春蘭可佩，留待先生手自栽。沉吟久，怕君恩未許，此意徘
徊。

　　這闋詞題作「帶湖新居將成」，作於宋孝宗淳熙八年（1181）。此
所謂「帶湖新居」，在江西上饒縣，經始於作者第二次帥江西時
（1180）[6]。因作此詞時，作者正在江西帥任內，故一開篇即由虛空間切
入，以絕大篇幅（自篇首至「留待」句止）繞著「新居」來寫。它先以
「三徑」三句，突出將成之整個「帶湖新居」，交代好題目；再以「甚
雲山」四句，承上述「稼軒未來」，寫該來而未來的無奈；接著以「意
倦須還」六句，就主觀與客觀兩層，表出自己該來、欲來的原因；這是
著眼於「全」（新居之整體）來寫的。然後以「東岡」九句（自「東岡」
句起至「留待」句止），針對「帶湖新居」，仍不離虛空間（含虛時間），
依序寫要在它適當的地點葺茅齋、栽花木的一些打算；這是著眼於
「偏」（新居之局部）來寫的。至於「沉吟久」三句，則由虛轉實，寫
此刻此地在仕隱之間，猶豫不決、難以言宣的心意[7]，呼應篇首的「未
來」作收；這主要是就實時間來寫的。
　　作者就這樣在「先虛（空）後實（時）」的框架下，將自己矛盾的

6　洪邁有〈稼軒記〉詳述此事，見鄧廣銘：《辛稼軒年譜》（臺北市：河洛圖書出版社，
　　1979 年 6 月臺影印初版），頁 82-83。
7　常國武：「『沉吟久』三字，寫自己左思右想，在去留之間，心情仍然十分矛盾。『怕
　　君恩未許』，說明對孝宗還存有幻想，對仕宦仍有所留戀。從全詞的藝術結構來看，
　　作者當時的心情確很矛盾，然而矛盾的主要方面依舊是用世思想。」見《辛稼軒詞集
　　導讀》（成都市：巴蜀書社，1988 年 9 月一版一刷），頁 159-160。

心理活動作了生動的呈現[8]。

附其結構系統表如下：

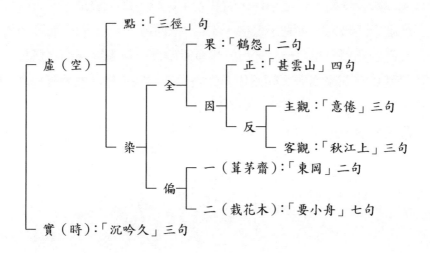

又如辛棄疾的〈菩薩蠻〉：

送君直上金鑾殿，情知不久須相見。一日甚三秋，愁來不自由。

九重天一笑，定是留中了。白髮少經過，此時愁奈何！

此詞題作「送鄭守厚卿赴闕」，當作於作者隱居帶湖時（1190-
1192？），時鄭厚卿正家居上饒[9]。它直接針對題目之「赴闕」，首先以
「送君」二句，把空間投到京城，賀鄭厚卿受詔將「直上金鑾殿」，這

8　喻朝剛：「此詞通篇寫心理活動，從不同側面表現用世與退隱的矛盾。」見《辛棄疾
　及其作品》（長春市：時代文藝出版社，1989 年 3 月一版一刷），頁 156。
9　鄭厚卿其人其事，見鄧廣銘：《辛稼軒年譜》，頁 95。又見其《稼軒詞編年箋注》（臺
　北市：華正書局，1978 年 12 月版），頁 196、225。

主要是就虛空間來寫的；其次以「一日」二句，寫鄭厚卿離開之後，自己將像《詩・王風・采葛》所說的「一日不見，如三秋兮」，會湧生無限的思念（愁），這主要是就虛時間來寫的；再其次以「九重天」二句，預祝鄭厚卿將受到天子之重用，留在朝中任職，這主要是

　　就虛空間來寫的。到了最後，才以「白髮」二句，由虛而實，大力拉回到送別此刻，說自己年老，不堪承受離愁，以表達深切之情誼，這主要是就實時間來寫的。如此用「先虛（空、時、空）後實（時）」的結構來寫，在整齊中含變化，饒有章法。

　　附其結構系統表如下：

```
         ┌──── 空：「送君」二句
     ┌虛─┼──── 時：「一日」二句
     │   └──── 空：「九重天」二句
─────┤
     │        ┌── 因：「白髮」句
     └實（時）┤
              └── 果：「此時」句
```

　　末如辛棄疾的〈點絳唇〉：

　　　身後虛名，古來不換生前醉。青鞋自喜，不踏長安市。　　　竹外僧歸，路指霜鐘寺。孤鴻起，丹青手裡，剪破松江水。

　　此詞作年莫考，反映的是作者的隱退意識。它首先在上片，用「先時後空」的順序，寫自己現在正喜著草鞋，不必置身於「長安」（在此借指臨安），以贏得身後虛名，來交換生前「宜醉、宜遊、宜睡」（〈西江月〉）之樂；而「身後」為虛時間、「長安」為虛空間；可見這主要是著眼於虛時間、虛空間來寫的。然後在下片，用「先遠後近」的順

序，先寫眼前所見和尚由竹外歸寺的遠景，再寫畫中所見孤鴻剪水的「奇想」[10]近景，這主要是著眼於實空間來寫的。如單以時空結構而言，與上幾首顯有不同。

附其結構系統表如下：

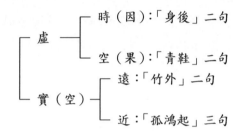

（二）「先實後虛」結構

一般說來，辭章裡形成「先虛後實」結構的，比較少見，而形成「先實後虛」結構的，則俯拾皆是。它如以時空呈現，則除可以形成「先時（實）後空（虛）」、「先空（實）後時（虛）」等結構外，也和「先虛後實」一樣，可組合成多樣類型。

首如蘇軾的〈菩薩蠻〉：

秋風湖上蕭蕭雨，使君欲去還留住。今日漫留君，明朝愁煞人。
佳人千點淚，灑向長河水。不用斂雙蛾，路人啼更多。

這闋詞題作「西湖送述古」，作於宋神宗熙寧七年（1073）。述古，

---

10 「丹青」二句，出於杜甫〈戲題王宰畫山水圖歌〉之結二句：「焉得并州快剪刀，剪取吳淞半江水。」吳（摯甫）注：「更以奇想作收。」見高步瀛：《唐宋詩舉要》（臺北市：學海出版社，1973年2月初版），頁226。

即杭州太守陳襄，時卸任，將赴京城[11]。它直接先以起句，就實空間，寫眼前湖上雨景，以襯托離愁；再以「使君」二句，就實時間，寫此刻留戀情懷，以增添離愁；接著以「明朝」句，就虛時間，設想到「明日」之離愁，拈出「愁」字，以統括全詞；然後以「佳人」四句，就虛空間，進一步寫「明朝」送行時佳人（主）與路人（賓）啼淚的情景，來推深離愁，並暗含著述古有遺愛在杭州之讚美[12]，予以收結。這樣以「先實後虛」的結構呈現，層次井然。

附其結構系統表如下：

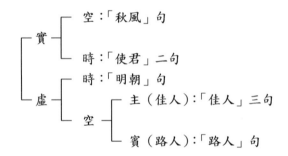

次如蘇軾的〈陽關曲〉：

暮雲收盡溢清寒，銀漢無聲轉玉盤。此生此夜不長好，明月明年何處看！

此詞題作「中秋作」，作於熙寧十年（1077）中秋，時作者在徐州

---

11 朱（祖謀）注：「《紀年錄》：甲寅，送述古赴南都作。」見龍沐勛：《東坡樂府箋》，頁 27。
12 陳邇冬於「路人啼更多」句下注：「意謂好官去任，人們捨不得。」見《蘇軾詞選》，頁 19。

（彭城）[13]。它一開始就由實空間切入，以「暮雲」二句，寫天空中的明月景色；再由實空間轉到實時間，寫一如往年「不長好」的「此夜」；然後由實轉虛，結合時空，以「明月」句，承「不長好」，說自己明年（時）不知在何處度中秋（空），以強烈表達對未來的憂心。此時烏臺詩案正在形成，作者有這種憂心，是很自然的事。

附其結構系統表如下：

```
        ┌──── 空：「暮雲」二句
    ┌ 實 ┤
    │   └──── 時：「此生」句
    └ 虛（時、空）：「明月」句
```

又如蘇軾的〈八聲甘州〉：

> 有情風、萬里卷潮來，無情送潮歸。問錢塘江上，西興浦口，幾度斜暉？不用思量今古，俯仰昔人非。誰似東坡老，白首忘機。
>
> 　　記取西湖西畔，正春山好處，空翠煙霏。算詩人相得，如我與君稀。約他年東還海道，願謝公、雅志莫相違。西州路，不應回首，為我沾衣。

此詞題作「寄參寥子」，作於元祐四年（1089），時作者正在杭州巽亭[14]，藉以抒發自己身世之感（含家國之思），並對參寥子表示絕不

---

13 《東坡樂府箋》，頁 92。

14 曾棗莊、吳洪澤：「南宋傅幹《注東坡詞》，題下有『時在巽亭』四字。《咸淳臨安志》：『南園巽亭，在鳳凰山舊府治內，以在郡城東南，故名。』元祐四年（1089）蘇軾知杭州，有〈次韻詹適宣德小飲巽亭〉詩，此詞當作於同時。時參寥住西湖孤山，與巽亭有一段距離，故云『寄』。」見《蘇軾詞選》（臺北市：三民書局，2000 年 11 月初版一刷），頁 116。

違早退之約，以深化對他的特殊友誼。它首先從實空間切入，以「有情
風」十四句（自開端起至「如我」句止），寫登巽亭時所見西湖水山好
景，從而帶出所引生之身世（含家國）感觸和對參寥子的無限懷念。其
中「有情風」二句，寫的是黃昏時潮來去的空闊水景，用以領起下面抒
情的句子；「問錢塘」三句，是以眼前所面對「西興浦口」的斜暉作為
引渡，用回憶、激問之筆，寫過去自己與參寥子一起共度時光的情景；
「不用思量」四句，寫的是自己對人事變化、宦海浮沉的「忘機」態度，
從中抒發了身世（含家國）之感[15]；「記取」五句，乃以「記取」三句，
呼應「幾度斜暉」之「幾度」，一樣用回憶之筆，將眼前所見西湖周遭
之煙山美景與過去兩人所共度之時光打併在一起，以領出「算詩人」二
句，表達出兩人深刻的友誼。然後由實轉虛，將時間推向未來，用謝安
（喻己）與羊曇（喻參寥子）的典故（見《晉書‧謝安傳》），呼應「白
首忘機」，寫自己絕對守約隱退的心意[16]，以推深兩人情誼。由此可
見，這首詞是用「先實（空）後虛（時）」的結構加以統合而寫成的。

---

15 曾棗莊、吳洪澤：「開頭二句以江潮為比興，實際描繪了元祐初年的整個政治形勢。
　『問錢塘江上』三句，抒發『夕陽無限好，只是近黃昏』（李商隱〈登樂遊原〉的深
　沉感慨。……『不用思量今古』二句，化用王羲之〈蘭亭集序〉：『俛仰之間，已為
　陳跡。』兩句緊承『幾度斜暉』，表明他不僅是詠落日，也在感嘆人事。『誰似東坡老』
　二句，這是蘇軾表明對潮來潮去、日起日落以及宦海浮沉的態度。」，頁114。
16 徐中玉：「這幾句（『約他年』五句）與參寥子相約，日後退隱杭州，並期望付諸實
　現，使參寥子不致為作者遺憾。」見《蘇東坡文集導讀》（成都市：巴蜀書社，1990
　年6月一版一刷），頁258。

附其結構系統表如下：

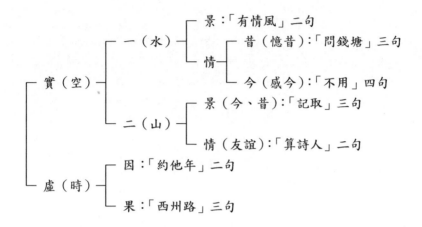

末如辛棄疾的〈鷓鴣天〉：

> 聚散匆匆不偶然，二年歷遍楚山川。但將痛飲酬風月，莫放離歌
> 入管絃。　　縈綠帶，點青錢。東湖春水碧連天。明朝放我東歸
> 去，後夜相思月滿船。

這首詞題作「離豫章，別司馬漢章大監」，作於淳熙五年（1178）。
它一開始即由實時間入筆，先以「聚散」二句，就「昔」寫二年來的奔
波、聚散，含身世之感，為此次之離情作鋪墊；再以「但將」二句，就
「今」寫此次之別宴，由此帶出離情；然後由實時間過到實空間，以
「縈綠帶」三句，寫在別宴時所面對的水天景色，藉以襯托離情。到了
最後，才由實轉虛，以「明朝」二句，依「先時後空」的順序，設想「明
朝東歸」後的情景，將離情作進一層之推深，使全詞充滿著離別之情與

身世之感[17]。

附其結構系統表如下：

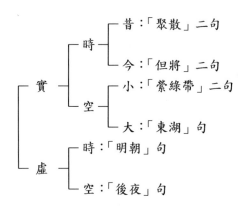

(三)「虛、實、虛」結構

在時空交錯（含融合）的前提下，辭章要形成「先虛後實」或「先實後虛」的兩種結構，因兩者均著重在秩序，較為單純，所以在辭章裡都可常見到；而「虛、實、虛」與「實、虛、實」兩者，則由於它們均著重在變化，比較複雜，因此在辭章裡都不易見到。尤其是「虛、實、虛」這種類型，更是如此。但依然在蘇辛詞裡，可以找到它的蹤影。

首如蘇軾的〈醉落魄〉：

蒼顏華髮，故山歸計何時決。舊交新貴音書絕。惟有佳人，猶作殷勤別。　　離亭欲去歌聲咽，蕭蕭細雨涼吹頰。淚珠不用羅巾裛。彈在羅衫，圖得見時說。

---

17 常國武：「全詞篇幅雖短，但能將身世之感和離別之情置於一處抒寫，並照顧到景物的襯托，也頗見作者的藝術匠心。」見《辛稼軒詞集導讀》，頁144。

這首詞題作「蘇州閶門留別」，當作於熙寧七年（1074）[18]。它一開篇即置重於虛時間，以「蒼顏」二句，把時間推向未來，發出不知何時才能歸鄉的感嘆，為下敘的離情蓄力。接著置重於實空間，採「主、賓、主」的順序，先以「舊交」四句，敘寫美人唱離歌殷勤送別的場景，以帶出離情，這是「主」；再以「蕭蕭」句，寫不斷吹頰的蕭蕭細雨，以景襯情，此為「賓」；末以「淚珠」句，寫美人淚滴羅衫的情狀，以加重離情，這又是「主」。然後又置重於虛時間，以結句應起，將時間推向未來，用「淚」作橋樑，設想未來見面時的情景，一面藉以安慰「美人」，一面藉以推深離情。如此以「虛（時）、實（空）、虛（時）」的結構呈現，很富於變化。

附其結構系統表如下：

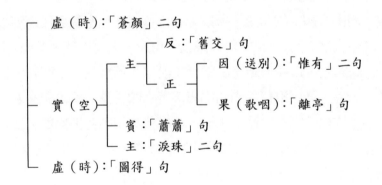

次如蘇軾的〈河滿子〉：

　　見說岷峨悽愴，旋聞江漢澄清。但覺秋來歸夢好，西南自有長

---

18 此詞應作於熙寧七年（甲寅）冬，朱（祖謀）注：「王案：甲寅十月，至金閶。」見龍沐勛：《東坡樂府箋》，頁48。

城。東府三人最少，西山八國初平。　　　莫負花溪縱賞，何妨藥
市微行。試問當壚人在否，空教是處聞名。唱著子淵新曲，應須
分外含情。

　　此詞題作「湖州寄益守馮當世」，當作於熙寧九年（1076），時作
者在密州，而馮當世（京）在成都[19]。它首先以起二句，主要就虛空
間，突出「岷峨」（借指成都），寫馮當世在四川平定茂州夷人叛亂的
功績（見《宋史·馮京傳》），一如周宣王時召虎之平淮夷，以表示慶
賀之意。接著以「但覺秋來」二句，主要就實時間，承上寫自己「秋
來」，因有馮當世鎮守家鄉四川，故有好的「歸夢」。然後以「東府」
二句及整個下片，又主要就虛空間，鎖定「成都」來寫：它首以「東府」
二句，呼應「江漢澄清」，指出馮當世來鎮守四川，成就了有如唐朝韋
皋震服「西山八國」的功業，所以宋神宗特召知樞密院事（熙寧九年十
月，見《續資治通鑑》，卷71），成為「東府三人（王珪、吳充、馮京）
最少」[20] 的顯要，以極力讚美馮當世；次以「莫負花溪」四句，勸馮當
世不妨在公餘，微服出行，走訪那成都著名的花溪、藥市與文君壚，以
察訪民情；末以「唱著子淵」二句，用漢代益州刺使王襄舉王褒，而王
褒後來作〈聖主得賢臣頌〉來加以歌頌的故事（見《漢書·王褒傳》），
要他識拔當地人才。這樣以「虛（空）、實（時）、虛（空）」的結構來
寫，不但讚美了馮當世的武功（主），也對他的文治（賓），作了很高

---

19 石聲淮、唐玲玲：「題說『湖州寄益守馮當世』，詞中內容是馮當世作益守時的事，
　馮當世作益守在熙寧九年丙辰（公元 1076 年）。這年蘇軾在密州，題說『湖州』，時
　和地相矛盾。」見《東坡樂府編年箋注》（臺北市：華正書局，1993 年 8 月初版），
　頁 91-92。

20 東府，指樞密院，與中書省，並稱二府。三人，指中書門下平章事吳充、王珪二
　人，加上馮京。時（西寧九年）王珪五十八歲、吳充和馮京五十六歲，大約馮京出
　生的月份早，所以說「最少」。見《東坡樂府編年箋注》，頁 93-94。

的期許。雖然前後用了很多典故，卻絲毫不損其意味。

附其結構系統表如下：

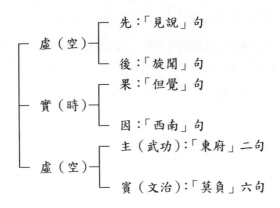

```
        ┌ 虛（空）┬ 先：「見說」句
        │        └ 後：「旋聞」句
        │
        ├ 實（時）┬ 果：「但覺」句
        │        └ 因：「西南」句
        │
        └ 虛（空）┬ 主（武功）：「東府」二句
                 └ 賓（文治）：「莫負」六句
```

又如辛棄疾的〈千秋歲〉：

塞垣秋草，又報平安好。尊俎上，英雄表。金湯生氣象，珠玉霏
談笑。春近也，梅花得似人難老。　　莫惜金尊倒，鳳詔看看
到。留不住，江東小。從容帷幄去，整頓乾坤了。千百歲，從今
盡是中書考。

這首詞題作「金陵壽史帥致道。時有版築役。」作於乾道五年
（1169）。它首先由虛空間切入，以開端二句，寫邊塞平安無事，為底
下之壽慶預鋪路子。其次由虛轉實，正式落到壽宴上來：首以「尊俎
上」四句，主要就「空」，寫史致道談笑自若的英雄氣概與金湯永固的
重修工程[21]，以交代題目；次以「春近也」二句，依然就「空」，寫冬

---

[21] 所謂「版築役」，當指鎮淮、飲虹二橋隻重修而言。見鄧廣銘：《稼軒詞編年箋注》，
頁 13。

天盛開的梅花，一面扣緊史致道的生日（在冬至日後），一面說他還很年輕，勝過梅花，以寫他神采奕奕的形象；以上是以「圖、底、圖」的結構來呈現的。末以「莫惜」二句，則主要就「時」，寫勸酒的事，並祝他高昇。然後又由實轉虛，以「留不住」六句，承「鳳詔看看到」，將時間推向未來，說他會離開江東（指金陵），銜命收復中原，完成統一大業，而一直高居宰輔之位，以加強慶賀的意思。

　　附其結構系統表如下：

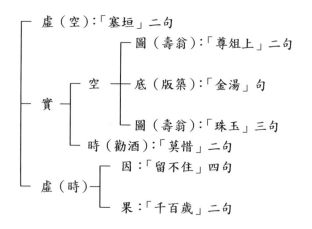

末如辛棄疾的〈清平樂〉：

　　此身常健，還卻功名願。枉讀平生三萬卷，滿酌金杯聽勸。　男兒玉帶金魚，能消幾許詩書？料得今宵醉也，兩行紅袖爭扶。

　　此詞題作「壽信守王道夫」，作於紹熙二年（1191），時作者隱居於帶湖。它首先著眼於虛時間，預祝信州太守王道夫（自中）自此能健康地去完成他建立功名的願望。接著著眼於實時間，以「枉讀」四句，

寫到壽席之上：先用「枉讀」二句，主要就「空」，承上寫自己酌酒勸
王道夫要建功立名的情景；再用「男兒」二句，主要就「時」，以「朝
廷那些做高官的，未必就有多少詩書才學」[22]，從反面抒發自己此刻被
迫閒居的感慨。最後則又轉實為虛：先以「料得」句，主要就「時」寫
當夜酒醉的時候，再由此領出「兩行」句，主要就「空」寫到時須有美
人爭扶的情景[23]，藉「醉酒」表達出祝壽之忱與感慨之深，以收拾全詞。

　　附其結構系統表如下：

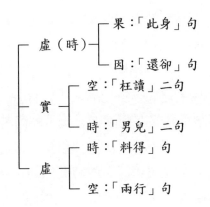

（四）「實、虛、實」結構

　　這種結構，和上一種一樣，均極富於變化，可藉以形成「時空交
錯」的多變類型。一般說來，無論「時」與「空」，寫「虛」都比寫「實」
為難，尤其在開篇時，更是如此。因此在辭章裡，「實、虛、實」這種
結構，比起「虛、實、虛」來，見到的機會自然會多一些，即以蘇辛詞

22　劉坎龍：《辛棄疾詞全集詳注》（烏魯木齊市：新疆人民出版社，2000 年 11 月第一
　　版），頁 203。
23　劉坎龍：「結尾兩句寫酒醉後侍女爭扶的情景，是想像之辭。」同前註。

而言，也不例外。

　　首如蘇軾的〈蝶戀花〉：

　　　　雨後春容清更麗，只有離人，幽恨終難洗。北固山前三面水，碧
　　　　瓊梳擁青羅髻。　　　　一紙鄉書來萬里，問我何年，真箇成歸計。
　　　　回首送春拚一醉，東風吹破千行淚。

　　此詞題作「京口得鄉書」，作於熙寧七年（1074）。由於此時正值
春天，所以作者便主要著眼於實空間來寫。他先以起句，泛寫雨後清麗
之春景；再以「北固山」二句，鎖定「京口」之地標「北固山」和山下
之長江水，將「山」比作「青羅髻」、「水」比作「碧瓊梳」，具寫雨後
清麗之春景；而於此兩者之間，特地插入「只有」二句，即景抒情，寫
「得鄉書」後的無限離恨；又在此兩者之後，轉而著眼於實時間，正式
以「一紙」句交代這時「得鄉書」的這件事實。接著以「問我」二句，
承「一紙」句，很技巧地由實轉虛，將時間伸向未來，寫不知何日才能
歸鄉的「幽恨」。然後以「回首」二句，又由虛歸實，主要著眼於實空
間，寫自己面對東風拚醉落淚的情狀，既和上片所寫之實空間打成一
片，將「幽恨」再予具象化，又暗含歸期無望之意[24]，使作品更富於韻
味。

---

24 陳邇冬釋「回首」二句：「二句未對鄉書所問直接回答，但以送春一醉、熱淚千行暗
　　示歸期無望。作者此時距最後一次離開故鄉已六年，雖懷歸心切，終不能如願。」見
　　《蘇軾詞選》，頁 10。

附其結構系統表如下：

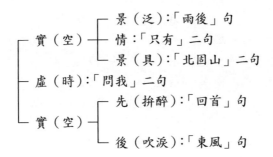

次如蘇軾的〈浣溪沙〉：

> 軟草平莎過雨新，輕沙走馬路無塵。何時收拾耦耕身？　日暖桑麻光似潑，風來蒿艾氣如薰。使君元是此中人。

這首詞為一套組詞的最後一首，此組詞題作「徐門石潭謝雨，道上作五首。潭在城東二十里，常與泗水增減、清濁相應。」作於元豐元年（1078），時作者在徐州（彭城）。它一開篇就由實空間切入，以「軟草」二句，特別著眼於「道旁」（遠）的莎草與道中的輕沙，寫走在「道上」（近）所見道旁雨後的清新景象，預為下句敘隱逸之思鋪路。接著由實轉虛，將時間推向未來，以「何時」句，即景抒情，抒發了隱退的強烈意願。繼而以「日暖」二句，又回到實空間，特別著眼於「桑麻」的光澤與「蒿艾」的香氣，應起寫走在道上所見雨後的另一清新景象，以強化隱逸之思；最後以結句，主要著眼於實時間，寫此時所以會有強烈的隱退意願，是由於自己原本就來自於田野的緣故。這樣用「實（空）、虛（時）、實（空、時）」的結構來組合材料，將隱逸之旨表達得極為明白。

　　附其結構系統表如下：

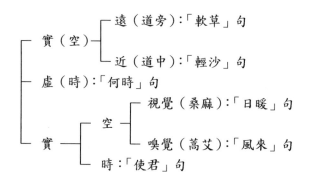

　　又如辛棄疾的〈臨江仙〉：

　　　風雨催春寒食近，平原一片丹青。溪頭換渡柳邊行。花飛蝴蝶
　　　亂，桑嫩野蠶生。　　　綠野先生閒袖手，卻尋詩酒功名。未知明
　　　日定陰晴。今宵成獨醉，卻笑眾人醒。

　　這闋詞題作「即席和韓南澗韻」，作於作者閒退帶湖年間（1182-
1190）。它雖是在席上所寫，寫的可能是再現景，而非眼前景，卻同樣
屬於實景，與出自設想之虛景，有所不同。所以此詞自篇首起至「卻
尋」句止，完全就「實」而寫：其中「風雨」句，先著眼於「時」，指
明現在是逼近寒食的暮春時節；「平原」四句，再著眼於「空」，由遠
而近地具寫「寒食近」時的田野風光；「綠野」二句，則又倒回來，著
眼於「時」，點出「韓南澗」（以裴度為喻）[25] 和自己現在過的是吟詩醉

---

25 綠野先生，指唐裴度，有別墅，號綠野堂。在此用以指韓南澗。辛棄疾題作「甲辰
　　歲壽韓南澗尚書」的〈水龍吟〉詞有「綠野風煙」之句，即將韓南澗比作裴度。見《稼
　　軒詞編年箋注》，頁 119。

酒的閒退生活，既以交代題目，也藉以領出下句。作者著眼於「實」寫到了這裡，才突然地以「未知」一句，轉實為虛，承上兩句，把時間伸向「明日」（未來），寫對前途未卜的疑慮，這和作者另一首作於淳熙十五年（1188）之〈蝶戀花〉詞所謂「今歲花期消息定，只愁風雨無憑準」的意思，是相同的。著眼於「虛」寫了這麼一句，卻又轉回到「實」，寫到此刻之席上來，反用屈原「舉世皆濁我獨清，眾人皆醉我獨醒」（《楚辭‧漁父》）的詩意[26]，發出感慨作收。

　　附其結構系統表如下：

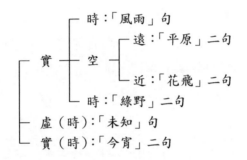

　　末如辛棄疾的〈虞美人〉：

翠屏羅幕遮前後，舞袖翻長壽。紫髯冠佩御爐香，看取明年歸奉、萬年觴。　　今宵池上蟠桃席，咫尺長安日。寶煙飛焰萬花濃，試看中間白鶴、駕仙風。

26　劉坎龍：「詞的下片直抒胸臆，寫自己不受重用，投閒置散，像裴度那樣，飲酒作詩，不問世事，實際上內心深處蘊含了憤懣和牢騷。所以結句反用〈漁父〉中揭示屈原被流放原因的詩句，來表達自己的情懷，引人深思。」劉坎龍：《辛棄疾詞全集詳注》，頁84。

　　這首詞題作「壽趙文鼎提舉」，當作於紹熙二年（1191）前後。它首先主要由實空間切入，直接鎖緊壽宴，以「翠屏」三句，採「先底後圖」[27]的結構來寫，先是「翠屏」二句，主要寫筵席上的壽舞，為「底」；再來是「紫髯」句，主要寫筵席上的壽翁，為「圖」。其次以「看取」三句，由實轉虛，主要用「先時後空」的結構，預祝壽翁「明年」將高昇入京；不過必須一提的是，雖然在此插了「今宵」一句，涉及今夜之筵席，但它僅僅為「看取」句（時）與「咫尺」句（空）充作橋樑之用，因此可視為附屬成分，這在辭章上是很常見的。最後以「寶煙」二句，又由「虛」拉回到「實」，主要就實空間，依然採「先底後圖」的結構來寫，「底」指「寶煙」句，寫的是筵席上濃如萬花的煙火；「圖」指「試看」句，寫的是筵席上如同仙鶴的壽翁。就這樣，將慶賀之場面表達得十分喜氣，從而加深了祝賀之忱。

　　附其結構系統表如下：

```
        ┌ 實（空）┬ 底（壽舞）:「翠屏」二句
        │         └ 圖（壽星）:「紫髯」句
        │
        ├ 虛 ┬ 時（明年）:「看取」句
        │    └ 空（長安）:「今宵」二句
        │
        └ 實（空）┬ 底（煙花）:「寶煙」句
                  └ 圖（壽星）:「試看」句
```

27 「底」，指背景，也稱為「地」；「圖」，指焦點。王秀雄:「在視覺心理上，把視覺對象從其背景浮現出來，而讓我們認識得到的物，叫做『圖』（Figure）……其周圍之背景，叫做『地』（Ground）。」見《美術心理學》（臺北市：三信出版社，1975 年初版），頁 126。另參見仇小屏:〈論「圖底」章法的空間結構〉，《國文天地》17 卷 5 期（2001 年 10 月），頁 100-104。

　　綜上所述，足見辭章在「時空交錯」之下，可以形成「虛實複合」的多種結構。其中「先虛後實」、「先實後虛」或「先時後空」、「先空後時」……等，主要出自於人類求「秩序」的心理，也因而使得辭章形成「秩序」之美。而「虛、實、虛」、「實、虛、實」或「時、空、時」、「空、時、空」……等，則出自於人類求「變化」的心理，也因而使得辭章形成「變化」之美。以上兩種，無論「秩序」或「變化」，均能使「虛」與「實」、「時」與「空」互相呼應而聯貫，成為「對比」（趨於陽剛）或「調和」（趨於陰柔），因此就使得辭章多了「聯貫」（含對比、調和）之美。而最要緊的，就是從篇首到篇末，必須將所要表達的情意，形成主旨或綱領，「一以貫之」（《論語‧里仁》），以達於「統一」的目的，這無疑是出自於人類求「統一」的心理，自自然然地就使得辭章形成「統一」之美。而這所謂的「秩序」、「變化」、「聯貫」、「統一」，正是辭章章法的四大律[28]，既各有其心理基礎，也各有其美感效果，所謂「人同此心，心同此理」，是不宜以「莫須有」或「無用」來看待它們的。

第二節　抑揚

　　所謂的「抑」，指的是貶抑；所謂的「揚」，指的是頌揚。從表面上看，貶抑與頌揚，義恰相反，該是無法並存的，就像一樣東西，好就是好、不好就是不好，不能「模稜兩可」一樣；然而世上的東西，大家都知道是沒有絕對的完美或醜惡的，只要人肯把觀點稍作移動，便可輕易的發現，「抑」與「揚」可先後出現在同一事物或人身之上，因此自古以來，當作家寫文章，對人或事有所評論時，既有全從「抑」或「揚」

---

28 陳滿銘：〈論辭章章法的四大律〉，《國文天地》17 卷 4 期（2001 年 9 月），頁 101-107。

來著眼的，也有冶「抑」與「揚」為一爐的，所謂「抑而須揚，揚而須抑」[29]，就是這個意思。由於前者僅涉及運才手段，而在篇內形不成「抑揚」結構，因此在此只就有「抑」有「揚」者，舉例略做說明；

先看杜甫〈八陣圖〉：

功蓋三分國，名成八陣圖。江流石不轉，遺恨失吞吳。

此詩乃杜甫於大曆元年（766）初至夔州時所作，採「先揚後抑」的結構寫成，旨在詠懷諸葛武侯。

以「揚」而言，為起二句，藉「三分國」與「八陣圖」，從全局性的豐功偉業與重點性的軍事貢獻，來歌頌諸葛亮，比起那成都武侯祠中的碑刻所說的「一統經綸志未酬，布陣有圖誠妙略」、「江上陣圖猶布列，蜀中相業有餘光」，將諸葛亮的功業、貢獻頌讚得更凝鍊、簡要，大力地預為下面的憑弔作鋪墊。

以「抑」而言，為結二句：「江流石不轉」句，一方面承上句「八陣圖」而寫，寫八陣圖中的石堆在長久大水的沖刷下至今依然未動、未變，以表達物是人非的感慨；一方面又暗含「我心匪石，不可轉也」（《詩·邶風·柏舟》）的意思，寫諸葛亮忠貞不二的心志，既表示對他的崇仰，也對他的齎志而歿有著惋惜的意思，「揚」中有「抑」，帶有映襯、接榫的作用。於是緊接著就以結句，寫諸葛亮一生最大的遺恨。在這綿綿遺恨中，作者「官應老病休」（〈旅夜書懷〉詩）的抑鬱情懷也宣泄出來了。

---

29 歸有光：《文章指南》（臺北市：廣文書局，1985 年 10 月再版），頁 9。

附其結構系統表供參考：

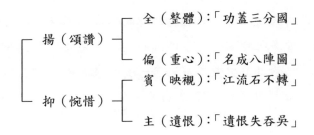

再看韓愈〈圬者王承福傳〉：

圬之為技，賤且勞者也。有業之，其色若自得者，聽其言，約而
盡。問之，王其姓，承福其名；世為京兆長安農夫。天寶之亂，
發人為兵。持弓矢十三年，有官勳，棄之來歸，喪其土田，手鏝
衣食。餘三十年，舍於市之主人，而歸其屋食之當焉。視時屋食
之貴賤，而上下其圬之傭以償之。有餘，則以與道路之廢疾餓者
焉。

又曰：「粟，稼而生者也；若布與帛，必蠶績而後成者也。其他
所以養生之具，皆待人力而後完也；吾皆賴之。然人不可遍為，
宜乎各致其能以相生也。故君者，理我所以生者也；而百官者，
承君之化者也。任有大小，惟其所能；若器皿焉。食焉而怠其
事，必有天殃；故吾不敢一日捨鏝以嬉。夫鏝易能，可力焉；又
誠有功，取其直，雖勞無愧，吾心安焉。夫力易強而有功也，心
難強而有智也；用力者使於人，用心者使人，亦其宜也。吾特擇
其易而無愧者取焉。

嘻，吾操鏝以入富貴之家有年矣！有一至者焉，又往過之，則為
墟矣！有再至三至者焉，而往過之，則為墟矣！問之其鄰，或

曰：『噫、刑戮也！』或曰：『身既死，而其子孫不能有也。』
或曰：『死而歸之官也。』吾以是觀之，非所謂食焉（而）怠其
事，而得天殃者邪？非強心以智而不足，不擇其才之稱否而冒之
者邪？非多行可愧，知其不可而強為之者邪？將富貴難守，薄功
而厚饗之者邪？抑豐悴有時，一去一來而不可常者邪？吾之心憫
焉，是故擇其力之可能者行焉。樂富貴而悲貧賤，我豈異於人
哉？」

又曰：「功大者，其所以自奉也博；妻與子，皆養於我者也。吾
能薄而功小，不有之可也；又吾所謂勞力者，若立吾家而力不
足，則心又勞也。一身而二任焉，雖聖者不可能也。」

愈始聞而惑之，又從而思之，蓋賢者也。蓋所謂獨善其身者也。
然吾有譏焉；謂其自為也過多，其為人也過少。其學楊朱之道者
耶？楊之道，不肯拔我一毛而利天下，而夫人以有家為勞心，不
肯一動其心以畜其妻子，其肯勞其心以為人乎哉？雖然，其賢於
世之患不得之而患失之者，以濟其生之欲，貪邪而亡道以喪其身
者，其亦遠矣。又其言，有可以警余者，故余為之傳而自鑒焉。

這篇長文採「論、敘、論」的結構統合而寫成：

以篇首的「論」而言，為開篇六句，它先以開端兩句一「抑」，點
明「圬」這種行業的性質，而以「賤」字伏下「使於人」句，以「勞」
字伏下「用力」句；再以四句一揚，陡然指出一個圬者從事這種行業所
顯現的神情與言談特色卻有異於常人的地方，而以「自得」伏下「無
愧」、「心安」句，以「約盡」伏下兩個「又曰」，以領起一篇精神。

以「敘」而言，包括第一（開篇六句後）、二、三、四等段：先看
第一段，先以「問之」兩字與上文作接榫，帶出「王其姓」十數句，採
代敘的手法，順次交代這個圬者的姓名、世業以及入伍得官、棄官業圬

的履歷，很技巧的道出了他勤力餘生與不畜妻子的意思。再看第二、三段，作者在這裡，緊承起段，先以「又曰」二字作引，領出王承福的兩段話來：頭一段話，是由「粟稼而生者也」至「吾特擇其易為而無愧者取焉」止。首先應起段之「手鏝衣食」句，從衣食的生產談到其他養生之具，說明人所以須分工合作的原因；再藉君臣所負任務之大小，說明人須各盡所長的道理；然後以「食焉怠其事」二句，將上兩節的意思作一總括，從反面指出人若不能分工合作、各盡所長，必得天譴，並且由因而果的順勢引出「故吾不敢一日捨鏝以嬉」句，拉到自家身上，說出自己不敢「捨鏝以嬉」的事實。接著扣緊「捨鏝」之「鏝」字，並應起段開端數句，分勞力與勞心兩層，解釋自己所以業圬不辭勞賤的緣故。第二段話，由「嘻」至「我豈異於人哉」止，則先以「嘻」字發出感歎，從而引出「吾操鏝」一句，作為總冒，分「一至」與「再至三至」兩層，敘述自己從事泥水工作以來所見人家由富貴變成廢墟的情形；再以「問之其鄰」一句承上啟下，領出三個「或曰」，藉人家之口，分述他們所以致此的表面原因；接著以「吾以是觀之」一句，作個總括，先應上段「食焉而怠其事」、「無愧」、「心安」、「心難強而有智」及「惟其所能，若器皿焉」等數句，引出「非所謂」六句，並衍生「將富貴」四句，分五疊進一層的推斷他們所以致此的真正原因；然後以「吾心憫焉」四句，發出感喟作收，以點明自己所以自動棄官來歸的緣故。後看第四段：這一段仍以「又曰」二字作引，帶出王承福的另一段話來。這段話共十句，乃緊承著上段末尾數句來說的，首就功大功小、次就勞心勞力作個分析，說明自己所以不敢畜養妻子的緣故。

　　以篇末的「論」而言，僅一段，即末段。作者在此，首先以「愈始聞而惑之」一句一抑，接以「又從而思之」三句一「揚」，總結上文的部分，發出作者個人的評論，認為王承福的言行，雖然有令人疑惑之處，但仍不失為一位能獨善其身的賢人；繼而用「然吾有譏焉」一句一

轉，引出「謂其自為也過多」八句，再予一「抑」，應二、四兩段，就
「獨善其身」這一點上論斷他的過失；接著以「雖然」二字再一轉，引
出「其賢於世……」四句，應三段，又予一「揚」，就「賢者」二字來
讚美王承福，認為他比那些「貪邪而亡道，以喪其身」的好得太多了；
然後接以「又其言」三句，讚美王承福之言能使自己為他作傳而收結，
藉以將規世的意思懇切的表示出來。

　　從形式看，這篇文章除篇首與末段用「抑」用「揚」以外，其他部
分好像都與「抑」、「揚」無關；其實就內容材料上來看，全文是沒有
一個部分與「抑」、「揚」無關的，因為前四段的「敘」，很顯然的全是
為末段的「論」而寫的。換句話說，末段的二「抑」、二「揚」，如果
沒有預先安排於前四段的一些或「抑」或「揚」的有關內容材料作為依
據，是無法成立的；而連帶的，作者疾時規世的本旨也就無法表達出來
了。所以我們可以這麼說：這篇文章是針對著「抑」與「揚」來覓取、
運用材料的。

附其結構系統表供參考：

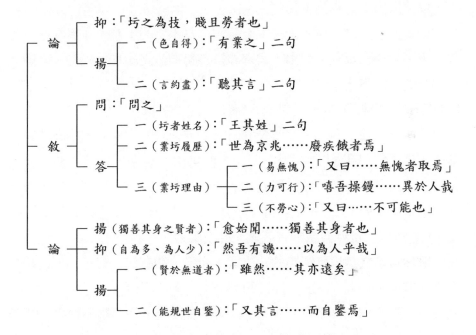

後看王安石〈讀孟嘗君傳〉：

世皆稱孟嘗君能得士，士以故歸之，而卒賴其力，以脫於虎豹之
秦。
嗟呼！孟嘗君特雞鳴狗盜之雄耳，豈足以言得士！不然，擅齊之
強，得一士焉，宜可以南面而制秦，尚何取雞鳴狗盜之力哉！
雞鳴狗盜之出其門，此士之所以不至也。

這篇短文是採「先揚後抑」的結構統合而寫成的：
以「揚」而言，自起句至「以脫於虎豹之秦」止，為本文的引子。

作者在此，專就世上一般人的觀點，頌揚孟嘗君由於「能得士」，使士來歸，遂能仰賴他們的力量，把自己從秦人手中救了出來。特意以此立案，以反振出下面「抑」的部分來。

以「抑」而言，自「嗟夫」至篇末，為本文的主體。作者在此，先以「嗟夫」作一感歎，引出「孟嘗君特雞鳴狗盜之雄耳」兩句，針對上個部分的「能得士」，陡然一劈，劈出正面的看法，認為孟嘗君只配稱「雞鳴狗盜之雄」，是不足以稱「得士」的；次以「不然」二字一轉，領出「擅齊之強」四句，採假設的口吻，進一層的從反面來推斷孟嘗君並未「得士」，因為只要「得一士」，便可南面制秦，是不必假「雞鳴狗盜」的力量的；然後用「雞鳴狗盜之出其門」兩句，急轉急收，總括起來斷定：由於雞鳴狗盜出於其門的緣故，才使得孟嘗君始終不能「得士」，論斷可謂斬釘截鐵，有著無比的說服力。

雖然這篇文章只是短短的八十個字而已，卻有起、有承、也有轉、有合。其中的「起」，是「揚」的部分；「承」、「轉」、「合」為「抑」的部分；而「抑」的部分，則仿回文的寫作技巧，將「雞鳴狗盜」（甲）與「得士」（乙）連貫成甲而乙、乙而甲的形式，使得文章產生往復迴環的特殊效果，真是巧妙到了極點。林西仲說：「百餘字中，有承、起、轉、合在內，警策奇筆，不可多得。」[30] 吳楚材則說：「文不滿百字，而抑揚吞吐，曲盡其妙。」[31] 兩人下評的角度雖不盡相同，卻同樣的道出了本文的特點。

---

30 林雲銘：《古文析義合編》卷六（臺北市：廣文書局，1965 年 10 月再版），頁 326。

31 吳楚才評，見王文濡校勘：《精校評注古文觀止》卷十一（臺北市：臺灣中華書局，1972 年 11 月臺六版），頁 44。

附其結構系統表供參考：

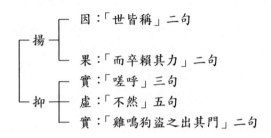

揚 ┬ 因：「世皆稱」二句
　　└ 果：「而卒賴其力」二句
抑 ┬ 實：「嗟呼」三句
　　├ 虛：「不然」五句
　　└ 實：「雞鳴狗盜之出其門」二句

第三節　插補

辭章要求合乎秩序、聯貫、統一的原則，是眾所周知的事。但在平鋪直敘之餘，加一點變化，也是大家所肯定的。而求辭章產生變化，主要是靠插敘[32]與補敘[33]的手段來達成。這兩種手段，唐彪通稱為「帶敘」[34]，名稱雖不同，而方法則一。

一　插敘

作者在創作辭章之際，為了實際的需要或講求便利、變化，往往有拉開緊接的部分，採插敘的手法來處理材料的時候。大抵說來，作者多用插敘的方式來解釋、追述，具寫景物或拈出主旨（綱領）。

解釋的，如《戰國策・齊策》：

鄒忌脩八尺有餘，身體昳麗。朝服衣冠窺鏡，謂其妻曰：「我孰

32　陳滿銘：〈插敘法在詞章裡的運用〉，《國文天地》7 卷 4 期（1991 年 9 月），頁 101-105。

33　陳滿銘：〈談補敘法在詞章裡的運用〉，《國文天地》12 卷 6 期（1996 年 11 月），頁 38-43。

34　唐彪：《讀書作文譜》（臺北市：偉文圖書出版社，1976 年 11 月版），頁 89。

與城北徐公美？」其妻曰：「君美甚，徐公何能及君也！」城北
徐公，齊國之美麗者也。忌不自信，而復問其妾曰：「吾孰與徐
公美？」妾曰：「徐公何能及君也！」旦日，客從外來，與坐談，
問之客曰：「吾與徐公孰美？」客曰：「徐公不若君之美也！」

　　在這段文字裡，作者先描述鄒忌形貌的軒昂美麗，再記述鄒忌與
妻、妾、客之間的問答。就在鄒忌妻子的答話下，特地插入「城北徐
公，齊國之美麗者也」兩句，以承上扣緊鄒忌之問，敘明城北徐公之美
麗，並探下交代鄒忌不自信而復問其妾與客之原因。如果在這裡沒有這
兩句屬於解釋性的插敘，就會令人滿頭霧水，不明所以了。
　　次如《史記·項羽本紀》：

項王留沛公與飲。項王、項伯東嚮坐。亞父南嚮坐，亞父者，范
增也。沛公北嚮坐，張良西嚮侍。范增數目項王，舉所佩玉玦以
示之者三。項王默然不應。

　　司馬遷寫鴻門之宴，以這段文字來介紹項王、范增、沛公與張良的
座侍之位，其中「亞父者，范增也」兩句，正為「亞父南嚮坐」作注，
不這樣，讀者便不知道「亞父」是何許人，而「范增數目項王，舉所佩
玉玦以示之者三」也就前無所頂，顯得突兀了。
　　再如全祖望〈梅花嶺記〉：

至是，德威求公之骨不可得，乃以衣冠葬之。或曰：「城之破
也，有親見忠烈青衣烏帽，乘白馬，出天寧門投江死者，未嘗殉
於城中也。」自有是言，大江南北，遂謂忠烈未死。已而英、霍
山師大起，皆託忠烈之名，彷彿陳涉之稱項燕。

這段文字，顯然地是「已而英、霍山師大起」接「乃以衣冠葬之」句，而全祖望卻以「或曰城之破也」八句，解釋「求公之骨不可得，乃以衣冠葬之」的可能情況，並交代「英、霍山師大起」所以「皆託忠烈之名」的直接原因，使讀者對前後文的文意了解得更為透徹。

又如沈復〈兒時記趣〉：

> 一日，見二蟲鬥草間，觀之，興正濃，忽有龐然大物，拔山倒樹而來，蓋一癩蝦蟆也。舌一吐而二蟲盡為所吞。

照一般順序來寫，在「拔山倒樹而來」句後，緊接的是「舌一吐而二蟲盡為所吞」句，而作者卻在中間插入「蓋一癩蝦蟆也」一句，以解釋「龐然大物」究為何物。而作者覺察「龐然大物」為「一癩蝦蟆」，原是「神定」以後之事，結果卻先在這裡點明，既可以節省文字，又得以適時指明「龐然大物」為何物，以增強文章的感染力，是很富於技巧的。

追述的，如全祖望〈梅花嶺記〉：

> 及諸將劉都督肇基等皆死。忠烈乃瞋目曰：「我史閣部也！」被執至南門，和碩豫親王以先生呼之，勸之降，忠烈大罵而死。初，忠烈遺言：「我死，當葬梅花嶺上。」至是，德威求公之骨不可得，乃以衣冠葬之。

作者在此，記敘的是忠烈之死與葬，而於死之後、葬之前，追述忠烈之遺言，將葬於梅花嶺上的原因作一交代，安排極為妥當。

次如林覺民〈與妻訣別書〉：

汝憶否？四、五年前某夕，吾嘗語曰：「與其使我先死也，無寧
汝先吾而死。」汝初聞言而怒；後經吾婉解，雖不謂吾言為是，
而亦無辭相答。吾之意，蓋謂以汝之弱，必不能禁失吾之悲。吾
先死，留苦與汝，吾心不忍，故寧請汝先死，吾擔悲也。嗟夫！
誰知吾卒先汝而死乎！

吾真真不能忘汝也。回憶後街之屋，入門穿廊，過前後廳，又
三、四折，有小廳，廳旁一室，為吾與汝雙棲之所。初婚三、四
個月，適冬之望日前後，窗外疏梅篩月影，依稀掩映。吾與汝並
肩攜手，低低切切，何事不語？何情不訴？及今思之，空餘淚
痕。又回憶六、七年前，吾之逃家復歸也，汝泣告我：「望今後
有遠行，必以見告，我願隨君行。」吾亦既許汝矣。前十餘日回
家，即欲乘便以此行之事語汝；及與汝對，又不能啟口。且以汝
之有身也，更恐不勝悲，故惟日日呼酒買醉。嗟夫！當時余心之
悲，蓋不能以寸管形容之。

　　這兩段文字，作者首先用「汝憶否」作引，領出「四、五年前某夕」
等十七句，追述當年某夕發生的事情，而由「嗟夫！誰知吾卒先汝而死
乎！吾真真不能忘汝也」等句，拉回到「現在」；其次用「回憶」為引，
由「現在」帶回過去，以「後街之屋」等十四句，追述初婚三、四個月
的情景，而由「及今思之」兩句，再拉回「現在」；再其次用「又回憶」
為引，又由「現在」帶回過去，追述「六、七年前」逃家後歸與「前十
餘日」回家的情況，而以「嗟夫！當時余心之悲，蓋不能以寸管形容之」
等句，重新拉回到「現在」。如此一再地將今昔相間，寫來格外動人。
　　再如韋莊〈菩薩蠻〉：

　　如今卻憶江南樂，當時年少春衫薄。騎馬倚斜橋，滿樓紅袖招。

翠屏金屈曲，醉入花叢宿。此度見花枝，白頭誓不歸。

　　此詞直接以回憶之筆，採先泛寫、後具寫的方式，追述「當時年少」在「江南」的「樂事」，而以「此度見花枝，白頭誓不歸」兩句，回應篇首，由「當年」拉回「如今」，以反襯作者「未老莫還鄉，還鄉須斷腸」（韋莊〈菩薩蠻〉）的痛苦。這樣由「如今」而「當時」而「此度」，序次先逆後順，是饒有變化的。
　　又如辛棄疾〈瑞鷓鴣〉：

　　膠膠擾擾幾時休？一出山來不自由。秋水觀中山月夜，停雲堂下
　　菊花秋。　　隨緣道理應須會，過分功名莫強求。先自一身愁不
　　了，那堪愁上更添愁。

　　這是稼軒晚年起廢帥浙東後的一首作品。他先敘這回出山生活的不自由，再回筆寫過去流連於秋水觀和停雲堂（稼軒瓢泉居第內的兩大建築）的優游歲月，然後將時間由過去拉回「現在」，抒發感想，並點出一篇的主旨──「愁」作結。很明顯地，作者有意把過去與眼前作成強烈的對比，以凸顯出主旨來。插敘的功用，由此可見出一、二。
　　具寫景物的，如蔣士銓〈鳴機夜課圖記〉：

　　既而摩銓頂曰：「好兒子！爾他日何以報爾母？」銓稚不能答，
　　投母懷，淚涔涔下，母亦抱兒而悲。簷風几燭，若愀然助人以哀
　　者。記母教銓時，組紃績紡之具，畢置左右；膝置書，令銓坐膝
　　下讀之。母手任操作，口授句讀，咿唔之聲，與軋軋相間。

這截文字，主要在敘事，而作者在「母亦抱兒而悲」與「記母教銓

時」之間，插入「簷風几燭，若愀然助人以哀者」兩句，以外景襯托內情，使得抽象的情感得以具象化，更何況作者又把這個「風燭」的外景加以譬喻、擬人化呢！這就越發增強了文章的感染力了。

次如劉鶚〈黃河結冰記〉：

> 老殘洗完了臉，把行李鋪好，把房門鎖上，也出來步到河隄上看。只見那黃河從西南上下來，到此卻正是個灣子，過此便向正東去了。河面不甚寬，兩岸相距不到二里。若以此刻河水而論，也不過百把丈寬的光景。只是面前的冰，插得重重疊疊的，高出水面有七、八寸厚。
>
> 再望上游走了一、二百步，只見那上游的冰，還一塊一塊地慢慢價來，到此地被前頭的冰攔住，走不動，就站住了。那後來的冰趕上他，只擠得嗤嗤價響。後冰被這溜水逼得緊了，就竄到前冰上頭去。前冰被壓，就漸漸低下去了。看那河身，不過百十丈寬，當中大溜，約莫不過二、三十丈。兩邊俱是平水，這平水之上，早已有冰結滿。冰面卻是平的，被吹來的塵土蓋住，卻像沙灘一般。中間的大道大溜，卻仍然奔騰澎湃，有聲有勢，將那走不過去的冰，擠得兩邊亂竄。那兩邊平水上的冰，被當中亂冰擠破了，往岸上跑，那冰能擠到岸上有五、六尺遠。許多碎冰被擠得站起來，像個小插屏似的。看了有點把鐘工夫，這一截子的冰，又擠死不動了。
>
> 老殘復行望下游走去，過了原來的地方，再望下走。只見兩隻船，船上有十來個人，都拿著木杵打冰。望前打些時，又望後打。河的對岸，也有兩隻船，也是這們打。

這是〈黃河結冰記〉一文的第一、二、三段文字。在這三段文字

裡，作者依次以「老殘洗完了臉，把行李鋪好，把房門鎖上，也出來步到河隄上看」、「再望上游走了一、二百步」等敘事的句子，先後緊相聯貫，並各以「只見」一語作為接榫，分別插入黃河結冰、擠冰、打冰的寫景部分，為第四段更進一層的寫景與末段的抒情鋪路，脈絡是十分明晰的。

再如杜審言〈和晉陵陸丞早春遊望〉：

> 獨有宦遊人，偏驚物候新。雲霞出海曙，梅柳渡江春。淑氣催黃鳥，晴光轉綠蘋。忽聞歌古調，歸思欲霑巾。

這是即景抒情的一首詩。起、尾兩聯為抒情的部分，這個部分本是先後相連的，而作者卻把它撐開，空出中間兩聯，針對「物候新」來具寫景物，其中「雲霞」、「梅柳」、「黃鳥」、「綠蘋」為「物」，「曙」、「春」、「淑氣」、「晴光」為「候」，而「出海」、「渡江」、「催」、「轉」則用以寫「新」，就這樣，將初春的景物描摹得極為具體、生動，充分地襯出無限的「歸思」來，手法堪稱高妙。

又如韋莊〈菩薩蠻〉：

> 人人盡說江南好，遊人只合江南老。春水碧於天，畫船聽雨眠。
> 墟邊人似月，皓腕凝霜雪。未老莫還鄉，還鄉須斷腸。

這也是藉景以抒情的作品。首、尾四句是彼此銜接的，主要用以抒情，中間四句為插敘的部分，用以具寫「江南好」。其中「春水碧於天」兩句，寫的是「江南好」景之一：物；「墟邊人似月」兩句，寫的是「江南好」景之二：人。有了這個插敘的部分，便足以化抽象為具體，從而反襯出作者有家歸不得的悲哀了。

拈出主旨（綱領）的，如劉鶚〈黃河結冰記〉：

> 月光照到山上，被那山上的雪反射過來，所以光是兩樣子的。然
> 祇稍近的地方如此，那山往東去，越望越遠，漸漸地天也是白
> 的，山也是白的，雲也是白的，就分辨不出甚麼來了。老殘就著
> 雪月交輝的景致，想起謝靈運的詩：「明月照積雪，北風勁且哀」
> 兩句，若非經歷北方苦寒景象，那裡知道「北風勁且哀」的一個
> 「哀」字下得好呢？
> 這時月光照得滿地灼亮，抬起頭來，天上的星，一個也看不見。
> 只北邊北斗七星，開陽、搖光……像幾個淡白點子一樣，還看得
> 清楚。

　　上引文字，節目〈黃河結冰記〉的第四、五、六等段（依國中國文
課本）。其中第四段，寫的是黃河遠近雪月交輝的景致，正好與第六段
緊緊相接，而作者卻插入第五段，引用謝靈運的詩句，拈出「哀」字，
以上收前面四段所寫的景，下啟末段所抒之情——哀，以表出作者深刻
的家國之痛，寫來感人異常。這是藉插敘以拈出主旨（綱領）的一個好
例子。

　　次如韋莊〈菩薩蠻〉：

> 勸君今夜須沈醉，尊前莫話明朝事。珍重主人心，酒深情亦深。
> 　　須愁春漏短，莫訴金盃滿。遇酒且呵呵，人生能幾何。

　　此詞上片起首兩句與下片四句，敘的是主人勸客的言詞，是前後聯
貫的。就在這聯貫的句子中間，作者特地插入「珍重主人心，酒深情亦
深」兩句，以統括全詞，將「情深」的主旨從容拈出，使人讀後有著無

盡的「情深」意味。

再如歐陽修〈踏莎行〉：

> 候館梅殘，溪橋柳細。草薰風暖搖征轡。離愁漸遠漸無窮，迢迢
> 不斷如春水。　　寸寸柔腸，盈盈粉淚。樓高莫近危闌倚。平蕪
> 盡處是春山，行人更在春山外。

這闋詞是抒發「離愁」的作品，含兩大部分：一為寫景部分，即上
片開端三句與下片收尾兩句，是就「行者」來寫的；一為抒情部分，自
「離愁漸遠漸無窮」句起至「樓高莫近危闌倚」句止，是就「送行者」
來寫的。其中寫景的部分，依序寫候館、溪橋、草原、青山，以至於青
山之外，本就由近及遠，先後緊相連接，而作者卻選在草原的地方，一
筆割開，插入抒情的部分，首以「離愁漸遠漸無窮」句，點明主旨，再
以「迢迢不斷如春水」等四句，化虛為實地加以渲染，使內情與外景，
相糅相襯，臻於融合無間的境界，確是一闋不可多得的傑作。

又如柳永〈雨霖鈴〉：

> 寒蟬淒切，對長亭晚，驟雨初歇。都門帳飲無緒，方留戀處，蘭
> 舟催發。執手相看淚眼，竟無語凝噎。念去去、千里煙波，暮靄
> 沈沈楚天闊。　　多情自古傷離別，更那堪、冷落清秋節。今宵
> 酒醒何處？楊柳岸、曉風殘月。此去經年，應是、良辰好景虛
> 設。便縱有、千種風情，更與何人說？

這是採先實後虛的形式寫成的作品。實的部分，自篇首至「竟無語
凝噎」句止，具寫主客雙方「留戀」，不捨分離的情景；虛的部分，自
「念去去」至篇末，分三節依序透過設想，虛寫「蘭舟」離開當時、當

夜及次日以後漫長歲月的孤寂情景，而特於一、二節間，插入「多情自古傷離別，更那堪、冷落清秋節」兩句，帶出主旨，以貫穿全詞，布置得可說行雲流水般，了無窒礙。

　　類似上引插敘的例子，可說隨處可見，只要稍予留意並探討，無論對閱讀或創作，甚至教學來說，相信都將收到更好的效果。

二　補敘

　　所謂補敘，是對前文所漏敘或語焉不詳者加以補充敘述的意思。它的功用有如下多種：

　　首先是補敘事情發生的時間，這種最常見，皆置於篇末，如柳宗元〈始得西山宴遊記〉說：

　　　　遊於是乎始，故為之文以為誌。是歲元和四年也。

這補敘了作記的年份。又如白居易〈冷泉亭記〉說：

　　　　長慶三年八月十三日記。

這補敘了作記的年、月、日。又如歐陽炯〈花間集序〉說：

　　　　時大蜀廣政三年夏四月日敘。

這補敘了作序的年、月。又如范仲淹〈岳陽樓記〉說：

　　　　時六年九月十五日。

這補敘了作記的年、月、日，因篇首云「慶曆四年春」，所以在此省略了「慶曆」的年號。又如歐陽脩〈偃虹隄記〉說：

> 以三宜書，不可以不書，乃為之書。慶曆六年月日記。

這補敘了作記的年份。又如曾鞏〈宜黃縣學記〉說：

> 縣之士來請曰：願有記，故記之。十二月某日也。

這補敘了月份，因為前文曾記「皇祐元年」，故知此「十二月」乃指皇祐元年的十二月而言。又如曾鞏〈墨池記〉說：

> 慶曆八年九月十二日，曾鞏記。

這補敘了作記的年、月、日與作記人的姓名。又如李清照〈金石錄後序〉說：

> 所以區區記其終始者，亦欲為後世好古博雅者之戒云。紹興二年玄黑弋歲壯月朔甲寅易安室題。

這補敘了作序的年、月、日與作序的場所。又如孟元老〈東京夢華錄序〉說：

> 紹興丁卯歲除日，幽蘭居士孟元老序。

這補敘了作序的年、月、日與作序人的姓名、別號，不過作者以

「除日」代替「十二月三十日」。又如朱熹〈送郭拱辰序〉說：

> 因其告行，書以為贈。淳熙元年九月庚子，晦翁書。

這補敘了作序的年、月、日與作序之人。

其次是補敘事情形成的緣由，這也相當常見，也都置於篇末。如《左傳·莊公十年》的〈曹劌論戰〉說：

> 既克，公問其故，對曰：「夫戰，勇氣也。一鼓作氣，再而衰，三而竭；彼竭我盈，故克之。夫大國難測也，懼有伏焉；吾視其轍亂，望其旗靡，故逐之。」

這顯然是針對上一段文字加以補敘的，補敘的是曹劌於齊人三鼓而後鼓（養士氣），視轍登軾而後馳（察敵情）的理由。這理由是沒辦法在爭勝於分秒之際所能說明的，所以補敘於後，以見曹劌能「遠謀」於方戰之時與既勝之後。又如李斯〈會稽刻石〉說：

> 從臣頌烈，請刻此石，光垂休銘。

這補敘了刻石的原因。又如元結〈右溪記〉說：

> 為溪在州右，遂命之曰右溪。刻銘石上，彰示來者。

這補敘了「刻銘石上」與「右溪」命名的因由。又如韓愈〈燕喜亭記〉說：

　　吾知其（王弘中）去是而羽儀於天朝也不遠矣，遂刻石以記。

這補敘了刻石作記的原因。又如柳宗元〈袁家渴記〉說：

　　永之人未嘗游焉，余得之不敢專也，出而傳於世。其地世主袁
　　氏，故以名焉。

這補敘了命名為「袁家渴」並作記以「表而出之」的理由。又如元稹〈鶯
鶯傳〉說：

　　貞元歲九月，執事李公垂宿於予靖安里第，語及於是，公垂卓然
　　稱異，遂為〈鶯鶯歌〉以傳之。崔氏小名鶯鶯，公垂以命篇。

這補敘了李公垂作〈鶯鶯歌〉並以「鶯鶯」名篇的原因。又如蘇軾〈日
喻說〉說：

　　渤海吳君彥律，有志於學者也。方求舉於禮部，作〈日喻〉以告
　　之。

這補敘了作〈日喻說〉以贈吳彥律的緣由。又如歸有光〈思子亭記〉說：

　　因作思子之亭。徘徊四望，長天寥廓，極目於雲煙杳靄之間，當
　　必有一日見吾兒翩然來歸者，於是刻石亭中。

這補敘了刻石於思子亭中的因由。又如張煌言〈奇零草自序〉說：

　　然則何以名《奇零草》？是帙零落凋亡，已非全豹，譬猶兵家握
　　奇之餘，亦云余行間之作也。時在永曆十六年，歲在壬寅端陽後
　　五日，張煌言自識。

這除了補敘作序之人及時間外，又補敘了把詩集命名為《奇零草》的原
因。又如方苞〈左忠毅公軼事〉說：

　　余宗老塗山，左公甥也，與先君善，謂獄中語，乃親得之於史公
　　云。

這補敘了方苞父親得知「軼事」的由來，清楚地為篇首的「先君子嘗言」
作一交代。
　　又其次是補敘人名或追懷親友、舊遊，其中補敘人名的，還算普
遍；而追懷親友或舊遊的，則不多見。如歐陽修〈醉翁亭記〉於篇末
說：

　　醉能同其樂，醒能述以文者，太守也。太守謂誰？廬陵歐陽修
　　也。

這補敘了作者的身分與姓名。又如王安石〈遊褒禪山記〉於篇末說：

　　四人者：廬陵蕭君圭君玉，長樂王回深父，余弟安國平父、安上
　　純父。至和元年七月某日，臨川王某記。

這除了補敘作記之人與時間外，又補敘了「四人」的姓名，以交代前文
「余與四人擁火以入」的「四人」。又如謝翱〈登西臺慟哭〉於篇末說：

時，先君登台後二十六年也。先君諱某、字某。登台之歲在乙丑
云。

這除了補敘登台的時間外，也補敘了作者父親的名諱。又如李孝光〈大
龍湫記〉於篇末說：

老先生，謂南山公也。

這補敘了前文所提「老先生」這個人，這個人是蒙人泰不華，因在當時
為大家所熟知，所以在此只用「尊稱」而已。又如譚元春〈再遊烏龍潭
記〉於篇末說：

招客者為洞庭吳子凝甫，而冒子伯麟、許子無念、宋子獻儒、洪
子仲韋，及予與止生為六客，合凝甫而七。

這補敘了前文「客七人」的七客姓名。又如張溥〈五人墓碑記〉於篇腹
說：

按誅五人，曰：顏佩韋、楊念如、馬杰、沈揚、周文元，即今之
佁然在墓者也。

又於篇末說：

賢士大夫者，冏卿因之吳公、太史文起文公、孟長姚公也。

這補敘了篇首所謂「五人」及「郡之賢士大夫」的姓名。又如汪琬〈遊

馬駕山記〉於篇末說：

> 馬駕山，不載郡志，或又謂之朱華山云。同遊者，劉天敘、潘
> 悟、門人句容王介石及兒子筠。

這除了補敘馬駕山有關之事外，又補敘了前文「諸子」的姓名。又如晁
補之〈新城遊北山記〉於篇末說：

> 既還家數日，猶恍惚若有遇，因追記之。後不得到，然往往想見
> 其事也。

這除了補敘作記因由外，又補敘了對舊遊的追念。又如歸有光〈項脊軒
志〉於篇末說：

> 庭有枇杷樹，吾妻死之年所手植也，今已亭亭如蓋矣。

這補敘了庭中的枇杷樹，表達了對亡妻深切的懷念之情，使文章的韻味
更為深長。又如宋犖〈遊姑蘇臺記〉於篇末說：

> 侍行者，幼子筠，孫韋金，外孫侯晨。六日前，子至（作者長
> 子）方應侍北方，不得與同遊。賦詩紀事，悵然久之。

這除了補敘侍行者是誰外，又補敘其長子應試北方，不得同遊的事，以
表出對他的無限懷念，令人讀後也為之「悵然」。
　　可見作者為了藝術的要求或實際的需要，往往採用補敘的手法來
寫，使辭章除具秩序、聯貫、統一之美外，更具變化之美，其功用之

大，實在不下於追敘、插敘，是我們在閱讀、創作或教學時所不可輕忽的。

第四節　平提側收

　　辭章中有一種「平提側注」的篇章組織方法，宋文蔚在《評注文法津梁》裡解釋此法說：「篇中有兩項或三項者，如義均平列，則於總提後平分各項，用意詮發；若義有輕重，或偏重一項，則開首用筆平提，以下或用串說，或用側注，均無不可。又有擇其最重要之一項，用特筆提起，再分各串項者，尤見用法變化。」[35] 這是說：將所要論說或敘述的幾個重點，以平等地位提明的，叫「平提」；而照應題面，對其中的一點或兩點加以關注的，叫「側注」。這種篇章組織的方法，如單就「側注」的部分而言，則稱為「側接」或「接筆」[36]；如所提重點只限於兩組，則又叫做「兩義兼權」[37]。它無論是形成「先平提後側注」、「先側注後平提」、「平提、側注、平提」或「側注、平提、側注」等結構[38]，在辭章裡，都隨處可見，沒什麼稀奇。但將所要論說或敘述的幾個重點，以同等的地位加以提明，而特別側於其中一點或兩點來收結，卻有回繳整體之功用的，則很少受到人的注意。茲為凸顯這種篇章結構，特以「平提側收」為名，舉一些古典詩文的例子，進行探討。

35　宋文蔚：《評注文法津梁》（臺北市：復文圖書出版社，1993 年 2 月修訂二版），頁109。

36　羅君籌說：「側注題面，曰側接。」又說：「平提之後，多用側筆卸入題面。」見《文章筆法辨析》（香港：香港上海印書館，1971 年 6 月版），頁 47、52。

37　許恂儒：「兩義兼權者，一題之中有甲乙二義，而孰重孰輕，各抒所見以論定之是也。或注重甲義而偏輕乙義，或左袒乙義而薄視甲義，皆隨作者之命意以為說數。」見《作文百法》二（臺北市：廣文書局，1989 年 8 月再版），頁 45-46。

38　仇小屏：〈平提側注法的理論與應用〉，《修辭論叢》一輯（臺北市：洪葉文化事業公司，1999 年 8 月初版一刷），頁 551-573。

一　從古文看

　　在古典散文中，用了「平提側收」的結構來組織篇章的，相當常見。即單以《禮記》這部書而言，就可以找到不少例子。首先看《禮記‧學記》的一段文字：

> 善學者，師逸而功倍，又從而庸之。不善學者，師勤而功半，又從而怨之。善問者，如攻堅木，先其易者，後其節目，及其久也，相說以解。不善問者，反此。善待問者，如撞鐘，叩之以小者則小鳴。叩之以大者則大鳴；待其從容，然後盡其聲。不善答問者，反此。此皆進學之道也。[39]

　　本段文字主要從「學」與「問」兩方面探討對學者學習成效的影響。它一開始就平提「學」與「問」加以論述。以「學」而言，先從正面論「善學者」，再從反面論「不善學者」。以「問」而言，首論學者之「問」，仍然先從正面論「善問者」，再從反面論「不善問者」；次論教師之「答」（待問），也照樣先從正面論「善待問者」，再從反面論「不善答問者」。這樣以「平提」的方式，兼顧正反，一一論述後，才以「此皆進學之道也」一句側收正面的意思。就在此句下，鄭玄注云：「此皆善問、善答也。」[40] 顯然地，這一句只側收上文正面的部分，但把反面的意思，藉側收以回繳整體的作用，也包含在內。對這段大意，孔穎達在《禮記注疏》中說：「此一節明善學及善問，並善答、不善答之事。」[41]

39　《禮記注疏》，《十三經注疏》五（臺北市：藝文印書館，1965 年 6 月三版），頁655。
40　同前註。
41　同前註。

雖然在內容上不是說得很完整，但提明了其中「不善答」的反面內容。
這反面的內容，說全了，那就是：如果學者不善「學」、「問」，而師者
又不善答問，則有害於「進學之道」，這樣才能將前後照應得周全無
缺。

　　附其結構系統表如下：

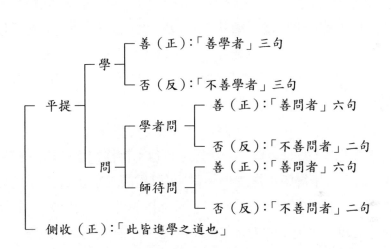

　　其次看《禮記·大學》的經一章：

　　大學之道：在明明德，在親民，在止於至善。知止而后有定，定
　　而后能靜，靜而后能安，安而后能慮，慮而后能得。物有本末，
　　事有終始，知所先後，則近道矣。
　　古之欲明明德於天下者，先治其國；欲治其國者，先齊其家；欲
　　齊其家者，先修其身；欲修其身者，先正其心；欲正其心者，先
　　誠其意；欲誠其意者，先致其知；致知在格物。物格而后知至，
　　知至而后意誠，意誠而后心正，心正而后身修，身修而后家齊，
　　家齊而后國治，國治而后天下平。

自天子以至於庶人，壹是皆以修身為本。其本亂，而末治者否矣；其所厚者薄，而其所薄者厚，未之有也。此謂知本，此謂知之至也。[42]

　　這章文字以「先泛後具」之順序，總論「大學」的目標（泛）與方法（具）。論其目標（泛）的，為「大學之道」四句，此即朱子所謂之「三綱」（見《大學章句》）。論其方法（具）的，從「知止」句起至段末，在此，先用「先目後凡」的順序，就步驟（具），論「本末」、「終始」與「先後」，既一面承上交代「三綱」之實施步驟，也一面啟下提明「八目」的實踐工夫。朱子《大學章句》在「則近道矣」句下注云：「此結上文兩節之意。」[43] 又在「國治而后天下平」句下注云：「『修身』以上，明明德之事也；『齊家』以下，新民之事也；物格知止，則知所至矣；『意誠』以下，皆得所止之序也。」[44] 可見這節文字在內容上，是既承上又啟下的。接著實際地就「八目」來加以論述。《大學》的作者在這個部分，先以「平提」的方式，依序以「古之欲明明德」十三句，逆推八目，以「物格而后知至」七句，順推八目；然後以「側收」的方式，就「八目」中的「修身」一目，說「修身」為本，並說明所以如此的原因，朱子《大學章句》於「壹是皆以修身為本」句下注云：「『正心』以上，皆所以修身也；『齊家』以下，則舉此而錯之耳。」又於「未之有也」句下注云：「本，謂身也；所厚，謂家也。此兩節（自『天子』句至『未之有』）結上文兩節（自『古之欲明明德』句至『國治而后天下

---

42 依朱子《大學章句》，下併同，《四書集注》（臺北市：學海出版社，1984 年 9 月初版），頁 3-4。

43 《四書集注》，頁 3。

44 《四書集注》，頁 4。

平』）之意。」[45] 由此可知這一節文字，是採「側收」以回繳整體的手法來表達的。這樣，不僅回應了具論條目的部分，也回應了論步驟與目標的二節文字，產生了以簡（側）馭繁（平）的效果。

附其結構系統表如下：

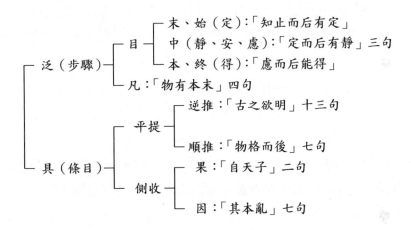

再其次看《禮記·大學》的第九章：

一家仁，一國興仁；一家讓，一國興讓；一人貪戾，一國作亂；其機如此。此謂一言僨事，一人定國。堯舜帥天下以仁，而民從之；桀紂帥天下以暴，而民從之。其所令，反其所好，而民不從。是故君子有諸己，而后求諸人；無諸己，而后非諸人。所藏乎身不恕，而能喻諸人者，未之有也。故治國在齊其家。[46]

45　同前註。
46　《禮記注疏》，頁 986。

　　這一節文字，主要在論「治國先齊其家」。它自「一家仁」起至「未之有也」句止，為「平提」的部分，乃採「論、敘、論」的形式組合而成。其中「一家仁」九句，屬頭一個「論」，用「先因後果」的順序，從正反兩面泛論「成教於國」的道理。朱子注此云：「此言教成於國之效。」[47] 這在字面上雖僅就正面來說，但反面的意思，自然也包含在內。「敘」的部分，為「堯舜帥天下以仁」七句，先從正反兩面，平提堯舜與桀紂之事作例證，再以「其所令」三句，單就反面加以側收，卻包含了「其所令，如其所好，而民從之」的意思。後一個「論」，為「是故君子有諸己」七句，照樣就正反兩面作進一步的論述。朱子注此云：「此又承上文『一人定國』而言。有善於己，然後可以責人之善；無惡於己，然後可以正人之惡；皆推己以及於人，所謂恕也。不如是，則所令反其所好，而民不從矣。」[48] 所謂「一人定國」，雖只就正面來說，但「有善於己」句以下，卻兼顧正反兩面解釋，也就是說，「一言僨事」之意，是包含在內的。至於「故治國在齊其家」一句，是「側注」的部分，《大學》的作者在此，單從正面，將上文所論述的內容予以收結，而反面的意思，就不言而喻。所以朱子注此云：「通結上文。」[49] 所謂「上文」，就是指「平提」的部分，是正反兼顧的。

---

47 《四書集注》，頁 11。
48 同前註。
49 同前註。

附其結構系表如下：

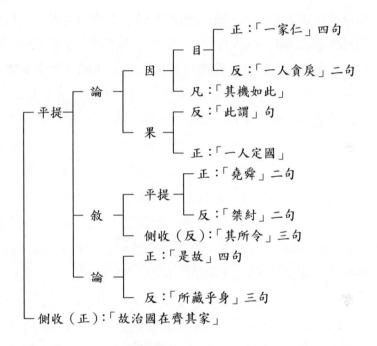

再其次看《禮記・中庸》的一章文字：

王天下有三重焉，其寡過矣乎！上焉者：雖善無徵，無徵不信，不信民弗從。下焉者：雖善不尊，不尊不信，不信民弗從。故君子之道，本諸身，徵諸庶民，考諸三王而不繆，建諸天地而不悖，質諸鬼神而無疑，百世以俟聖人而不惑。質諸鬼神而無疑，知天也；百世以俟聖人而不惑，知人也。是故君子動而世為天下道，行而世為天下法，言而世為天下則；遠之則有望，近之則不厭。《詩》曰：「在彼無惡，在此無射；庶幾夙夜，以永終譽。」

君子未有不如此，而蚤有譽於天下者也。[50]

　　此章文字主要在論君子知人知天、居上不驕的道理，是採「先因後果」的結構來論述的。其中自「王天下」句起至「不尊不信，不信民弗從」句止，為「因」，主要是在交代「三重」與德、位之重要。自「故君子之道」句起至末，為「果」。在此，自「君子之道」起至「知人也」句止，作者先以「君子之道」七句，平提「身」、「庶民」、「三王」、「天地」、「鬼神」、「聖人」來說明；再側於其中之「鬼神」、「聖人」、「君子」來收結，指出「君子之道」是必須合於「天」（理）與「人」（情）的；此又為「因」。而自「是故君子動而」句起至末，依次以「是故」六句說明這樣在言行上就會有準則，而受到人民之信任；以「《詩》曰」五句，引《詩》為證，來加強說服力；以「君子未有」兩句，強調知人、知天的重要；此又為「果」。就在「側收」的部分裡，以「知人」而言，除了「俟聖人」外，還包括了「本諸身」、「徵諸庶民」、「考諸三王」而言；而以「知天」言，則除了「質諸鬼神」外，還包括了「建諸天地」來說。鄭玄注此說：「知人、知天、謂知其道也。鬼神，從天地者也，《易》曰：『故知鬼神之情狀，與天地相似。聖人則之，百世同道』」。[51]所謂「鬼神，從天地者也」，指出了鬼神與天地不可分的關係；而所謂「聖人則之」的「之」，就是指「君子之道」，當然也包括「本諸身」、「徵諸庶民」、「考諸三王」等，也就是說「俟聖人」是要以此為基礎的。

50　《禮記注疏》，頁898。
51　同前註。

附其結構系統表如下：

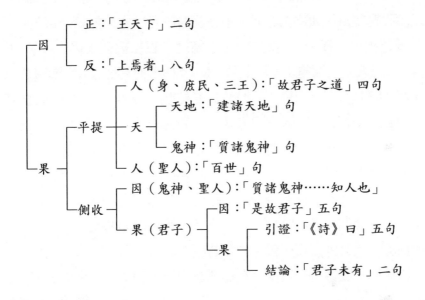

二　從詩詞看

　　一般說來，由於詩詞篇幅較短，特別要講求含蓄、精緻，所以用到「平提側收」這種篇章結構的，比起散文來，更容易找到它的蹤影。

　　首先看沈佺期的〈雜詩〉之三：

　　聞道黃龍戍，頻年不解兵。可憐閨裡月，長在漢家營。少婦今春意，良人昨夜情。誰能將旗鼓，一為取龍城。[52]

　　此詩旨在寫閨怨，從而反映出作者對戰事結束的無限渴望。它先以

52　《全唐詩》二（臺北市：明倫出版社，1971 年 5 月初版），頁 1035。

「先因後果」的順序，平提兩個重點，即「久不解兵」（因）和「對月
相思」（果）。其中首聯為「因」，頷、頸兩聯為「果」；而「果」的部分，
則以頷聯寫望月、頸聯寫相思。值得注意的是，在此無論是寫望月（即
景）或是相思（抒情），都兼顧了思婦之「實」與征夫之「虛」，也就
是說，寫思婦在「閨裡」望月相思，是「實」，而寫征夫在「漢家營」（黃
龍）望月相思，是「虛」；這樣虛實相映，更增添了作品的感染力
量[53]。接著以尾聯，採側收的方式，針對著起聯之「不解兵」，從反面
表達出「解兵」的強烈願望。這種願望如果能實現，那麼思婦與征夫就
都不必再對月相思了。朱勤楚說：「『誰能將旗鼓，一為取龍城？』可
謂別運生意了。『龍城』，匈奴名城，這裡代指敵軍要塞。少婦在苦思
之餘，向天發問：哪年哪月，有一良將出馬，率領將士，一鼓而下，直
搗龍城呢？這言外之意，就是到哪時頻年之兵可解，久戍之人可歸，明
月不再分照，麗春可得共度？在寫離愁別恨，相思之苦之後，突然出之
以對和平的希望，這不僅揭示並深化了詩的主旨，而且還給人以積極的
生活力量。以問句作結，更使作品臻於『詩已盡而意方永』（楊萬里《誠

---

[53] 朱勤楚：「『可憐閨裡月，長在漢家營。』領聯以閨中少婦的口吻寫出了對月相思的
愁懷。月夜孤棲，不由得想起當初和良人耳鬢廝磨、琴瑟和諧，在一起度過了多少
個明月良宵，如今月明依舊，但良人長年遠戍，遙想邊塞，今夜也應是明月高照，
良人也定然在那裡望月思鄉吧。十字一句，一氣呵成，字字寫月，卻又處處見人。
把閨裡和漢營這兩個間離的場景統一為明月之下兩地相思的一幅動人畫面。境界顯
為『淒婉』。『少婦今春意，良人昨夜情。』頸聯承上更為具體深入地寫出了少婦淒
苦之情。昨夜依依無語、執手相別的情景宛如眼前，今春花好如故，鶯鶯燕燕依舊
雙飛雙棲，而對融融的春光，又想起了昨春攜手踏青、撷英戲蝶的旖旎風景，對照
今日的幽閨獨處，倍覺孤零淒清，只能在月光之下苦挨這相思的無眠之夜。這裡的
『少婦』、『良人』、『今春意』、『昨夜情』，都是互文見義，一聯二句，寫出了多少
個春天，多少個兩地傷懷的夜晚，互相苦思。當然這裡『少婦』是實思，『良人』是
通過少婦聯想而起的虛思，虛實相映，婉轉而又淋漓地表現了少婦（包括良人）長
期分離的淒苦情致。」見《中國文學名篇鑑賞辭典》（濟南市：山東大學出版社，
1997 年 8 月一版三刷），頁 181-182。

齋詩話》）的境界。」[54] 作者如此就「不解兵」這一重點，從反面加以
側收，卻含攝了從此不再對月相思的另一重點，自然就使得作品產生
「言有盡而意無盡」的妙用。

　　附其結構系統表如下：

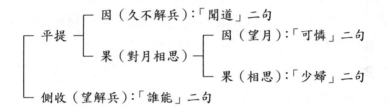

其次看杜甫的〈石壕吏〉詩：

　　暮投石壕村，有吏夜捉人。老翁踰牆走，老婦出看門。吏呼一何
　　怒，婦啼一何苦。聽婦前致詞：「三男鄴城戍，一男附書至，二
　　男新戰死。存者且偷生，死者長已矣。室中更無人，惟有乳下
　　孫。有孫母未去，出入無完裙。老嫗力雖衰，請從吏夜歸。急應
　　河陽役，猶得備晨炊。」夜久語聲絕，如聞泣幽咽。天明登前
　　途，獨與老翁別。[55]

　　這首詩旨在寫石壕地方官吏的橫暴，以反映百姓的悲苦與政治的黑
暗，乃作於唐肅宗乾元二年（西元 739 年）春。這時，作者正在由洛陽
經潼關，返華州任所途中[56]。它先以開端二句，簡述事情發生的原因；

54　同前註，頁 182。
55　《全唐詩》四，頁 2283。
56　霍松林：「唐肅宗乾元二年（西元 759 年）春，郭子儀等九節度使六十萬大軍包圍安
　　慶緒於鄴城，由於指揮不統一，被史思明援兵打得全軍潰敗。唐王朝為補充兵力，

再以「老翁踰牆走」二十句，以平提的方式，寫「老翁」潛走與「老婦」被捉的事實。由於被捉的是「老婦」，所以只用「老翁」一句，提明「老翁」的情況，卻以「老婦」十九句，描述「老婦」被捉的經過。就在這十九句詩裡，「老婦」四句，用以泛寫「老婦」在悲苦中無奈地向前「致詞」的事；「三男」十三句，用以具寫「致詞」的內容，它自三男戍、二男死、孫方乳、媳無裙，說到由自己備晨炊，層層遞進，道出了一家悲苦至極的慘況；「夜久」二句，用以暗示「致詞」無效，結果「老婦」還是被捉了[57]。最後以「天明」二句，用側收的方式，回應篇首三句，說自己在天明時獨向「老翁」道別。這兩句，從表面看來，只著眼於「老翁」一面加以收結，但實際上，卻將「老婦」一面也包括在內。高步瀛說：「結與翁別，為起二句之去路，此一定章法，非獨結老翁潛歸而已。」[58] 而劉開揚更明確地說：「結尾寫詩人自己『天明登前途，獨與老翁別』，見得老婦已應徵而去。」[59] 如此側收，自然就收到含蓄、洗鍊的效果。

便在洛陽以西至潼關一帶，強行抓人當兵，人民苦不堪言。這時，杜甫正由洛陽經過潼關，趕回華州任所。途中就其所見所聞，寫成了〈三吏〉、〈三別〉。〈石壕吏〉是〈三吏〉中的一篇。全詩的主題是通過對『有吏夜捉人』的形象描繪，揭露官吏的橫暴，反映人民的苦難。」見《唐詩大觀》（香港：商務印書館香港分館，1986 年 1 月香港一版二刷），頁 483-484。

57 霍松林：「『夜久語聲絕，如聞泣幽咽。』表明老婦已被抓走，兒媳婦低聲哭泣。『夜久』二字，反映了老婦一再哭泣、縣吏百般威逼的漫長過程。『如聞』二字，一方面表現了兒媳婦因丈夫戰死、婆婆被『捉』而泣不成聲，另一方面也顯示出詩人以關切的心情傾耳細聽，通夜未能入睡。」見《唐詩大觀》，頁 485。

58 《唐宋詩舉要》，頁 68。

59 劉開揚：《杜甫》（臺北市：國文天地雜誌社，1991 年年 7 月初版），頁 58。

附其結構系統表如下：

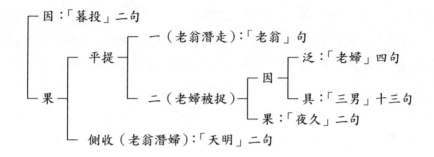

又其次看晏幾道的〈鷓鴣天〉詞：

> 彩袖殷勤捧玉鐘，當年拚卻醉顏紅。舞低楊柳樓心月，歌盡桃花
> 扇底風。　　從別後，憶相逢，幾回魂夢與君同。今宵賸把銀缸
> 照，猶恐相逢是夢中。

此詞旨在寫和一個女子別後相逢之喜，採「平提（今、昔）側收
（今）」的結構寫成。「平提」中寫「今」的，為首句，寫一位穿彩衣的
歌女捧著玉鐘殷勤勸酒的事。這寫的雖是眼前（今）事，也可說是當年
（昔）的事，所以就產生了「亦今亦昔」的效果，不過，從詞意來看，
還是以眼前為主，所以陳匪石說：「第一句，今昔所同，然詞意當屬現
在。」[60]由現在包孕過去，確是很常見的。

「平提」中寫「昔」的，自「當年」句起至「幾回」句止，採「由
先而後」章結構，分兩層來寫：首層為「當年」三句，寫當年初識這位
歌女時，她以歌舞殷勤款待，而使自己不惜一醉的經過。他首先用「當

---

60 陳匪石：《宋詞舉》（臺北市：正中書局，1967 年 8 月臺二版），頁 117。

年」一詞，將時間由現在倒回過去，然後以「先果後因」的章結構交代
自己所以「拚卻醉顏紅」，是由於這位歌女酣歌暢舞的緣故。而寫這酣
歌暢舞之一聯，不但關涉到時間之推移，而且在景（事）中飽含有情
意，由此自然會使作者沉醉其中，而「產生無限戀情」，木齋認為這一
聯：「實為神來之筆。歌舞沉醉，乃不知世上有晉魏矣！沉醉之美正是
愛戀之深的表現。月本自低，非由舞落；風本自盡，非由歌停，乃說
『舞低月』、『歌盡風』，更兼之以『楊柳樓心』、『桃花扇低』之美妙意
象，給人以愛意朦朧、陶然沉醉之感。」[61] 其意象之美妙，確是令人讚
賞。而如此極言一夜歌舞之酣暢，更可見出見美人之殷勤。

　　次層為「從別後」三句，寫別後常縈魂夢中而疑夢為真的相憶深
情。既說「別後」，可知作者把「初識」之後，彼此交往以至於別離時
之種種，都完全略而不寫，這是因為此詞之重心在寫此次之「不期而重
遇」之喜，如和盤托出，就會顯得累贅多餘了。因此喻朝剛說：「下片
換頭三句，寫別後相思。中間略去了相識以後和別離之時的種種情事，
直接敘述別後的思念，頗見剪裁之工。」[62] 如此「剪裁」，足見其匠心。
而「從別後」這三句，乃「先因後果」的關係。所謂「憶相逢」，是說
回憶兩人初識與彼此交往的往事，以呼應上片的「當年」三句。陳匪石
《宋詞舉》認為「『從別後，憶相逢』六字，頗見回環之妙筆」，即指此
而言。而所謂「幾回魂夢與君同」，是說多次夢到了這位女子，次次把
夢當做是真，醒後卻又發現是假，反添煩惱和愁苦，以寫相思之情狀，
為末尾真正之「相逢」作鋪墊。顯然地，這種感情愈真摯、深厚，就愈
能使本次「不期而重逢」之喜加深。如此為末尾真正之「相逢」作鋪墊，
當然就會大大地增加本詞感染力。

---

61 木齋：《唐宋詞流變》（北京市：京華出版社，1997 年 11 月一版一刷），頁 100。
62 唐圭璋主編：《唐宋詞鑑賞集成》（香港：中華書局香港分局，1987 年 7 月初版），
　　頁 340。

而「側收」（今）的，則為收結二句，把時間由過去拉回現在，採「先果後因」的章結構，寫今日相逢而疑真為夢的情狀，透出無限驚喜，仍然以現在包孕過去，作了完美的收束。

附其結構系統表如下：

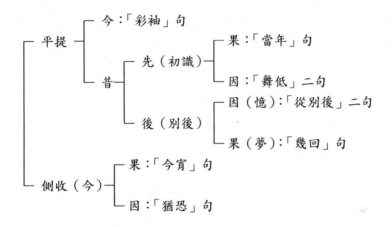

最後看蘇軾的〈南歌子〉詞：

> 海上乘槎侶，仙人萼綠華。飛昇元不用丹砂，住在潮頭來處、渺天涯。　　雷輥夫差國，雲翻海若家。坐中安得弄琴牙，寫取餘聲歸向、水仙誇。

這首詞題作「八月十八觀潮」，作於杭州，旨在讚美錢塘江潮，以為是天下第一，是用「先平提後側收」的結構寫成的。

它首先以上片四句，藉天河與海通及仙女萼綠華降世的道家故事，極寫遼闊的潮面；接著以「雷輥」句，藉夫差國於此的典實，極寫如雷的潮聲；繼而以「雲翻」句，藉《莊子·秋水篇》的故事，極寫如雲的潮勢；以上是「平提」的部分。末了以「坐中」二句，藉伯牙隨師至

蓬萊山而作〈水仙操〉的故事，側就「平提」部分的潮聲，讚美這裡的江潮，是可以向天下所有的江神（水仙）誇耀的，很明顯地，在此產生了側收以回繳整體的效果。

對此「側收」的部分，朱靖華、饒學剛、王文龍、饒曉明等指出：「東坡善於慣用比喻方法來渲染他筆下的人事景物。『坐中安得弄琴牙，寫取餘聲歸向、水仙誇』，描繪望海樓上的琴生與潮聲共鳴的韻味。坐席中有人舒暢、徐緩地撥弄起伯牙琴，盡取那一留下無盡之音，正好與潮聲形鮮明對比，真有『餘聲投林欲風雨，末勢捲土猶溪坑』（王安石〈九井詩〉）。全歸響在於伯牙彈奏的〈水仙操〉美好綺麗琴聲。」[63] 所謂「全歸響在於伯牙彈奏的〈水仙操〉」，凸顯了這首詞「側收」的特色。

附其結構系統表如下：

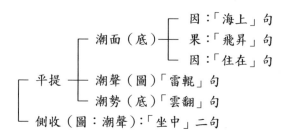

由上舉各例，可清晰地看出「側收」的部分，都有回繳整體之作用，使得作品更為精鍊、含蓄，臻於「言有盡而意無盡」的境界。這和一般的「側注」，顯然有所不同，因為「側注」，有著特別側於一面加以重視的意思，可說是辭章重心之所在，而非收結。所以兩者各有各的特色，是不能混為一談的。

---

63 葉嘉瑩主編：《蘇軾詞新釋輯評》中（北京市：中國書局，2007 年 1 月一版一刷），頁 973。

　　比較常見的章法類型，雖不只限於以上所舉的四種而已，但相信從所舉例證中由此旁涉出來者已足以看出它的多樣來了。如果我們在從事讀、寫或教學的時候，能夠多加掌握，則增進讀、寫的本領，提高教學的效果，當是可以預期的。

第三章
特殊章法類型

　　所謂章法，指的是辭章的篇章條理[1]。這種條理，源自於人類共通的理則，自古為一般人用於辭章之中，而形成秩序、變化、聯貫、統一[2]作用的，到目前為止，已經發現有三十幾種[3]。平時用這三十幾種章法來分析詩詞或散文，大致可通行無阻，但偶然也會有切不進去的情形，所以就必須另循「驗證章法現象以求得共通理則」的途徑，來面對這種情形，確立「新」（相對於已發現者而言）的章法，以彰顯其「條理」，而擴大其適應面。底下就是這樣求得的幾種章法：

第一節　偏全法

　　這所謂的「偏」，是指局部或特例；而「全」，是指整體或通則。作者在創作詩文之際，往往會用「局部」與「整體」、「特例」與「通則」的相應條理來組合情意材料。它雖和本末、大小等法[4]，有一點類似，但「本末」比較著眼於事、理的終始，而「大小」則比較著眼於空間的寬窄與知覺的強弱，和「偏全」比較著眼於事、理、時、空的部分與全

1　陳滿銘：〈談辭章章法的主要內容〉、〈談篇章結構〉，《章法學新裁》（臺北市：萬卷樓圖書公司，2001 年 1 月初版），頁 319-360、362-419。

2　即章法的四大原則，也稱四大律，見《章法學新裁》，頁 316-360。又參見陳滿銘：〈論辭章章法的四大律〉，《國文天地》17 卷 4 期（2001 年 9 月），頁 101-107。

3　仇小屏：《篇章結構類型論》上、下（臺北市：萬卷樓圖書公司，2000 年 2 月初版），頁 1-620。

4　陳滿銘：《章法學新裁》，頁 324-336。又，仇小屏：《篇章結構類型論》上，頁 105-122、181-198。

部、特殊與一般的，有所不同。這種章法和其他章法一樣，可以形成幾
種能產生秩序、變化、聯貫（呼應）作用的結構，那就是：「先偏後
全」、「先全後偏」、「偏、全、偏」、「全、偏、全」等。

　　「先偏後全」的，如張九齡的〈感遇〉詩：

　　　孤鴻海上來，池潢不敢顧。側見雙翠鳥，巢在三珠樹。矯矯珍木
　　　巔，得無金丸懼。美服患人指，高明逼神惡。今我遊冥冥，弋者
　　　何所慕？

　　在這首詩裡，作者以孤鴻自喻，以雙翠鳥喻李林甫、牛仙客[5]，表
達出自己身世之感。首先以「孤鴻」四句，將孤鴻（主）與雙翠鳥〔賓〕
作個對比，寫海上來的孤鴻居然不敢稍顧小小水池，而雙翠鳥卻反而不
知危險，築巢在珍貴的樹木之上；這是敘事的部分。其次以「矯矯」四
句，承上就「雙翠鳥」（賓）此事，用化特例（偏）為通則（全）的手法，
並暗用揚雄〈解嘲〉「高明之家，鬼瞰其室」的意思，提出議論，以勸
告他的政敵；然後以結二句，又落到孤鴻（主）身上，交代「不敢顧」
的原因，發出感慨收束；這是說理、抒感的部分。如以「賓主」的條理

5　陳沆：「公被謫後有〈詠燕〉詩云：『無心與物競，鷹隼莫相猜。』即此旨也。孤鴻
　　自喻，雙翠鳥喻林甫、仙客。」見高步瀛選注：《唐宋詩舉要》（臺北市：學海出版
　　社，1973年2月初版），頁8。

來裁篇，則其結構表是這樣：

其中「矯矯」四句，是形成「先偏後全」結構的。

「先全後偏」的，如杜甫的〈八陣圖〉詩：

功蓋三分國，名成八陣圖。江流石不轉，遺恨失吞吳。

此詩作於唐大曆元年（766），杜甫初至夔州時[6]，旨在詠懷諸葛武侯。它在起二句，藉「三分國」、「八陣圖」，從整體性的豐功偉業（全）與局部性的軍事貢獻（偏），來歌頌諸葛亮，將諸葛亮一生的功業、貢獻頌讚得極為簡鍊，大力地預為下面的憑弔作鋪墊；這是「揚」的部分。而「江流」句，一方面承「八陣圖」而寫，寫八陣圖中的石堆，在長久大水的沖刷下，至今依然未動、未變，以抒發「物是人非」的感慨；一方面又暗含「我心匪石，不可轉也」（《詩・邶風・柏舟》）之意，寫諸葛亮忠貞不二的心志，既表示對他的崇仰，也對他的齎志而歿有著惋惜的意思。然後以結句，寫出諸葛亮一生最大的憾恨[7]。在這憾恨

6　八陣圖在四川府夔州奉節縣南。見高步瀛選注：《唐宋詩舉要》，頁 766-767。

7　劉開揚：「『遺恨失吞吳』有幾種解說，朱鶴齡說是諸葛不能勸止先主征吳，致秭歸挫辱；劉逴說先主欲吞吳而不知用諸葛所製陣法，以致失敗（黃生《杜詩說》卷十解同），這樣解說更切題旨些。」，見《唐詩的風采》（上海市：世紀出版集團、上海

中，作者那「官應老病休」(〈旅夜書懷〉詩)的抑鬱也一併宣洩出來了；
這是「抑」的部分。如此以「先揚後抑」[8]的條理裁篇，可用如下結構
表來呈現：

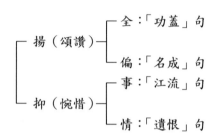

其中「功蓋」二句，是形成「先全後偏」結構的。

「偏、全、偏」的，如辛棄疾的〈清平樂〉詞：

　　　連雲松竹，萬事從今足。拄杖東家分社肉，白酒床頭初熟。
　　　西風梨棗山園，兒童偷把長竿。莫遣旁人驚去，老夫靜處閒看。

　　此詞題作「檢校山園[9]，書所見」，當作於作者「隱居帶湖最初之三
數年內」[10]，用以寫作者之喜情。其中「萬事從今足」一句，泛就「萬
事」(整體)來說，說他從今以後，對什麼事都覺得心滿意足；這是

書店出版社，2000 年 6 月一版一刷)，頁 321。

8　抑揚法的一種結構。見陳滿銘：〈談運用詞章材料的幾種基本手段〉，《國文教學論叢》
　　(臺北市：萬卷樓圖書公司，1991 年 7 月初版)，頁 351-408。另參見仇小屏：《篇章
　　結構類型論》下，頁 459-483。

9　鄧廣銘：「山園，稼軒之帶湖居第，乃建於信州附郭靈山之隈者，故洪邁〈稼軒記〉
　　有『東岡西阜，北墅南麓』等語，稼軒因亦自稱『山園。』」見《稼軒詞編年箋注》(臺
　　北市：華正書局，1978 年 12 月初版)，頁 156。

10　同前註。

「全」的部分。而首句「連雲松竹」，寫他「檢校山園」之所見，藉以
先表出「萬事」中一事之喜悅（一足：例一），這是「偏一」的部分；
接著「拄杖」二句，藉他往分社肉、床頭酒熟，來寫「萬事」中另一事
之喜悅（二足：例二），這是「偏二」的部分；至於下片「西風」四句，
借靜看兒童偷偷打棗的動作，寫「萬事」中又一事的喜悅（三足：例），
這是「偏三」的部分。據此，其篇章結構，可呈現如下表：

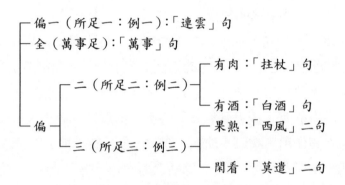

可見這首詞，就「篇」而言，是形成「偏、全、偏」的結構的。
　　「全、偏、全」的，如文天祥的〈正氣歌〉：

　　天地有正氣，雜然賦流形；下則為河嶽，上則為日星，於人曰浩
　　然，沛乎塞蒼冥。皇路當清夷，含和吐明庭；時窮節乃見，一一
　　垂丹青。
　　在齊太史簡，在晉董狐筆，在秦張良椎，在漢蘇武節；為嚴將軍
　　頭，為嵇侍中血，為張睢陽齒，為顏常山舌；或為遼東帽，清操
　　厲冰雪；或為出師表，鬼神泣壯烈；或為渡江楫，慷慨吞胡羯；
　　或為擊賊笏，逆豎頭破裂。
　　是氣所磅礡，凜烈萬古存。當其貫日月，生死安足論？地維賴以

立，天柱賴以尊。三綱實繫命，道義為之根。

　　這是〈正氣歌〉的前三段文字，主要在論正氣在扶持倫常綱紀、延續宇宙生命上的莫大價值。其中首段共十句，首先以「天地」二句，拈出「正氣」（浩然之氣）[11]，作一總括，以引出下面的議論；這是「凡」[12]的部分。然後以「下則」八句，採「先平提、後側注」[13]的順序，先平提天、地、人，以正氣之無所不在，說明其重要，再側注到「人」身上，指出它是人類氣節的根源，以見其影響之大；這是前一個「全」的部分。次段共十六句，承上段之「側注」（人），舉出因發揮浩然正氣而「一一垂丹青」之十二件古哲的忠烈節義事蹟，以為例證；這是「偏」的部分。三段共八句，先以「是氣」四句，由十二古哲之正氣擴大到全人類，由時空的當下擴大到無限的時空，依然側注於「人」，肯定「正氣」的存在與作用；次以「地維」四句，推及於「地」、「天」，作進一層的說明；末以「三綱」二句，總括上面六句，指出「正氣」是維繫天、地、人生命的根源力量；這是後一個「全」的部分。依此看，其結構表

---

11 「正氣」源自於孟子所謂的「浩然之氣」，參見何寄澎：〈正氣歌評析〉，《高中國文教學參考資料》下（臺北市：五南圖書出版公司，1995 年 5 月初版一刷），頁 667-676。

12 「凡」，指總括，與指條分之「目」，形成凡目法，為主要章法之一。見陳滿銘：〈凡目法在高中國文課裡的運用〉、〈凡目法在國中國文課文裡的運用〉，《國文教學論叢續編》（臺北市：萬卷樓圖書公司，1998 年 3 月初版），頁 191-247。

13 為平側（平提側注）法的一種結構。見仇小屏：〈平提側注法的理論與應用〉，《第一屆中國修辭學學術研討會論文集》（臺北市：中國修辭學會、臺灣師大國文系，1999 年 6 月），頁 551-573。另參見其《篇章結構類型論》下，頁 503-529。

可畫成這樣：

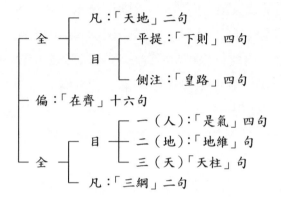

　　僅就此三段而言，是形成「全、偏、全」的結構的。

第二節　點染法

　　「點染」本用於繪畫，指基本技巧[14]。而移用以專稱辭章作法的，則始於清劉熙載[15]。但由於他的所謂的「點染」，指的，乃是「情」（點）與「景」（染），和「虛實」此一章法大家族中的「情景」法[16]，恰巧相

14　《顏氏家訓·雜藝》：「武烈太子偏能寫真，坐上賓客，隨宜點染，即成數人，以問童孺，皆知姓名矣。」見李振興、黃沛榮、賴明德：《新譯顏氏家訓》（臺北市：三民書局，1993年9月初版），頁386。

15　劉熙載《藝概·詞曲概》：「詞有點有染，柳耆卿〈雨霖鈴〉云：『多情自古傷離別，更那堪、冷落清秋節。今宵酒醒何處，楊柳岸，曉風殘月。』上二句點出離別冷落，『今宵』二句乃就上二句意染之。」見《劉熙載文集》（南京市：江蘇古籍出版社，2000年12月一版一刷），頁147。

16　虛實法涵蓋真假、敘論、情景與時（今昔與未來）、空（目見與設想）等章法，形成一大家族。見陳滿銘：〈談運用詞章材料的幾種基本手段〉，《國文教學論叢》，頁362-372。又參見陳佳君：〈虛實章法析論〉（臺北市：臺灣師範大學碩士論文，2001年4月），頁1-289。

重疊，所以就特地借用此「點染」一詞，來稱呼類似畫法的一種章法：其中「點」，指時、空的一個落足點，僅僅用作敘事、寫景、抒情或說理的引子、橋樑或收尾；而「染」，則指真正用來敘事、寫景、抒情或說理的主體。也就是說，「點」只是一個切入或固定點，而「染」則是各種內容本身。這種章法相當常見，也可以形成「先點後染」、「先染後點」、「點、染、點」、「染、點、染」等結構，而產生秩序、變化、聯貫（呼應）之作用。

　　「先點後染」的，如《孟子・離婁》下的一章文字：

　　　　齊人有一妻一妾而處室者，其良人出，則必饜酒而後反。其妻問
　　　　所與飲食者，則盡富貴也。其妻告其妾曰：「良人出，則必饜酒
　　　　肉而後反。問其與飲食者，盡富貴也，而未嘗有顯者來。吾將瞯
　　　　良人之所之也。」
　　　　蚤起，施從良人之所之，遍國中無與立談者。卒之東墦間，之祭
　　　　者乞其餘；不足，又顧而之他。此其為饜足之道也。
　　　　其妻歸，告其妾曰：「良人者，所仰望而終身也；今若此！」與
　　　　其妻訕其良人，而相泣於中庭。而良人未之知也，施施從外來，
　　　　驕其妻妾。
　　　　由此觀之，則人之所以求富貴利達者，其妻妾不羞也而不相泣
　　　　者，幾希矣。

　　此章文字凡四段，可分為「敘」與「論」[17] 兩截。其中前三段為「敘」，末段為「論」。「敘」一截，先以「齊人有一妻一妾」三句，泛

17　「敘論」為主要章法之一。見陳滿銘：〈談採先敘後論的形式所寫成的幾篇課文〉，
　　《國文教學論叢》，頁 121-130。又參見仇小屏：《文章章法論》（臺北市：萬卷樓圖
　　書公司，1998 年 11 月初版），頁 247-260。

敘齊人常「饜酒肉而後反」以「驕其妻妾」之事，作為故事[18]的引子；
這是「點」的部分。再以「其妻問」句起至「驕其妻妾」句止，具體敘
述其妻、妾由起疑、跟蹤，以至於發現、哭泣，而齊人卻一無所覺的經
過；這是「染」的部分。「論」一截，即末段四句，依據上述的故事，
發出感慨，以為人追求富貴利達，很少人不像齊人那樣寡廉鮮恥，很充
分地將諷喻的義旨表達出來。依此篇章條理，可將其結構表呈現如下：

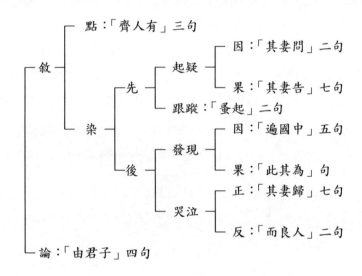

其中「敘」的部分，是形成「先點後染」的結構的。

　　「先染後點」的，如白居易的〈長相思〉詞：

　　　　汴水流，泗水流，流到瓜州古渡頭。吳山點點愁。　　思悠悠，
　　　　恨悠悠，恨到歸時方始休。月明人倚樓。

---

18 本故事是寓言式的，而情節精彩，如同一篇雛型短篇小說。參見夏傳才主編：《中國
　古代文學名篇選讀——先秦兩漢三國六朝卷》（天津市：南開大學出版社，2001 年 3
　月一版一刷），頁 129-130。

作者在此詞，寫自己在瓜州古渡「月明人倚樓」（點）時之所見所感（染）。其中上片四句，寫「所見」：先以起三句，寫所見「水」，藉向北所見汴、泗二水之不斷奔流，襯托出一份悠悠別恨；再以「吳山」句，藉向南所見吳山之「點點」，又襯托出另一份悠悠別恨，使得情寓景中，大力地預為下半之抒情（所感）鋪路。而下片「思悠悠」三句，則即景抒情，寫「所感」：先以「思悠悠」二句，用實寫（今日）的方式，直接將一篇主旨，亦即此刻「悠悠」之「恨」拈出；再以「恨到」一句，用虛寫（未來）的方式，將「恨」作進一步之渲染。有了以上兩個「染」的部分，便很自然地逼出「月明人倚樓」的結句[19]，以「點」明作者此番之所見所感，是在明月之下、倚樓之時發生的，這樣作交代，充分發揮了「點」的作用。據此，可用下表來表示其結構：

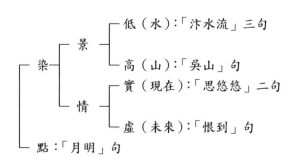

可見此詞就「篇」而言，是形成「先染後點」的結構的。
　　「點、染、點」的，如《列子》的〈愚公移山〉：

---

19 此句在敘事中帶寫景，故說是敘事或寫景，都可以。木齋即以為乃寫景，說此詞「結句以景結情，意象淒美，令人回味無盡。結句以景結情，為後人效法的門徑之一。」見《唐宋詞流變》（北京市：京華出版社，1997 年 11 月一版 一刷），頁 26。如此則可形成「景、情、景」之結構，見陳滿銘：《詞林散步——唐宋詞結構分析》（臺北市：萬卷樓圖書公司，2000 年 1 月初版），頁 20-21。

太形、王屋二山，方七百里，高萬仞，本在冀州之南、河陽之北。北山愚公者，年且九十，面山而居。懲北山之塞，出入之迂也，聚室而謀曰：「吾與汝畢力平險，指通豫南，達於漢陰，可乎？」雜然相許。

其妻獻疑曰：「以君之力，曾不能損魁父之丘，如太形、王屋何？且焉置土石？」雜曰：「投諸渤海之尾、隱土之北。」遂率子孫荷擔者三夫，叩石墾壤，箕畚運於渤海之尾；鄰人京城氏之孀妻有遺男，始齔，跳往助之；寒暑易節，始一反焉。

河曲智叟笑而止之曰：「甚矣，汝之不慧！以殘年遺力，曾不能毀山之一毛，其如土石何？」北山愚公長息曰：「汝心之固，固不可徹，曾不若孀妻弱子。雖我之死，有子存焉；子又生孫，孫又生子；子又有子，子又有孫；子子孫孫，無窮匱也。而山不增，何苦而不平？」河曲智叟亡以應。

操蛇之神聞之，懼其不已也，告之於帝，帝感其誠，命夸娥氏二子負二山，一厝朔東，一厝雍南。自此冀之北、漢之陰，無隴斷焉。

　　這是藉一則寓言故事，以說明有志竟成、人助天助的道理[20]。作者在此，直接以開端四句，交代這個故事發生的地點與原因，屬此文之「引子」；而以結尾二句，才應起交代這個故事的結局，乃本文之「收尾」；這都是「點」的部分。至於「北山愚公者」句起至「一厝雍南」句止，則正式用具體的情節來呈現這件故事發生的經過；這是「染」的部分。這個部分，作者用「先因後果」的順序加以組合：其中「北山愚

---

20 換句話說，就是告訴人「世上無難事，只怕有心人。只要有決心，有持之以恆的精神，那麼再艱難的事情也不在話下。」見王景琳、徐匋編：《歷代寓言名篇大觀》（西安市：未來出版社，1988 年 9 月一版一刷），頁 23-26。

公者」句起至「河曲智叟亡以應」句止，敘述愚公決意「移山」，贏得家人、鄰居的贊可與幫助，無視於河曲智叟之嘲笑，努力率眾去「移山」的始末，此為「因」；而「操蛇之神聞之」起至「一厝雍南」句止，敘述愚公的這番努力，終於感動了天帝，而命大力神去助其完成「移山」的最後結果；此為「果」。由這個角度[21]切入來看它的篇章，則其結構表是這樣子的：

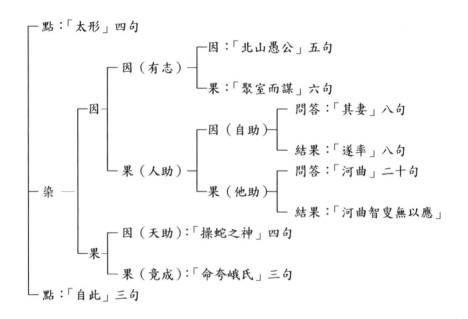

特就「篇」來看，此文是形成「點、染、點」的結構的。

「染、點、染」的，如賀鑄的〈石州慢〉詞：

---

21 也可由「因果」的角度切入，形成「先因後果」的結構，見陳滿銘：《文章結構分析──以中學國文課文為例》（臺北市：萬卷樓圖書公司，1999 年 5 月初版），頁 129-133。

薄雨收寒，斜照弄晴，春意空闊。長亭柳色纔黃，倚馬何人先折？煙橫水漫，映帶幾點歸鴻，平沙銷盡龍荒雪。猶記出關來，恰如今時節。　　將發。畫樓芳酒，紅淚清歌，便成輕別。回首經年，杳杳音塵都絕。欲知方寸，共有幾許新愁？芭蕉不展丁香結。憔悴一天涯，兩厭厭風月。

此詞旨在寫別情。首先以「薄雨」句起至「平沙」句止，具寫自己在關外所見雨後「空闊」之初春景象，藉所見雨霽、柳黃、鴻歸、雪銷等自然景與折柳贈別之人事景，來襯托別情；這是頭一個「染」的部分。其次以「猶記」六句，採「先今後昔」的逆敘方式，交代自己在去年年底與一美人[22]在關內餞別後，即出關而來，以呼應前、後，使自己在此之所見所感，有一明顯的落腳點；這是「點」的部分。然後以「回首」七句，採「先情後景」的順序，先拈出「新愁」，而以丁香、芭蕉作譬喻，再結合空間的虛與實，以景結情[23]；這是後一個「染」的部分。依此分析，可畫成其結構表如下：

22　吳曾：「方回眷一妹，別久，妹寄詩云：『獨倚危欄淚滿襟，小園春色懶追尋。深恩縱似丁香結，難展芭蕉一片心。』賀因賦此詞，先敘分別景色，後用所寄詩成〈石州引〉云。」見《詞話叢編〔一〕‧能改齋詞話》（臺北市：新文豐出版公司，1988年2月臺一版），頁139。

23　唐圭璋：「『憔悴』兩句，以景收，寫出兩地相思，視前更進一層。」見《唐宋詞簡釋》（臺北市：木鐸出版社，1982年3月初版），頁119。

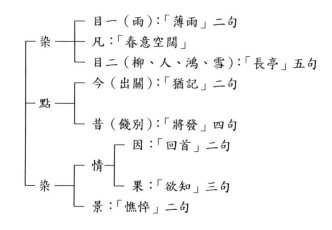

依此看來，它在「篇」這一層，是形成「染、點、染」的結構的。

第三節　天人法

　　所謂「天」，指的是「自然」；所謂「人」，指的是「人事」。通常在寫景或說理的時候，作者往往會涉及「天」與「人」。如就寫景來說，「天」就是自然之景，「人」就是人事之景；若就說理而言，則「天」就屬於天道，「人」就屬於人道。雖然「天人」一詞用於章法，有點格格不入，但由於一時找不到更貼切的語詞來代替，而且「天人」兩個字，在意義上也很明確，所以就勉強用於此，以稱呼這一種章法。而它也同樣可以形成「先天後人」、「先人後天」、「天、人、天」、「人、天、人」等結構。茲單就「寫景」一類，分別舉例作個說明，以見一斑。

　　「先天後人」的，如王維的〈輞川閑居贈裴秀才迪〉詩：

　　　寒山轉蒼翠，秋水日潺湲。倚杖柴門外，臨風聽暮蟬。渡頭餘落日，墟里上孤煙。復值接輿醉，狂歌五柳前。

　　此詩乃作者與裴迪秀才相酬為樂之作。在一特定時空之下，作者藉自然景物與人物形象之刻畫，以寫自己閒適之情。它一面在首、頸兩聯，具體描繪了「輞川」附近的水陸秋景與暮色，勾勒出一幅有色彩、音響和動靜的和諧畫面；另一面又在頷、末兩聯，於一派悠閒之自然圖案中，很生動地嵌入了作者自己倚杖聽蟬，和裴迪狂歌而至的人事景象；使兩者相映成趣，而形成了物我一體的藝術境界[24]，十分活潑地將「輞川閒居」之樂作了具體的表達。據此，可畫成如下結構表：

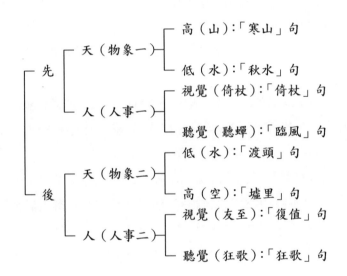

可見在此詩之前後二聯，都形成了「先天後人」的結構。
　　「先人後天」的，如李清照的〈聲聲慢〉詞：

<hr>

24　李浩說此詩：「全詩具有時間的特指（『落日』時分）和空間位置的具體固定，通過『（柴門）外』、『（渡）頭』、『（墟）里』、『（五柳）前』等方位名詞，勾勒出景物的相互位置關係，景物具有空間開發性，既活潑無礙，又彼此依存，是構成整個畫面協調的一個部分。讀這樣的詩，應該在一個時間的片刻裡從空間上去理解作品，把握詩人用最高的藝術手腕所凝定下來的富有包孕性的瞬間印象。」見《唐詩的美學闡釋》（合肥市：安徽大學出版社，2000 年 4 月一版一刷），頁 255。

　　尋尋覓覓，冷冷清清，悽悽慘慘戚戚。乍暖還寒時候，最難將
息。三杯兩盞淡酒，怎敵他、晚來風急。雁過也，最傷心，卻是
舊時相識。　　　滿地黃花堆積。憔悴損、如今有誰堪摘。守著窗
兒，獨自怎生得黑。梧桐更兼細雨，到黃昏、點點滴滴。這次
第，怎一箇愁字了得。

　　這闋詞旨在寫「愁」。它就「篇」此一層而言，是用「先因後果」[25]
的結構寫成的。「因」的部分，自篇首至「到黃昏」句止，主要採「凡、
目、凡」順序來寫：頭一個「目」，指「尋尋」三句，共疊十四個字，
寫在秋涼時，因尋覓舊跡，卻物是而人非，故倍感淒涼，無法自已，含
有極強之層次邏輯[26]，為下句之「最難將息」預築橋樑；而「凡」，乃
指「乍暖」二句，既承上也探下地作一總括，不言哀愁而哀愁自見；至
於後一個「目」，則自「三杯」句起至「到黃昏」句止，先以「三杯」句，
寫試酒的人事景（人），並以「怎敵他」起至「如今」句止，寫風急、
雁過、花落等自然景（天）；後以「守著」二句，寫守窗的人事景（人），
並以「梧桐」二句，寫雨打梧桐的自然景（天）；針對「最難將息」四
字作具體之描寫，為結二句蓄力。「果」的部分，為結二句，用「這次
第」總結上面「因」的部分，逼出一個「愁」字，點醒主旨，以融貫全

---

25 為因果法的一種結構，見陳滿銘：《章法學新裁》，頁 481-488。又見仇小屏：《篇章
　結構類型論》上，頁 208-225。

26 唐圭璋：「起下十四個疊字，總言心情之悲傷。中心無定，如有所失，故曰『尋尋覓
　覓』。房櫳寂靜，空床無人，故曰『冷冷清清』。『悽悽慘慘戚戚』六字，更深一層，
　寫孤獨之苦況，愈難為懷。」見《唐宋詞簡釋》，頁 145。又木齋：「起首突兀而起，
　連用十四個疊字，寫出自己的尋覓、冷清與悽慘。『尋尋覓覓』，未言贅語，尋覓的
　是什麼？是失去的愛情、伴侶？是永難尋回的青春？是冷落的故國？還是兼而有
　之？尋覓之不得而覺『冷冷清清』，冷清之甚而覺『悽悽慘慘戚戚』。內在的層次邏
　輯很強。」見《唐宋詞流變》，頁 227。

篇，使全詞含著無盡的哀愁。這種結構，可呈現如下表：

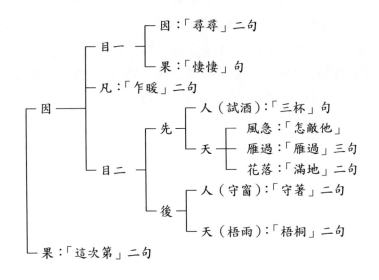

本詞在「目二」的部分，顯然形成了兩疊「先人後天」的結構。

「天、人、天」的，如吳文英的〈浣溪沙〉詞：

> 門隔花深夢舊游，夕陽無語燕歸愁。玉纖香動小簾鉤。　　落絮
> 無聲春墮淚，行雲有影月含羞。東風臨夜冷於秋。

此詞寫夢後懷舊之情，用「先虛〔夢中〕後實〔夢後〕」的順序寫成。其中起句，寫夢中，為「虛」；而自「夕陽」句起至篇末，寫夢後，為「實」。開端由「門隔花深」，直接切入夢遊，敘明舊遊之地，寫得極為幽深、隱約[27]，有「室邇人遠」之意。接著在二、三句，寫夢後捲

---

27 吳惠娟：「『門隔花深』既指所夢的舊遊之地，又寫出了夢境的幽深與隱約。」見《唐宋詞審美觀照》（上海市：學林出版社，1999 年 8 月一版一刷），頁 14。

簾（人事──人），見無語之夕陽與歸燕（自然 ─ 天），藉以襯托懷舊
之情（愁），很自然地所得之「愁」就格外多了；然後在下片三句，依
序寫夢後所見落絮、月羞、風臨等景物（自然──天），而特地又將
「絮落」擬之為「春墮淚」、「行雲有影」喻之為「月含羞」[28]，且用「冷
於秋」強化夜境之淒涼，以推深懷舊之情。如此，懷舊之情（愁）就充
滿字裡行間了。據此分析，其結構表可呈現如下：

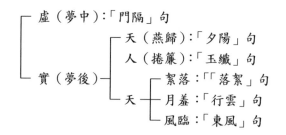

就在「實」〔夢後〕的部分裡，形成了「天、人、天」的結構。

「人、天、人」的，如馬致遠〈題西湖〉中的〈慶東原〉曲：

　　暖日宜乘轎，春風堪信馬，恰寒食有二百處秋千架。向人嬌杏
　　花，撲人衣柳花，迎人笑桃花。來往畫船遊，招颭青旗掛。

此曲用以寫春景，藉轎馬、秋千、畫船、青旗等人文景色（人），
與杏、柳、桃等自然風光（天），活潑地予以呈現，呈現得十分熱鬧，
從而襯托出作者此刻喜悅的心情。如果按這種呈現次序，由「天」與

---

28 陳文華：「柳絮點點，其狀正如淚痕，而柳絮墮於春日，故曰『春墮淚』；而己亦正
　　為懷人之悲而墮淚，故寫絮亦是寓己。月為雲遮，恍若含羞，而人亦因相隔而不得
　　覿面，故寫月亦是喻所思之人。」見《海綃翁夢窗詞說詮評》（臺北市：里仁書局，
　　1996年2月初版），頁129。

「人」切入，則形成了如下結構：

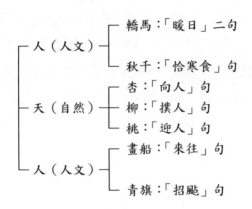

就「篇」而言，它形成了「人、天、人」的結構。

第四節　圖底法

　　一般說來，作者在辭章中所用之時、空（包括「色」）材料，有一些是充當「背景」用的，也有某些是用來作為「焦點」的。就像繪畫一樣，用作「背景」的，往往對「焦點」能起烘托的作用，即所謂的「底」；而用作「焦點」的，則對「背景」而言，都會產生聚焦的功能，即所謂的「圖」[29]。這種條理用於辭章章法上，也可造成秩序、變化、聯貫的效果，而形成「先圖後底」、「先底後圖」、「圖、底、圖」、「底、圖、底」等結構。

　　「先圖後底」的，如王維的〈竹里館〉詩：

　　　　獨坐幽篁裡，彈琴復長嘯。深林人不知，明月來相照。

---

29 王秀雄：「在視覺心理上，把視覺對象從背景浮現出來，而讓我們認識得到的，叫做『圖』（figure）……其周圍之背景，叫做『地』（ground）。」見《美術心理學》（臺北市：三信出版社，1975 年初版），頁 126。

　　這首詩藉寫幽獨之人與幽獨之景，以襯托出作者幽獨之趣。其中寫
「幽獨之人」的，是起二句，用「獨坐」、「彈琴」、「長嘯」來刻畫「人」
之幽獨；這是本詩之焦點所在，為「圖」的部分。寫「幽獨之景」的，
為結二句，藉「深林」之無人、「明月」之照臨來凸顯「景」之幽獨；
這是本詩的背景所在，與上二句互相對應，而起了很大的烘托作用[30]，
為「底」的部分。據此，其結構表可呈現如下：

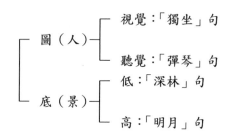

就「篇」而言，它所形成的是「先圖後底」的結構。
　　「先底後圖」的，如柳宗元的〈江雪〉詩：

　　　千山鳥飛絕，萬徑人蹤滅。孤舟簑笠翁，獨釣寒江雪。

　　此詩旨在藉寂靜、孤寒的「人」與「物」，以寫主人翁（簑笠翁──
作者）的傲岸與孤獨，反映出作者超拔的人格[31]。其中「首二句，藉著

30　喻守真：「此詩是寫獨坐遣興，其中以『獨坐』與『人不知』相映帶，『幽篁』與『深
　　林』相迴應。再用『明月』與『幽篁』，構成一幅美景；用『彈琴』與『長嘯』，寫
　　出一份閒情。」見《唐詩三百首詳析》（臺北市：臺灣中華書局，1996 年 4 月臺 23
　　版 5 刷），頁 266。

31　李浩：「柳宗元〈江雪〉一詩在結構上也採用了層進聚焦的方式：……它把讀者的審
　　美注意力由遠到近、由大到小地集中到孤舟獨釣者的形象上。表面看來，詩的境界
　　越縮越小，實際上漁翁的形象在讀者心靈中所佔有的位置卻越來越大。它不僅佔據

『山』、『鳥』、『徑』、『人』等『物』,來寫它的背景;而一方面以
『千』、『萬』等字,將空間拓大,一方面又以『絕』、『滅』等字,凸
顯景物之寂靜;這是『底』的部分。後兩句,用『舟』、『雪』等『物』,
來烘托垂釣的『蓑笠翁』;而以『孤』和『獨』字,刻畫『蓑笠翁』的
孤獨;這是『圖』的部分。」[32] 這樣來看待這首詩,可畫成如下結構表:

如此切入其「篇」,所形成的是「先底後圖」的結構。
　　「圖、底、圖」的,如李白的〈登金陵鳳凰臺〉詩:

　　　鳳凰臺上鳳凰遊,鳳去臺空江自流。吳宮花草埋幽徑,晉代衣冠
　　　成古邱。三山半落青天外,二水中分白鷺洲。總為浮雲能蔽日,
　　　長安不見使人愁。

　　這首詩藉作者登臺之所見所感,以寫其身世之悲與家國之痛[33]。它

_____

　　了畫面的中心,而且佔據了讀者的整個心靈,詩人在詩中主要是為了突出『孤舟』、
　　『獨釣』的漁翁形象以表現他的遺世獨立的意趣、耿介超拔的人格。」見《唐詩的美
　　學闡釋》,頁 91-92。
32 陳滿銘:〈主旨置於篇外的謀篇形式──以詩詞為例〉,《第三屆中國修辭學學術研討
　　會論文集》(桃園縣:中國修辭學會、銘傳大學應用中文系,2001 年 6 月),頁 1119。
33 袁行霈說此詩「寫出了自己獨特的感受,把歷史的典故,眼前的景物和詩人自己的
　　感受,交織在一起,抒發了憂國傷時的懷抱。」見《唐詩大觀》(香港:商務印書館

首先在起聯，扣緊「金陵鳳凰臺」，突出登臨之地點，用「遊」與「去」
寫其盛衰，以寓興亡之感；這是頭一個「圖」的部分。接著在頷、頸兩
聯，前以「吳宮」二句，就近寫今日所見「幽徑」與「古邱」之「衰」景，
而用「吳宮花草」與「晉代衣冠」帶入昔日之「盛」況，形成強烈對比，
以深化興亡之感；後以「三山」二句，將空間拓大，就遠寫今日所見
「三山」與「二水」一直延伸到「長安」的山水勝景；這對上敘的「臺」
或下敘的「人」（不見長安之作者）而言，均有烘托、襯映的作用，是
「底」的部分。最後在尾聯，聚焦到自己身上，以「浮雲」之「蔽日」，
譬眾邪臣之蔽賢，「長安」之「不見」，喻己之謫居在外，既為自己被
排擠出京而憤懣，又為唐王朝將重蹈六朝覆轍而憂慮；這是後一個
「圖」的部分。循此角度切入，它的結構表是這樣子的：

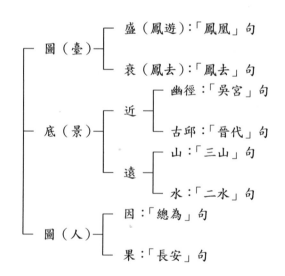

由此看來，僅就「篇」而言，它所形成的是「圖、底、圖」的結構。

香港分館，1986 年 1 月一版二刷），頁 329。

「底、圖、底」的，如溫庭筠的〈更漏子〉詞：

> 玉爐香，紅蠟淚。偏照畫堂秋思。眉翠薄，鬢雲殘，夜長衾枕寒。　　梧桐樹，三更雨，不道離情正苦。一葉葉，一聲聲，空階滴到明。

　　此詞旨在寫離情。作者首先以起二句，寫一畫堂內，正燃著爐香、流著蠟淚的背景，作為敘寫的開端，為頭一個「底」的部分。其次以「偏照」四句，聚焦於畫堂中的一個美人，即本詞之主人翁，採「先泛寫後具寫」的順序，先以紅蠟之「偏照」作橋樑，泛寫這個美人正坐在畫堂內悲秋，再具寫她的眉薄、鬢殘與床上衾枕之寒，生動地將抽象的悲秋之情加以形象化；這是「圖」的部分。然後以下片六句，承「夜長衾枕寒」句[34]，寫畫堂外聲聲梧桐夜雨、滴階至明的情景，結合上片之爐香、蠟淚，一外一內地對「秋思」之美人，作有力之烘托、映襯，凸顯了焦點，使作品產生最大的感染力；這是後一個「底」的部分。從這個角度切入，可形成如下結構：

---

34 趙山林：「譚獻評此詞下片：『似直下語，正從「夜長」逗出。』愁人不寐，倍覺夜長，故而梧桐夜雨之聲方能聲聲入耳。」見《詩詞曲藝術論》（杭州市：浙江教育出版社，1998 年 6 月一版一刷），頁 152。

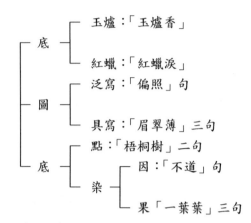

此就「篇」而言，所形成的是「底、圖、底」的結構。

第五節　敲擊法

　　「敲擊」一詞，一般用作同義的合義複詞，都指「打」的意思。但嚴格說來，「敲」與「擊」兩個字的意義，卻有些微的不同，《說文》說：「敲，橫擿也。」徐鍇《繫傳》：「橫擿，從旁橫擊也。」而《廣韻·錫韻》則說：「擊，打也。」可見「擊」是通指一般的「打」，而「敲」則專指從旁而來的「打」。也就是說，以用力之方向而言，前者可指正〔前後〕面，也可指側面，而後者卻僅可指側面。依據此異同，移用於章法，用「敲」專指側寫，用「擊」專指正寫，以區隔這種篇章條理與「正反」、「平側」〔平提側注〕、賓主等章法[35]的界線，希望在分析辭章時，能因而更擴大其適應的廣度與貼切度。而這種篇章條理，也和其他章法一樣，可形成「先敲後擊」、「先擊後敲」、「敲、擊、敲」、「擊、

---

[35] 「敲擊」，主要在用不同事物以表達同類情意時，藉「敲」加以引渡或旁推，來呼應「擊」的部分，與「正反」、「賓主」之彼此映襯或「平側」之有所偏重的，有所不同。「正反」、「平側」、「賓主」等法，參見陳滿銘：《章法學新裁》，頁 345-360。另參仇小屏：《篇章結構類型論》下，頁 374-529。

敲、擊」等結構，以產生秩序、變化、聯貫〔呼應〕的作用。

「先敲後擊」的，如蘇轍〈黃州快哉亭記〉的一段文字：

> 昔楚襄王從宋玉、景差於蘭臺之宮，有風颯然至者，王披襟當之
> 曰：「快哉此風！寡人所與庶人共者耶？」宋玉曰：「此獨大王
> 之雄風耳，庶人安得共之！」玉之言蓋有諷焉。夫風無雌雄之
> 異，而人有遇不遇之變。楚王之所以為樂，與庶人之所以為憂，
> 此則人之變也，而風何與焉？士生於世，使其中不自得，將何往
> 而非病？使其中坦然，不以物傷性，將何適而非快？今張君不以
> 謫為患，竊會計之餘功，而自放山水之間，此其中宜有以過人
> 者。將蓬戶甕牖無所不快，而況乎濯長江之清流，挹西山之白
> 雲，窮耳目之勝以自適也哉？不然，連山絕壑，長林古木，振之
> 以清風，照之以明月，此皆騷人思士之所以悲傷憔悴而不能勝
> 者，烏睹其為快也哉？

這段文字，就全文來說，是屬於「先敘後論」中「論」的部分。作
者在此，首先以楚襄王與宋玉的一番對話（「昔楚襄王……安得共
之」），敘出「快哉」，並由此帶出一節文字（「玉之言……而風何與
焉」），作側面議論（論端），為底下鎖定主人翁張夢得之事加以發揮的
正面議論，充當橋樑[36]；這是「敲」的部分。其次先著眼於「全」（「士
生於世……物傷性」），拈出「快哉」之旨，再以著眼於「偏」（「今張
君……為快也哉」），特就張夢得之謫，從正面（對側面而言）握定「快

36　王文濡在「而風何與焉」下評注：「因『快哉』二字，發此一段論端，尋說到張夢得
　　身上，若斷若續，無限煙波。」見《精校評注古文觀止》卷 11（臺北市：臺灣中華
　　書局，1972 年 11 月臺六版），頁 38。

哉」之旨予以發揮[37]；這是「擊」的部分。據此，其結構表可呈現如下：

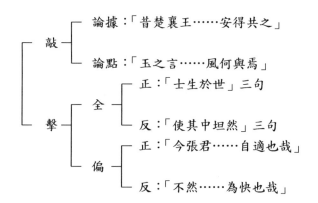

就此段文字來說，是形成「先敲後擊」的結構的。

「先擊後敲」的，如韓愈的〈送董邵南遊河北序〉：

> 燕趙古稱多感慨悲歌之士。董生舉進士，連不得志於有司，懷抱
> 利器，鬱鬱適茲土，吾知其必有合也。董生勉乎哉！
> 夫以子之不遇時，苟慕義彊仁者，皆愛惜焉。矧燕趙之士，出乎
> 其性者哉！然吾嘗聞風俗與化移易，吾惡知其今不異於古所云
> 邪？聊以吾子之行卜之也。董生勉乎哉！
> 吾因子有所感矣。為我弔望諸君之墓，而觀於其市，復有昔時屠
> 狗者乎？為我謝曰：「明天子在上，可以出而仕矣。」

此文為一贈序，寫以送董邵南往遊河北。由於當時河北藩鎮不奉朝
命，送行之人「斷無言其當往之理，若明言其不當往，則又多此一

送」[38]，所以作者就避開河北之「今」，而從其「古」下筆。首先自開篇起至「出乎其性者哉」句止，以「因、果、因」的順序，說古時之燕趙〔即河北〕多「慕義彊仁」的豪傑之士，從正面預卜董生此行必受到「愛惜」而「有合」，以見其當往；其次自「然吾嘗聞」句起至「董生勉乎哉」句止，說如今燕趙之風俗，或許已與古時有所不同，從反面勉董生聊以此行一卜其「合與不合」[39]，以進一步見其當往；以上兩段，直接扣住董生之當「遊河北」來寫，是「擊」的部分。最後以末段，筆鋒一轉，旁注於燕趙之士身上，要董生傳達「明天子在上」而勸他們來仕之意，含董生不當往的暗示作收[40]；這是「敲」的部分。由此角度分析，可畫成如下結構表：

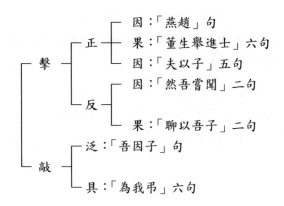

從「篇」來看，它是形成「先擊後敲」的結構的。

「敲、擊、敲」的，如辛棄疾的〈賀新郎〉詞：

---

38 林雲銘：《古文析義》上（臺北市：廣文書局，1965 年 10 月再版），頁 216。
39 王文濡在首段下評注：「此段勉董生行，是正寫。」在次段下評注：「此段勉董生行，是反寫。」見《精校評注古文觀止》卷 8，頁 36-37。
40 王文濡在篇末評注：「送董生，卻勸燕趙之士來仕，則董生之不當往，已在言外。」見《精校評注古文觀止》卷 8，頁 37。

　　綠樹聽鵜鴂，更那堪、鷓鴣聲住，杜鵑聲切！啼到春歸無尋處，
苦恨芳菲都歇。算未抵人間離別：馬上琵琶關塞黑，更長門翠輦
辭金闕。看燕燕，送歸妾。　　　　將軍百戰身名裂，向河梁回頭萬
里，故人長絕。易水蕭蕭西風冷，滿座衣冠似雪。正壯士、悲歌
未徹。啼鳥還知如許恨，料不啼清淚長啼血。誰共我，醉明月。

　　這闋詞題作「別茂嘉十二弟。鵜鴂、杜鵑實兩種，見《離騷補
註》」，是用「先賓後主」的順序寫成的。其中的「賓」，先以「綠樹」
句起至「苦恨」句止，從側面切入，用鵜鴂、鷓鴣、杜鵑等春鳥之啼春，
啼到春歸，以寫「苦恨」；這是頭一個「敲」的部分。再以「算未抵」句
起至「正壯士」句止，由「鳥」過渡到「人」，採「先平提後側收」[41]的
技巧，舉古代之二女（昭君、歸妾）二男（李陵、荊軻）為例，來寫人
間離別的「苦恨」，暗涉慶元黨禍，將朝臣之通敵與志士之犧牲，構成
強烈的對比，以抒發家國之恨[42]；這是「擊」的部分。末以「啼鳥」二
句，又應起回到側面，用虛寫方式，推深一層寫啼鳥的「苦恨」；這是
後一個「敲」的部分。而「主」，則正式用「誰共我」二句，表出惜別「茂
嘉十二弟」之意，以收拾全篇。所謂「有恨無人省」，作者之恨在其弟

41　陳滿銘：〈談「平提側收」的篇章結構〉，《章法學新裁》，頁 435-459。
42　鞏本棟：「鄧小軍先生所撰〈辛棄疾〈賀新郎・別茂嘉弟〉詞的古典與今典〉一文……
　　認為辛棄疾〈賀新郎〉詞的主要結構，『乃是古典字面，今典實指。即借用古典，以
　　指靖康之恥、岳飛之死之當代史。從而亦寄託了稼軒自己遭受南宋政權排斥之悲
　　憤，及對南宋政權對金妥協投降政策之判斷。』」見《辛棄疾評傳》（南京市：南京
　　大學出版社，1998 年 12 月一版一刷），頁 400-401。又參見陳滿銘：〈唐宋詞拾玉
　　（四）——辛棄疾的〈賀新郎〉〉，《國文天地》12 卷 1 期（1996 年 6 月），頁 66-69。

離開後，將要變得更綿綿不盡了。這樣的結構，可用下表來表示：

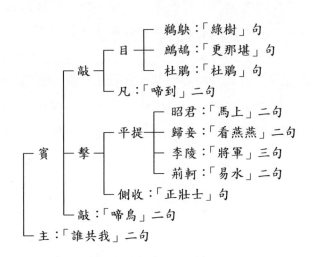

在「賓」的部分，是形成「敲、擊、敲」的結構的。

「擊、敲、擊」的，如賈誼〈過秦論（上）〉的一段文字：

> 孝公既沒，惠文、武、昭襄，蒙故業，因遺策，南取漢中，西舉
> 巴蜀，東割膏腴之地，北收要害之郡。諸侯恐懼，會盟而謀弱
> 秦，不愛珍器重寶肥饒之地，以致天下之士，合縱締交，相與為
> 一。當此之時，齊有孟嘗，趙有平原，楚有春申，魏有信陵；此
> 四君者，皆明智而忠信，寬厚而愛人，尊賢重士，約從離橫，兼
> 韓、魏、燕、趙、齊、楚、宋、衛、中山之眾。於是六國之士，
> 有甯越、徐尚、蘇秦、杜赫之屬為之謀；齊明、周最、陳軫、召
> 滑、樓緩、翟景、蘇厲、樂毅之徒通其意；吳起、孫臏、帶佗、
> 兒良、王廖、田忌、廉頗、趙奢之倫制其兵。嘗以十倍之地，百
> 萬之眾，叩關而攻秦。秦人開關延敵，九國之師，逡巡遁逃而不
> 敢進。秦無亡矢遺金族之費，而天下諸侯已困矣。於是從散約

解，爭割地而賂秦。秦有餘力而制其敝，追亡逐北，伏尸百萬，
流血漂櫓；因利乘便，宰割天下，分裂河山，強國請服，弱國入
朝。施及孝文王、莊襄王，享國日淺，國家無事。

　　這是〈過秦論・上〉的次段文字，承首段[43] 進一步寫秦國之強大。
它首先以「孝公既沒」句起至「北收要害」句止，從正面寫秦國的三位
君王（惠文、武、昭襄），在孝公之後，由於「蒙故業」、「因遺策」，
而繼續在侵蝕六國上，獲得了可觀成果；這是頭一個「擊」的部分。其
次以「諸侯恐懼」句起至「叩關而攻秦」句止，極寫六國抗秦之事：先
以「諸侯恐懼」二句，作一總括；再以「不愛珍器」句起至「制奇兵」
句止，分策略（合縱）、人力（賢相、兵眾、謀士、使臣、將帥）和實
際行動（攻秦）等，凸顯出六國抗秦的強大力量；作者這樣寫六國之強
大，對寫秦國之強大而言，與其說是「反襯」[44]，不如說是「側寫」，
因此這是「敲」的部分。又其次以「秦人開關」句起至「弱國入朝」句
止，又由側面轉為正面，將六國之強大轉為秦國之最後勝利，以極寫秦
國的強大；這是後一個「擊」的部分。最後以「施及」三句，虛敘昭襄

43　〈過秦論〔上〕〉前三段，依次寫秦強之始、秦強之漸、秦強之最。林雲銘在首段
　　下注：「已（以）上言秦強之始。史載孝公發憤修政，故首言孝公。」見《古文析義》，
　　頁 132。

44　一般文論家都視為「反襯」，如王文濡在「相與為一」句下評注：「正欲寫秦之強，
　　忽寫諸侯，作反襯。」又在「尊賢而重士」句下評注：「極贊四君，以反襯秦之強。」
　　又在「趙奢之倫制其兵」句下評注：「極寫諸侯得人之盛，以反襯秦之強。」見《精
　　校評注古文觀止》卷 6，頁 6-7。再如王根林在論此文特色時，特標「反襯」一項：
　　「上篇寫秦始皇以前幾代君主雄踞關中、俯視山東各國的形勢，是從描寫山東諸國的
　　威勢著筆的：『當是時……中山之眾』，還有一大批優秀的政治家、外交家、軍事家
　　為本國出謀獻策、馳騁疆場，『常（嘗）以十倍之地、百萬之眾叩關而攻秦』。儘管
　　他們地廣兵眾，人才薈萃，然而『秦人開關而延敵，九國之士〔師〕逡巡遁逃而不
　　敢進』。這樣寫，比直接描繪秦國如何強大，顯然能收到更好的效果。同樣，寫秦王
　　朝在風雨飄搖中一朝傾覆，也是用它的對立面陳涉之弱小加以反襯的。」見《古代文
　　學作品鑑賞》（上海市：上海古籍出版社，1988 年 3 月一版一刷），頁 48-49。

王後兩位君王（孝文、莊襄）之事，以過渡到第三段，與秦始皇相連接，充分發揮了橋樑的作用。如此看待此段文字，可用下表來呈現它的結構：

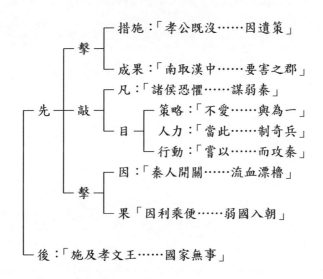

單就這一段「先」的部分來說，是形成「擊、敲、擊」的結構的。

　　以上五種章法，都是用於謀篇布局的條理。這些條理，和形成其他章法的條理一樣，不僅存於萬事萬物之中，也存於古今人人之心理，串成一條條長長的無形鎖鏈，以通貫物我、人我，呈現它們歸於秩序、變化、聯貫、統一的功能，而把「心理」、「現象」（作品）和「美感」三者打成一片[45]，使作者、作品與讀者三者緊緊地連為一體，這可說是自然而然的事。但由於一般人〔包括作者〕對此，似乎都日用而不知、習

---

45 結合心理基礎與美感效果來研究「章法」，求的正是「真、善、美」。臺灣師大國研所博、碩士在近幾年來，已有多人以學位論文來進行這一方面之研究，見陳滿銘：〈卻顧所來徑──《章法學新裁》代序〉，《國文天地》16卷8期（2001年1月），頁100-105。

焉而不察,而誤以為「章法」乃出自「人為」的枷鎖,致多所蔑視、排斥,因此為求「章法」之條理更趨周延,以消除一些誤會,便鍥而不捨,將幾十年來分析辭章時所漏失的一些特殊條理,再整理出五種,一方面拿來就教於方家學者,一方面也稍稍為辭章章法學之研究盡一份心力。

第四章
章法規律的內涵

　　章法是文章構成的型態，也就是綴句成節段，組節段成篇的一種方式。對它的理論，雖然從劉彥和開始，一直到現在，都有專家學者先後加以探討，而且也提出了許多精闢的見解，但對它的範圍與內容，卻語焉而不詳，往往只顧一偏，而未就全面予以牢籠，實有進一步集枝節為輪廓、匯涓溪為江流的必要。所以在一九七六年前後便著手做這種工作，也陸續發表了二十來篇有關的論文，很遺憾地，還是犯了顧此失彼或糾纏不清的毛病。於是在此，特地重新加以整理修正，將章法別為秩序、變化、聯貫、統一等四大規律來談談它的主要內涵。

第一節　秩序

　　所謂的秩序，是將材料的次序加以整齊安排的意思。通常，作者係依時間、空間或事理展演的自然過程作適當的安排，茲分述如下：

一　屬於時間者

　　屬於時間的秩序，有兩種：一是由昔而今或由今至未來，為順敘；二是由今及昔，為逆敘。
　　順敘者，如：

　　　　昔繆公求士，西取由余於戎，東得百里奚於宛，迎蹇叔於宋，來
　　　　丕豹、公孫支於晉。此五子者，不產於秦，繆公用之，并國二

十，遂霸西戎。孝公用商鞅之法，移風易俗，民以殷盛，國以富
彊，百姓樂用，諸侯親服，獲楚魏之師，舉地千里，至今治彊。
惠王用張儀之計，拔三川之地，西并巴蜀，北收上郡，南取漢
中，包九夷，制鄢郢，東據成臯之險，割膏腴之壤，遂散六國之
從，使之西面事秦，功施到今。昭王得范雎，廢穰侯，逐華陽，
彊公室，杜私門，蠶食諸侯，使秦成帝業。此四君者，皆以客之
功。由此觀之，客何負於秦哉？向使四君卻客而不內，疏士而不
用，是使國無富利之實，而秦無彊大之名也。

　　這是李斯〈諫逐客書〉的一段文字。作者在此列舉了四位秦國君主
用客致強的事跡，來說明用客之利，首先是繆公，其次是孝公，再其次
是惠王，最後是昭王，完全按時間的先後來排列，敘次由昔而今，極為
明晰。又如：

人生不相見，動如參與商；今夕是何夕？共此燈燭光。少壯能幾
時？鬢髮各已蒼。訪舊半為鬼，驚呼熱中腸。焉知二十載，重上
君子堂。昔別君未婚，兒女忽成行；怡然敬父執，問我：「來何
方。」問答未及已，驅兒羅酒漿。夜雨翦春韭，新炊間黃粱。主
稱：「會面難。」一舉累十觴；十觴亦不醉，感子故意長。明日
隔山岳，世事兩茫茫。

　　這是杜甫的〈贈衛八處士〉詩。它的開端四句，寫今夕相見之不
易；自「少壯能幾時」至「兒女忽成行」，寫今夕相見之感慨，以加深
相見之喜；自「怡然敬父執」至「感子故意長」，寫今夕相見時主人衛
八處士待客之殷切情意；說「明日隔山岳」二句，則由實轉虛，寫到明
日之別，使別後之悲和相見之喜交集在一起，更增強了作品的情味力

量。喻守真說：「此詩線索，全在時間方面。係先寫『今夕』，再寫
『夜』，再說『明日』，層次分明，敘事也就有條理了。」[1] 很清楚地指
明了時間由今推至未來的順序。

逆敘者，如：

> 醉裡且貪歡笑，要愁那得工夫。近來始覺古人書，信著全無是
> 處。　　　昨夜松邊醉倒，問松「我醉何如」。只疑松動要來扶，
> 以手推松曰「去」。

這是辛棄疾的〈西江月〉詞。它的上半闋，寫的是作者自己目前的
感想，也可以說是對當世政治上沒有是非的現狀所發出的一種慨歎；而
下半闋寫的則是昨夜的醉態與狂態，也可以說是對當時政治現實不滿的
一種表示。就時間來說，先敘目前，後敘昨夜，顯然已把由今而昔的自
然展演順序顛倒過來了，用的正是逆敘的手法。

此外，有以四時的更迭而形成秩序者，如：

> 野芳發而幽香，佳木秀而繁陰，風霜高潔，水落而石出者，山間
> 之四時也。

這是歐陽脩〈醉翁亭記〉的一節文字。它以首句寫春景、次句寫夏
景、第三句寫秋景、第四句寫冬景，而末句則將上面四句作一總括，指
出這是山間四時景物之變化，雖隱去了春、夏、秋、冬四字，卻由「四
時」二字作了交代。這樣來處理，是很有技巧的。

1　喻守真：《唐詩三百首詳析》（臺北市：臺灣中華書局，1996 年 4 月臺二三版五刷），
　　頁 31，

二　屬於空間者

　　屬於空間的秩序，可大別為三種：一是由近而遠或由遠而近，這是就「遠近」來分的；二是由大而小或由小而大，這是就「大小」來分的；三是由低而高或由高而低，這是就「高低」來分的。由近而遠的，如：

> 獨憐幽草澗邊生，上有黃鸝深樹鳴。春潮帶雨晚來急，野渡無人舟自橫。

　　這是韋應物的〈滁州西澗〉詩。它由近處的幽草、深樹寫起，寫到遠處的春潮、野渡，敘次由近而遠，很有層次。喻守真說：「此詩可分作兩層看法，首、次二句是近看，三、四兩句是平望」[2]。如此對近遠兩處的景物加以重點描繪後，一幅荒江渡口的景象，便宛然在目。

　　由遠而近的，如：

> 七八個星天外，兩三點雨山前。舊時茆店社林邊，路轉溪橋忽見。

　　這是辛棄疾〈西江月〉詞的下半闋。它寫的是作者「夜行黃沙道」（詞題）時所見到的各種景物，開頭是遙天的疏星，接著是山嶺前的雨點，最後是溪橋後的茆店。敘次是由遠而近，極合乎秩序的原則。

　　由大而小的，如：

> 夜月樓臺，秋香院宇，笑吟吟地人來去。是誰秋到便淒涼？當年

2　同前註，頁 296。

　　宋玉悲如許。

這是辛棄疾〈踏莎行〉詞的上半闋。作者在此，先寫明月下的樓閣，再寫樓閣中的院宇，然後由院宇中的人群收到人群中的一人——以宋玉自比的作者身上。範圍由大而小，層層遞進，寫來非常有秩序。
　　由小而大的，如：

　　散髮披襟處，浮瓜沈李杯。涓涓流水細侵階。鑿箇池兒，喚箇月兒來。

這是辛棄疾〈南歌子〉詞的上半闋。它先寫甘瓜李杯，再寫浮沈甘瓜李杯的涓涓流水，然後寫到容納涓涓流水的新開池兒，空間由小而大，十分有層次。
　　由低而高的，如：

　　松下草間有泉，沮洳伏見墮石井，鏘然而鳴；松間藤數十尺，蜿蜒如大虺；其上有鳥，黑如鴝鴒，赤冠長喙，俛而啄，磔然有聲。

這是晁補之〈新城遊北山記〉的一小段文字。它首寫松下之泉，次寫松間之藤，末寫松上之鳥。這顯然是依「由低而高」的順序所寫成的。
　　由高而低的，如：

　　更深月色半人家，北斗闌干南斗斜。今夜偏知春氣暖，蟲聲新透綠窗紗。

這是劉方平的〈月夜〉詩。它的開端兩句，因月色而及於星象，寫的是仰觀所得；而末尾兩句，因聞蟲聲而知春暖，寫的是俯察所得。由仰觀（高）而俯察（低），一種靜穆幽麗的環境便橫在目前。

　　此外，又有以方位的移易而形成秩序者，如：

> 南望馬耳常山，出沒隱見，若近若遠，庶幾有隱君子乎？而其東
> 則盧山，秦人盧敖之所從遁也。西望穆陵，隱然如城郭，師尚父
> 齊桓公之遺烈猶有存者。北俯濰水，慨然太息，思淮陰之功，而
> 弔其不終。

這是蘇軾〈超然臺記〉的一段文字。作者在這兒，依「南望」、「其東」、「西望」、「北俯」的順序來寫登臺所見、所感，的確很「可觀」。

三　屬於事理者

　　屬於事理的秩序，主要有四種：一是由本而末或由末而本，這是就「本末」來分的；二是由淺而深或由深而淺，這是就「淺深」來分的；三是由貴而賤或由賤而貴，這是就「貴賤」來分的；四是由親而疏或由疏而親，這是就「親疏」來分的。其中本末者，如：

> 唯天下至誠，為能盡其性；能盡其性，則能盡人之性；能盡人之
> 性；則能盡物之性；能盡物之性，則可以贊天地之化育；可以贊
> 天地之化育，則可以與天地參矣。

這是《禮記・中庸》的第二十二章（依朱子《章句》），談的是聖人盡性（自誠明）的功用。它首先從根本的「至誠」說起，然後由本而末地加以推擴，順序說到「盡其（己）性」、「盡人之性」、「盡物之性」、「贊

天地之化育」，以至於「與天地參」，層層遞敘，條理清晰異常。

　　淺深者，如：

　　　太上不辱先，其次不辱身，其次不辱理色，其次不辱辭令，其次
　　　詘體受辱，其次易服受辱，其次關木索、被箠楚受辱，其次鬄毛
　　　髮、嬰金鐵受辱，其次毀肌膚、斷支體受辱，最下腐刑，極矣！

這是司馬遷〈報任少卿書〉的一段文字。太史公在此，由淺而深地分九
層來寫自己受辱情形，他從「不辱」的「先」、「身」、「辭令」說到「受
辱」的「詘體」、「易服」、「關木索、被箠楚」、「鬄毛髮、嬰金鐵」、「毀
肌膚、斷支體」及「腐刑」，以強調自己受腐刑之極辱，所造成的感染
力極強。

　　貴賤者，如：

　　　天子能薦人於天，不能使天與之天下；諸侯能薦人於天子，不能
　　　使天子與之諸侯；大夫能薦人於諸侯，不能使諸侯與之大夫。

這是《孟子・萬章上》的一節文字。它的敘次由天子而諸侯而大夫，來
論「薦人」之事，顯然依先貴後賤的順序來安排，層次很清晰。

　　親疏者，如：

　　　左右皆曰賢，未可也；諸大夫皆曰賢，未可也；國人皆曰賢，然
　　　後察之；見賢焉，然後用之。左右皆曰不可，勿聽；諸大夫皆曰
　　　不可，勿聽；國人皆曰不可，然後察之；見不可焉，然後去之。
　　　左右皆曰可殺，勿聽；諸大夫皆曰可殺，勿聽；國人皆曰可殺，
　　　然後察之；見可殺焉，然後殺之。故曰：「國人殺之也。」

這是《孟子・梁惠王下》的一節文字。它就「賢」、「不可」、「可殺」
三件事，各分「左右」、「諸大夫」與「國人」三層遞寫，其中「左右」
是最親者，「諸大夫」是次親者，而「國人」則最為疏遠了。

　　此外，又有以情緒之變化而形成秩序者，如司馬相如〈難蜀父老〉
一文，一開始時寫蜀父老的表現是「儼然造焉」，但聽了使者的一席話
後，他們的反應卻變成：

> 於是諸大夫茫然喪其所懷來，失厥所以進，喟然並稱曰；允哉漢
> 德，此鄙人之所願聞也。百姓雖勞，請以身先之。敞罔靡徙，遷
> 延而辭避。

對這節文字之前寫「儼然」，此寫「茫然」、「喟然」，由此可看出情緒
變化所形成的層次感是十分分明的。

第二節　變化

　　所謂的變化，是把材料的次序加以參差安排的意思。一般說來，作
者有時會將時間、空間或事理展演的自然過程加以改變，造成「參差見
整齊」的效果。茲分述於後：

一　屬於時間者

　　屬於時間的變化，只有一種，即由今而昔而今，這種安排法在辭章
中屢見不鮮，如：

> 太史公曰：吾如淮陰，淮陰人為余言：韓信雖為布衣時，其志與
> 眾異，其母死，貧無以葬，然乃行營高敞地，今其旁可置萬家。

余視其母冢，良然。假令韓信學道，謙讓不伐己功，不矜其能，則庶幾哉於漢家勳，可以比周召太公之徒，後世血食矣，不務出此，而天下已集，乃謀畔逆，夷滅宗族，不亦宜乎。

這是《史記‧淮陰侯列傳贊》的全文。作者在這則贊文裡，先敘自己到淮陰之事，再藉淮陰人之口，敘淮陰侯為布衣時事，然後把時間由過去拉回到現在，發出自己的感想作結。時間由今而昔而今，形成了變化。又如：

少陵野老吞聲哭，春日潛行曲江曲。江頭宮殿鎖千門，細柳新蒲為誰綠？憶昔霓旌下南苑，苑中萬物生顏色。昭陽殿裡第一人，同輦隨君侍君側。輦前才人帶弓箭，白馬嚼齧黃金勒；翻身向天仰射雲，一箭正墜雙飛翼。明眸皓齒今何在，血污遊魂歸不得。清渭東流劍閣深，去住彼此無消息！人生有情淚霑臆，江水江花豈終極？黃昏胡騎塵滿城，欲往城南望城北。

這是杜甫的〈哀江頭〉詩。他在開篇四句，寫自己潛行曲江之所見、所悲；再以「憶昔」八句，追憶貴妃生前遊幸曲江的盛事；而「明眸」句至篇末，則對貴妃之死致哀悼之情，並抒發自己忠君愛國之懷。敘次由今而昔而今，參差中見整齊，很有章法。

二　屬於空間者

屬於空間的變化，主要有三種：一是由遠而近而遠或由近而遠而近，這是就「遠近」來分的；二是由大而小而大或由小而大而小，這是就「大小」來分的；三是由低而高而低或由高而低而高，這是就「高低」來分的。不過，其中以遠近、大小二類較常見。

遠近者，如：

> 平林漠漠煙如織，寒山一帶傷心碧。暝色入高樓，有人樓上愁。
> 玉階空佇立，宿鳥歸飛急。何處是歸程？長亭連短亭。

這是李白的〈菩薩蠻〉詞，為一懷人之作。首以起二句，就遠，寫「平林」、「寒山」的淒涼景象；次以「暝色」二句，就近，寫主人翁佇立樓上遠望的情景，拈出一「愁」字，以統一全詞；接著以換頭二句，一承「有人樓上愁」（近），具寫主人翁在發愁的樣子，一承「寒山」、「平林」（遠），寫歸鳥疾飛的動景，從反面激出遊子遲遲未歸之意，以表出「愁」來；末了以結二句，將空間由「平林」、「寒山」向無窮的遠方推擴出去，寫「長亭連短亭」的漫漫歸程，以襯出不見歸人的無限愁思。很顯然起，它是以「遠、近、遠」的順次寫成的。又如：

> 閒庭生柏影，荇藻交行路。忽忽如有人，起視不見處。牽牛秋正
> 中，海白夜疑曙。野風吹空巢，波濤在孤樹。

這是謝翱的〈效孟郊體〉詩。它的首、次二聯，寫庭中所見之柏影、荇藻和人；三聯循著視線之開拓，寫遠方的天和水；末聯則又將視線拉回到庭中的樹上。這分明形成了「近、遠、近」的空間安排。

大小者，如：

> 紅葉晚蕭蕭，長亭酒一瓢。殘雲歸太華，疏雨過中條。樹色隨關
> 迴，河聲入海遙。帝鄉明日到，猶自夢漁樵。

這是許渾的〈秋月赴闕題潼關驛樓〉詩。此詩一本題作「行次潼關，逢

魏扶東歸」。它的首聯，就小，寫長亭送別、借酒澆愁之情景；中間二聯，呈輻射狀向四方拉開，就大，寫華山、中條山和潼關、大海；而尾聯則又將範圍縮小到四望風物之自己身上，發出感慨作結。敘次由小而大而小，極富變化。又如：

> 老殘洗完了臉，把行李鋪好，把房門鎖上，他出來步到河隄上看。只見那黃河從西南上下來，到此卻正是個灣子，過此便向正東去了。河西不甚寬，兩岸相距不到二里。若以此刻河水而論，也不過百把丈寬的光景。只是面前的冰，插得重重疊疊的，高出水面有七、八寸厚。
>
> 再望上游走了一、二百步，只見那上游的冰，還一塊一塊地慢慢價來，到此地被前頭的冰攔住，走不動，就站住了。那後來的冰趕上他，只擠得嗤嗤價響。後冰被這溜水逼得緊了，就竄到前冰上頭去。前冰被壓，就漸漸低下去了。看那河身，不過百十丈寬，當中大溜，約莫不過二、三十丈。兩邊俱是平水，這平水之上，早已有冰結滿。冰面卻是平的，被吹來的塵土蓋住，卻像沙灘一般。中間的大道大溜，卻仍然奔騰澎湃，有聲有勢，將那走不過去的冰，擠得兩邊亂竄。那兩邊平水上的冰，被當中亂冰擠破了，往岸上跑，那冰能擠到岸上有五、六尺遠。許多碎冰被擠得站起來，像個小插屏似的。看了有點把鐘工夫，這一截子的冰，又擠死不動了。

這是《老殘遊記》的兩段文字。作者在頭一段，先寫整個河道，再寫河面，然後縮小範圍，寫到河上之冰。而後一段，則先承上段之末，寫河上之冰，再寫大溜、平水，然後擴大到兩岸。十分明顯地，這是用「大、小、大」的次序來安排的。

三　屬於事理者

　　屬於事理的變化，本該有本末、淺深、貴賤、親疏等多種，但其中淺深、貴賤、親疏三種極罕見，常見的只有本末一種，如：

　　古之欲明明德於天下者，先治其國。欲治其國者，先齊其家。欲齊其家者，先脩其身。欲脩其身者。先正其心。欲正其心者，先誠其意。欲誠其意者，先致其知，致知在格物。物格而后知至，知至而后意誠，意誠而后心正、心正而后身脩，身脩而后家齊，家齊而后國治，國治而后天下平。

　　這是《禮記・大學》的一節經文，論的是《大學》八條目的先後次序。它共含兩個部分：頭一部分自起句至「致知在格物」止，就出發點，由「明明德於天下」（即平天下）而治國、齊家、修身、正心、誠意，依序遞寫，以至於致知、格物，用的是由末而本的逆推手段；第二個部分自「物格而后知至」至末，就終極處，由物格、知至而意誠、心正、身修、家齊、國治，層層遞寫，以至於天下平，用的則是由本而末的順推工夫。將這順逆兩個部分合起來，就形成了「末、本、末」的結構。又如：

　　天命之謂性，率性之謂道，修道之謂教。道也者，不可須臾離也。可離，非道也。是故君子戒慎乎其所不睹，恐懼乎其所不聞。莫見乎隱，莫顯乎微，故君子慎其獨也。喜怒哀樂之未發，謂之中。發而皆中節，謂之和。中也者，天下之大本也。和也者，天下之達道也。致中和，天地位焉，萬物育焉。

這是《禮記‧中庸》的首章（依朱子《章句》）文字，論的是《中庸》的綱領和修道要領、目標。首先是「天命之謂性」三句，指明《中庸》一書的綱領所在，這是依「由本而末」的順序來交代的。接著是「道也者」至「故君子慎其獨也」止，指出修道的要領，這是就「修道之謂教」來說的；然後是「喜怒哀樂之未發」八句，指出修道之內在目標，這是就「率性之謂道」來說的；末了是「致中和」三句，指出修道之終極目標，這是就「天命之謂性」來說的。由此看來，由「道也者」至「萬物育焉」止，乃按「由末而本」的順序來交代，而《中庸》這一章也就形成了「本、末、本」的結構。

此外，以插敘或補敘的方法來寫也可以使文章產生變化。其中插敘是為了表達上的需要將緊接的部分加以提開來夾敘一些文字的方法，既可用以解釋事理、抒發感想、具寫景物，也可藉以提出主旨或綱領。如：

> 鄒忌脩八尺有餘，身體昳麗。朝服衣冠窺鏡，謂其妻曰：「我孰與城北徐公美？」其妻曰：「君美甚，徐公何能及公也！」城北徐公，齊國之美麗者也。忌不自信，而復問其妾曰：「吾孰與徐公美？」妾曰：「徐公何能及君也！」旦日，客從外來，與坐談，問之客曰：「吾與徐公孰美？」客曰：「徐公不若君之美也！」

這是《戰國策‧鄒忌諫齊王》的一段文字。作者在此，先描述鄒忌形貌的軒昂美麗，再記述鄒忌與妻、妾、客之間的問答。就在問妻之後、問妾之前，特地插入「城北徐公」兩句，以交代鄒忌所以一問再問而不自信的原因。如果沒有這兩句屬於解釋性的描敘，就會令人一頭霧水，不明所以了。而補敘是對上文所遺漏或語焉不詳者加以補充敘述的方法，通常可藉以補記事情發生的時間、緣由及有關人物的身分、姓名、情意

等，如：

> 侍行者，幼子筠，孫韋金，外孫侯戢。六日前，子至（作者長
> 子）方應侍北方，不得與同遊。賦詩紀事，悵然者久之。

這是宋犖〈姑蘇臺記〉的末段文字。它除補敘侍行者是誰外，又補
敘其長子應試北方，不得同遊的事，以表出對他的無限懷念，令人讀後
也為之「悵然」。

第三節　聯貫

所謂的聯貫，也稱銜接，是就材料先後的接榫或聯絡來說的。它的
方式，大體而言，可別為基本與藝術兩類：

一　屬於基本者

屬於基本的聯貫單位，有聯詞、聯語、關聯句子與關聯節段等四
種[3]，茲分述如次：

（一）聯詞

聯詞約可分為直承聯詞、轉折聯詞、推展聯詞、總括聯詞等四類。
其中常用作上下文接榫的直承聯詞，有因、因之、因為、乃、遂、故、
是以、是故、所以、於是等，如：

> 管仲曰：「老馬之智可用也。」乃放馬而隨之，遂得道。

3　陳滿銘：〈談辭章聯絡照應的幾種技巧〉，《中等教育》39 卷 6 期（1988 年 12 月），
　　頁 14-25。

這是《韓非子‧說林上》的一節文字，用了「乃」與「遂」兩個聯詞將上下文聯成一體。又常用作上下文接榫的轉折聯詞，有而、卻、然、然而、然則、但、但是、第、顧、否則、不過等，如：

> 凡此瑣瑣，雖為陳跡，然我一日未死，則一日不能忘。

這是袁枚〈祭妹文〉的一節文字，用「然」這個聯詞將上下文連接起來。而常用作上下文接榫的推展〈含假設〉聯詞，有也、又、亦、或、而、而或、尤其、至於、至若、若夫、若是、如、如果、假如、例如、譬如、甚至、並且、還有、苟或、也許等，如：

> 岸芷汀蘭，郁郁青青。而或長煙一空，皓月千里，浮光耀金，靜影沈璧。

這是范仲俺〈岳陽樓記〉的一節文字，用聯詞「而或」將文意加以推展，使上下文能銜接在一起。至於常用作上下文接榫的總括聯詞，有這、這樣、都、皆、總之、凡此、總此、如此等，如：

> 總此十思，弘茲九德。

這是魏徵〈諫太宗十思疏〉的兩句話，用聯詞「總此」將上下文聯成一體。

（二）聯語

聯語指聯詞以外的詞語，而所謂「語」，其實也是詞，只不過是為了與聯詞有所區別，所以稱為「語」罷了。如：

　　　縣人來，聞蹕，匿橋下。久之，以為行已過。

這是《史記‧張釋之列傳》的一節文字，用聯語「久之」作時間上的聯
絡，使上下文連接在一起。又如：

　　　苟或不然，人爭非之，以為鄙吝。故不隨俗靡者蓋鮮矣。嗟乎！
　　　風俗頹敝如是，居位者雖不能禁，忍助之乎！

這是司馬光〈訓儉示康〉的一節文字，以「嗟乎」發出感歎，在發揮積
極修辭功用的同時，也充當了上下文的橋樑。

（三）關聯句子

　　　如果關接詞語已不夠用了，那就要用到關接句子來作上下文的橋
梁。如：

　　　心之所向，則或千或百，果然鶴也。昂首觀之，項為之強。

這是沈復《浮生六記》中的一節文字，用「昂首觀之」一句將上面寫細
察紋理之部分與下面寫物外之趣的部分連接在一起。又如：

　　　漁歌互答，此樂何極！登斯樓也，則有心曠神怡、寵辱偕忘、把
　　　酒臨風，其喜洋洋者矣。

這是范仲俺〈岳陽樓記〉的一節文字，用「登斯樓也」一句，將上面寫
晴景的部分過渡到寫喜情的部分。

（四）關聯節段

作者在行文時，往往會用一節或一段文字來作上下文的橋梁，以補關聯詞語或句子之不足。如：

> 嗟呼子卿！人之相知，貴相知心。前書倉卒，未盡所懷，故復略而言之。

這是李陵〈與蘇武書〉的一節文字，由此承上文對北方苦寒景象及自身「久辱於外之苦」的描寫，以啟下段對當年不得已投降之經過與用心的追敘，十足地發揮了銜接的作用。又如：

> 其（孟子）後有騶子之屬，齊有三騶子：其前騶忌，以鼓琴干威王，因及國政，封為成侯，而受相印，先孟子。其次騶衍，後孟子。

這是《史記・孟荀列傳》的一段文字，它的前一段敘的是孟子，而後一段敘的是騶衍，所以這一段的敘述，顯然是作為橋樑用的。

二　屬於藝術者

屬於藝術的聯貫，大體而言，有兩類：一是屬於材料的連接或呼應，二是屬於方法的連接或呼應。茲分述如左：

（一）屬於材料者

材料可分為物材與事材兩種，一般說來，作者運用物材或事材都會使它們彼此間相互連接或呼應，以凸顯所要表達的思想情意。其中用物材以連接或呼應的，如：

剖竹守滄海，枉帆過舊山。山行窮登頓，水涉盡迴沿。巖岭嶺稠
疊。洲縈渚連綿。白雲抱幽石，綠篠媚清漣。葺宇臨迴江，築觀
基曾巔。

這是謝靈運〈過始寧墅〉詩的一節文字。其中二、三、五、七、十等
句，用以寫山；一、四、六、八、九等句，用以寫水，使得山與山、水
與水，甚至山和水之間，都形成了呼應而銜接成一體。又如：

夔府孤城落日斜，每依北斗望京華。聽猿實下三聲淚，奉使虛隨
八月槎。畫省香爐違伏枕，山樓粉堞隱悲笳。請看石上藤蘿月，
已映洲前蘆荻花。

這是杜甫〈秋興〉詩之二。對這首詩，楊仲弘《杜律心法》（收於《詩
學指南》）在結聯下有注云：「首言『落日斜』，此言『月映洲前』，日
月相催，起結相應，當時之興何如哉？」[4] 他指出了此詩用相關聯的景
色形成了首尾呼應的效果。用事材以連接或呼應的，如：

世皆稱孟嘗君能得士，士以故歸之，而卒賴其力，以脫於虎豹之
秦。
嗟呼！孟嘗君特雞鳴狗盜之雄耳，豈足以言得士！不然，擅齊之
強，得一士焉，宜可以南面而制秦，尚何取雞鳴狗盜之力哉！
雞鳴狗盜之出其門，此士之所以不至也。

這是王安石〈讀孟嘗君傳〉的全文，是針對孟嘗君是「得士」抑或

4　顧龍振：《詩學指南》（臺北市：廣文書局，1973 年 4 月再版），頁 212。

「特雞鳴狗盜之雄」來加以論述的。其中「世皆稱孟嘗君能得士」二句
與「豈足以言得士」、「得一士焉」、「此士之所以不至也」等句，或正
或反，彼此相互呼應；而「特雞鳴狗盜之雄」也和「尚何取雞鳴狗盜之
力哉」、「雞鳴狗盜之出其門」等句，先後呼應，以表出孟嘗君始終不
能得士的一篇旨意來，手法極為高明。又如：

> 天地有正氣，雜然賦流形：下則為河嶽，上則為日星，於人曰浩
> 然，沛乎塞蒼冥。皇路當清夷，含和吐明庭；時窮節乃見，一一
> 垂丹青：
> 在齊太史簡，在晉董狐筆，在秦張良椎，在漢蘇武節；為嚴將軍
> 頭，為嵇侍中血，為張睢陽齒，為顏常山舌；或為遼東帽，清操
> 厲冰雪；或為出師表，鬼神泣壯烈；或為渡江楫，慷慨吞胡、
> 羯；或為擊賊笏，逆豎頭破裂。
> 是氣所磅礡，凜烈萬古存。當其貫日月，生死安足論？地維賴以
> 立，天柱賴以尊。三綱實繫命，道義為之根。
> 嗟予遘陽九，隸也實不力。楚囚纓其冠，傳車送窮北。鼎鑊甘如
> 飴，求之不可得。陰房闃鬼火，春院閟天黑。牛驥同一皁，雞棲
> 鳳凰食。一朝蒙霧露，分作溝中瘠。如此再寒暑，百沴自辟易。
> 哀哉沮洳場，為我安樂國！豈有他繆巧？陰陽不能賊。顧此耿耿
> 在，仰視浮雲白，悠悠我心悲，蒼天曷有極！哲人日已遠，典型
> 在夙昔，風簷展書讀，古道照顏色。

這是文天祥〈正氣歌〉的四段文字。其中首段「一一垂丹青」，是說古
哲的忠烈事跡，一一遺留於史冊，而次段寫的就是十二件古哲的忠烈事
蹟，這自然是彼此銜接呼應的，而且這又與末段結尾的「哲人日已遠」
四句形成了呼應，所以林西仲說：「『哲人』、『典型』指上文十二事；

古人雖遠而書存，應上『一一垂丹青』句」[5]，可見此文前後照應之周密。

（二）屬於方法者

　　使上下文得以形成呼應而銜接在一起，除了可藉所用材料達成外，又可用方法來竟功。這種方法，較著的有賓主、虛實、正反、抑揚、立破、問答、平側、凡目、縱收、因果等。以賓主而言，凡直接運用主要材料的，為「主」，而間接運用輔助材料的，為「賓」。如：

> 水陸草木之花，可愛者甚蕃；晉陶淵明獨愛菊。自李唐以來，世人盛愛牡丹。予獨愛蓮之出淤泥而不染，濯清漣而不妖；中通外直，不蔓不枝；香遠益清，亭亭淨植，可遠觀而不可褻玩焉。
> 予謂：菊，花之隱逸者也；牡丹，花之富貴者也；蓮，花之君子者也。噫！菊之愛，陶後鮮有聞，蓮之愛，同予者何人？牡丹之愛，宜乎眾矣。

這是周敦頤〈愛蓮說〉的全文。它主要是寫蓮與愛蓮者——作者自己，這是「主」的部分。為了使這個「主」的部分更形突出，並蘊含諷喻之意，便又不得不寫牡丹、菊和愛菊、愛牡丹的人，這是「賓」的部分。有了這個「賓」的部分作陪襯，那麼作者愛蓮與諷喻的意思——「主」便格外的清楚了。以虛實而言，凡運用當時所見、所聞、所為的實際材料者，為「實」，而運用憑著個人內心的感覺或想像所捕捉、製造的抽象材料者，為「虛」。如：

5　林雲銘：《古文析義合編》上冊卷六（臺北市：廣文書局，1965 年 10 月再版），頁330。

懷君屬秋夜，散步詠涼天。山空松子落，幽人應未眠。

這是韋應物的〈秋夜寄邱二十二員外〉詩，為秋夜懷人之作。上聯藉涼天散步，實寫自己秋夜「懷君」的情懷；下聯憑藉想像，虛寫空山友人「未眠」的情景，將自己對邱二十二員外的懷念，寫得極為動人。以正反而言，凡著眼於正面來寫的，為「正」，著眼於反面來寫的，為「反」。如：

天下事有難易乎？為之，則難者亦易矣；不為，則易者亦難矣。人之為學有難易乎？學之，則難者亦易矣；不學，則易者亦難矣。

這是彭端淑〈為學一首示子姪〉的首段文字。它由做事之難易談到為學之難易，其中說「為之」、「學之」的是「正」，說「不為」、「不學」的為「反」，就這樣正反相形，使表達的意思更為清楚。其實，此文全篇都用正反法來寫，也就自然造成了往而復返、迴環不已的對照效果。以抑揚而言，抑就是貶抑、收束，揚就是稱揚、振發。這種方法相當常見，如：

愈始聞而惑之；又從而思之，蓋賢者也。蓋所謂獨善其身者也。然吾有譏焉；謂其自為也過多，其為人也過少。其學楊朱之道者耶？楊之道，不肯拔我一毛而利天下，而夫人以有家為勞心，不肯一動其心以畜妻子，其肯勞其心以為人乎哉？雖然，其賢於世之患不得之而患失之者，以濟其生之欲，貪邪而亡道以喪其身者，其亦遠矣。又其言，有可以警余者，故余為之傳而自鑑焉。

　　這是韓愈〈圬者王承福傳〉的末段文字。作者在此，首先以「愈始
聞而惑之」一句一抑，接著以「又從而思之」三句一揚，繼而用「然吾
有譏焉」一句一轉，引出「謂其自為也過多」八句，再予一抑，然後以
「雖然」五句，又予一揚。就這樣在一抑一揚間，將規世的意思懇切地
表示出來。以立破而言，立就是立案，破就是駁正，通常都先立而後
破，以形成呼應。如：

　　　杞子自鄭使告於秦，曰：「鄭人使我掌其北門之管，若潛師以
　　　來，國可得也。」穆公訪諸蹇叔。蹇叔曰：「勞師以襲遠，非所
　　　聞也，師勞力竭，遠主備之，無乃不可乎？師之所為，鄭必知
　　　之；勤而無所，必有悖心。且行千里，其誰不知？」

　　這是《左傳‧蹇叔哭師》的一節文字。其中杞子之言等於立了一
案，而蹇叔之語則針對此案一一辨明，所以在「無乃不可乎」之下，林
西仲評云：「已上破他『國可得』三字」；在「師之所為」二句之下，
又評云：「二句破他『潛師』二字」；在「其誰不知」之下，再評云：「以
上又從鄭不可得、師不可潛二意推出」[6]。可見這是用「先立後破」的
結構寫成的。以問答而言，用得極早而且也最普遍，如：

　　　問何以戰？公曰：「衣食所安，弗敢專也，必以分人。」對曰：
　　　「小惠未徧，民弗從也。」公曰：「犧牲玉帛，弗敢加也，必以
　　　信。」對曰：「小信未孚，神弗福也。」公曰：「小大之獄，雖不
　　　能察，必以情。」對曰：「忠之屬也，可以一戰。戰則請從。」

6　《古文析義合編》上冊卷一，頁33。

　　這是《左傳・曹劌論戰》的一段文字。此段文字藉曹劌之一「問」三「對」，與莊公之三「曰」，敘明魯國抗敵的憑藉，很自然地形成了呼應而使上下文銜接起來。以平側而言，平指平提，側指側注，這種方法也常見，如：

> 《五代史・馮道傳論》曰：「『禮、義、廉、恥，國之四維；四維不張，國乃滅亡。』善乎管生之能言也！禮、義，治人之大法；廉、恥，立人之大節。蓋不廉則無所不取，不恥則無所不為。人而如此，則禍敗亂亡，亦無所不至。況為大臣而無所不取，無所不為，則天下其有不亂，國家其有不亡者乎？」
> 然而四者之中，恥尤為要，故夫子之論士曰：「行己有恥。」孟子曰：「人不可以無恥。無恥之恥，無恥矣！」又曰：「恥之於人大矣！為機變之巧者，無所用恥焉！」所以然者，人之不廉而至於悖禮犯義，其原皆生於無恥也。故士大夫之無恥，是謂國恥。

這是顧炎武〈廉恥〉一文的兩段文字。作者在首段先平提「禮、義、廉、恥」，再側注到「廉、恥」之上；又在次段進一步地側注於「恥」之上。先平提而後側注，極有章法。以凡目而言，凡指總括，目指條分，兩者孰先孰後，都一樣形成呼應、銜接的關係。如：

> 誠能見可欲，則思知足以自戒；將有作，則思知止以安人；念高危，則思謙沖而自牧；懼滿溢，則思江海而下百川；樂盤遊，則思三驅以為度；憂懈怠，則思慎始而敬終；慮壅蔽，則思虛心以納下；想讒邪，則思正身以黜惡；恩所加，則思無因喜以謬賞；罰所及，則思無因怒而濫刑。總此十思，弘茲九德。

這是魏徵〈諫太宗十思疏〉的一段文字。它依次以「思知足」、「思知止」、「思謙沖」、「思江海」、「思三驅」、「思慎始」、「思虛心」、「思正身」、「思無因喜以謬賞」、「思無因怒而濫刑」，分述十思，然後以「總此十思」兩句作個總括，把立德建業的要領由目而凡地論述得有條不紊，使前後文彼此呼應，緊密地連鎖在一起。以縱收而言，縱是放開，收是擒住，也叫擒。文章一縱一收，自然形成呼應，如：

> 吾從弟少游，常哀吾慷慨多大志，曰；士生一世，但取衣食裁足，乘下澤車，御款段馬，為郡掾史，守墳墓，鄉里稱善人，斯可矣，致求盈餘，但自苦耳。當吾在浪泊西里間，虜未滅之時，下潦上霧，毒氣重蒸，仰視飛鳶，跕跕墮水中，臥念少游平生時語，何可得也。今賴士大夫之力，被蒙大恩，猥先諸君紆佩金紫，且喜且慚。

這是馬援〈示官屬〉的一則文字。此則文字的前半，縱離題旨，寫求盈餘；到了後半，才擒回題旨，寫得官。如此先縱後擒，形成了呼應，使上下文得以銜接無縫。以因果而言，無論是由因而果或由果而因，都可以使文章銜接起來。如：

> 余憶童稚時，能張目對日，明察秋毫，見藐小微物，必細察其紋理，故時有物外之趣。

這是沈復《浮生六記》中的一段文字。其中「能張目對日」二句是因，「見藐小微物」二句是果；又由此轉果為因，帶出「故時有物外之趣」一句——果來，這很明顯地形成兩層因果的緊密關係。

第四節　統一

統一原則，又稱為統一律。而所謂的統一，是就材料情意的統一來說的。一般而言，文章要達成統一，必須注意到主旨的安置與綱領的貫注。其中主旨之安置，既有安置於篇內或篇外的不同，而綱領的貫注，也往往涉及軌數的多寡。茲分述如次：

一　主旨的安置

辭章之主旨安置於篇內的，不外三種：

其一是安置於篇首的，如：

> 人閑桂花落，夜靜春山空。月出驚山鳥，時鳴春澗中。

這是王維的〈鳥鳴澗〉詩。它的上聯首先拈出主旨——「人閑」，再藉花落、山空的景致，以寫「夜靜」，將「人閑」兩字作初步的烘托；下聯則寫月出鳥鳴、清聽盈耳的景象，所謂「蟬噪林逾靜」、「鳥鳴山更幽」，進一步地把皇甫嶽雲溪別墅的夜景描摹得更為幽靜悅人，而主旨「人閑」也就因而充分地顯現出來了。

其二是安置於篇腹的，如：

> 劍外忽傳收薊北，初聞涕淚滿衣裳。卻看妻子愁何在？漫卷詩書喜欲狂。白日放歌須縱酒，青春作伴好還鄉。即從巴峽穿巫峽，便下襄陽向洛陽。

這是杜甫的〈聞官軍收河南河北〉詩，旨在寫聞官軍收河南河北時「喜欲狂」之情。而這「喜欲狂」三字正置於篇腹，由此以上收實寫作

者自身與妻子「喜欲狂」的部分，並下啟就「還鄉」的打算與經過的路程，以虛寫「喜欲狂」的部分，使得全詩句句都充盈著「喜欲狂」之情，可見這首詩是以「喜欲狂」來統一全篇的。

其三是安置於篇末的，如：

> 楚莊王賜群臣酒。日暮，酒酣，燈燭滅，乃有人引美人之衣者。美人援絕其冠纓，告王曰：「今者燭滅，有引妾衣者，妾援得其冠纓持之。趣火來上，視絕纓者！」王曰：「賜人酒，使醉失禮，奈何欲顯婦人之節而辱士乎！」乃命左右曰：「今日與寡人飲，不絕冠纓者不懽。」群臣百有餘人，皆絕去其冠纓而上火，卒盡懽而罷。
> 居三年，晉與楚戰。有一臣常在前，五合五獲，首卻敵，卒得勝之。莊王怪而問曰：「寡人德薄，又未嘗異子，子何故出死不疑如是？」對曰：「臣當死！往者醉失禮，王隱忍不加誅也。臣終不敢以陰蔽之德而不顯報王也，常願肝腦塗地，用頸血湔敵久矣。臣乃夜絕纓者也。」遂敗晉軍，楚得以強。此有陰德者必有陽報也。

這是《說苑·復恩》的一則文字，共三段。其首段記在楚莊王的賜宴席上，有一臣子因醉失禮，而楚莊王卻代為掩飾，不予罪誅，使得群臣都能盡歡而散，以見楚莊王是位「有陰德」的君主。而次段乃記楚、晉作戰之際，楚莊王時時見到有一臣子「常在前」，奮勇殺敵，終於使楚國打了次勝仗，後經探問，原來就是從前因醉失禮、「隱忍不加誅」的人，以見楚莊王是位「有陽報」的君子。到了末段則以「此有陰德者必有陽報也」一句，總結上兩段之意，拈出一篇主旨作收，使通篇維持一致的意思。

至於安置於篇外的，如：

> 鄭人有欲買履者，先自度其足，而置之其坐。至之市，而忘操
> 之；已得履，乃曰：「吾忘持度。」反歸取之。及反，市罷，遂
> 不得履。人曰：「何不試之以足？」曰：「寧信度，無自信也。」

這是《韓非子‧外儲說左上》的一則文字。作者在這兒，特藉一個鄭人
想要買履，卻只相信自己所量尺寸，而不相信自己雙腳，以致買不成履
的虛構故事，以喻世人逐末忘本之非。通篇只用以記事，而把所要表達
的意旨置於篇外，以統一全文，與《列子》的〈愚公移山〉一文，可說
出自同一機杼。

二　綱領的軌數

綱領所形成的軌數，有一個、二個、三個，或三個以上的。
單軌的，如：

> 出處從來自不齊。後車方載太公歸；誰知寂寞空山裡，卻有高人
> 賦采薇。　　　黃菊嫩，晚香枝，一般同是采花時。蜂兒辛苦多官
> 府，蝴蝶花間自在飛。

這是辛棄疾的〈鷓鴣天〉詞，是藉慨歎出處不齊，以抒發廢退後憤
懣之情的作品。作者在一開始，就先用「出處從來自不齊」一句，作為
一篇綱領，形成單軌，以統一全詞，然後依此綱領，分別舉出三樣「出
處不齊」的例證來。在第一個例證裡，太公望相周，是「出」；伯夷、
叔齊隱於首陽山，采薇而食，是「處」，這是就人類的「不齊」來說的。
在第二個例證裡，黃菊始開，是「出」；晚香將殘，是「處」，這是就

植物的「不齊」來說的。在第三個例證裡，蜂兒辛苦，是「出」；蝴蝶自在，是「處」，這是就昆蟲的「不齊」來說的。如此以單軌來貫穿，使作品始終維持一致的意思。

　　雙軌的，如：

> 獨有宦遊人，偏驚物候新。雲霞出海曙，梅柳渡江春。淑氣催黃鳥，晴光轉綠蘋。忽聞歌古調，歸思欲霑巾。

　　這是杜審言的〈和晉陵陸丞早春遊望〉詩。作者首先在起聯，由因而果，將一篇之綱領「偏驚物候新」提明，其中「偏驚」是一軌，「物候新」為另一軌；接著藉頷、頸兩聯，承「物候新」一軌，寫早春遊望所看到的景象；然後藉結聯，承「偏驚」一軌，另收題中的「和」字，寫讀了陸丞詩後的悠悠別恨。這樣以雙軌來統一全詩，使主旨──歸恨更形突出。

　　三軌的，如：

> 古之學者必有師。師者，所以傳道，受業，解惑也。人非生而知之者，孰能無惑？惑而不從師，其為惑也終不解矣！
> 生乎吾前，其聞道也，固先乎吾，吾從而師之；生乎吾後，其聞道也，亦先乎吾，吾從而師之。吾師道也，夫庸知其年之先後生於吾乎？是故無貴、無賤，無長、無少，道之所存，師之所存也。
> 嗟乎！師道之不傳也久矣！欲人之無惑也難矣！古之聖人，其出人也遠矣，猶且從師而問焉；今之眾人，其下聖人也亦遠矣，而恥學於師。是故聖益聖，愚益愚，聖人之所以為聖，愚人之所以為愚，其皆出於此乎？

愛其子，擇師而教之，於其身也則恥師焉，惑矣！彼童子之師，
授之書而習其句讀者也，非吾所謂傳其道、解其惑者也。句讀之
不知，惑之不解，或師焉，或不焉，小學而大遺，吾未見其明
也。

巫、醫、樂師、百工之人，不恥相師；士大夫之族，曰師、曰弟
子云者，則群聚而笑之，問之，則曰：「彼與彼年相若也，道相
似也。位卑則足羞，官盛則近諛。」嗚乎！師道之不復可知矣！
巫、醫、樂師、百工之人，君子不齒，今其智乃反不能及，其可
怪也歟！

聖人無常師：孔子師郯子、萇弘、師襄、老聃。郯子之徒，其賢
不及孔子。孔子曰：「三人行，則必有我師。」是故弟子不必不
如師，師不必賢於弟子。聞道有先後，術業有專攻，如是而已。
李氏子蟠，年十七，好古文，六藝經傳，皆通習之。不拘於時，
請學於余，余嘉其能行古道，作〈師說〉以貽之。

　　這是韓愈〈師說〉的全文。此文在一開端就提明「古之學者必有
師。師者，所以傳道、受業、解惑也」，其中傳道、受業、解惑就形成
了三軌，所以《文章規範》說：「第一以先立傳道、受業、解惑三大
綱」[7]。接著由「人非生而知之者」至「其惑也終不解矣」，論「解惑」，
這是一軌；繼而以古聖（明智）與今人（不明不智）作成強烈的對比，
依序先在第二、三兩段論「傳道」，這是另一軌；再在第四、五兩段論
「受業」，這又是一軌；然後以第六段將二、三、四、五等段之意作一
總括；到了末段才敘明作此文之因由作結。《文章規範》引李東陽說：
「此篇最是結得段段有力，中間三段自有三意，然大概意思相承，都不

7　謝枋得：《文章軌範》（臺北市：廣文書局，1970 年 12 月初版），頁 205-206。

失師道本意」[8]。他所謂的「三段」就是三軌，以三軌來貫穿全文，脈絡格外清晰。

三軌以上的，如：

國有四維：一維絕，則傾；二維絕，則危；三維絕，則覆；四維絕，則滅。傾，可正也；危，可安也；覆，可起也；滅，不可復錯也。

何謂四維？一曰禮，二曰義，三曰廉，四曰恥。

禮，不踰節；義，不自進；廉，不蔽惡；恥，不從枉。

故不踰節，則上位安；不自進，則民無巧詐；不蔽惡，則行自全；不從枉，則邪事不生。

這是《管子・牧民》的〈四維〉章。它的篇幅雖短，而綱領卻形成了四軌，其中禮為一軌、義為二軌、廉為三軌、恥為四軌。作者就針對這四軌，依次論其重要性、名目、要義與功效，不但秩序井然，銜接緊密，也造成了統一的效果。又如：

崔子作亂於齊，太史以直筆死，其弟嗣書而死者二人，書者又不輟，遂舍之。崔子豈能舍書己者哉？人心是非之天，終不可奪；而亂臣賊子之暴，亦遂以窮。

當檜用事時，受密旨以私意行乎國中，簸弄威福之柄，以鉗制人之七情，而杜其口。胡公以封事貶，王公送之詩，陳公送之啟俱貶。檜之窮凶極惡，自謂無誰何者矣。而翠微劉公，猶作罪言以顯刺之，公固自處以有罪，而檜卒無以加於公。噫！彼豈舍公

8　同前註。

哉？當其垂歿，凡一時不附和議者，猶將甘心焉。公之罪言，直未見爾。由此觀之，賊檜之逆，猶浮於崔；而公得為太史氏之最後者。祖宗教化之深，人心義理之正，檜獨如之何哉？公之孫方大，出遺槁示予，因感而書。

這是文天祥的〈跋劉翠微罪言槁〉一文，共兩段，各以六軌來呼應，形成統一。其中首段的「崔子作亂於齊」句與二段的「當檜用事時」五句相呼應，為第一軌；首段的「太史以直筆死」句與二段的「胡公以封事貶」句相呼應，為第二軌；首段的「其弟嗣書而死者二人」句與二段的「王公送之詩」二句相呼應，為第三軌；首段的「書者又不輟」二句與二段的「檜之窮凶極惡」六句相呼應，為第四軌；首段的「崔子豈能舍書已者哉」句與二段的「噫彼豈舍公哉」六句相呼應，為第五軌；首段的「人心是非之天」四句與二段的「由此觀之」七句相呼應，為第六軌。如此以六軌前後映照，不但條理清晰，而全文也收到統一的效果。

　　經由上述，可以概知辭章章法的主要規律與架構。早在一九九七年六月，就以這種規律與架構，指導國立臺灣師範大學國文研究所碩士班研究生仇小屏（現任國立成功大學中文系副教授），從古今文論與文評名著中去爬羅剔抉，尋得理論依據與批評實例，撰成《中國辭章章法析論》的碩士論文，共六十多萬字[9]。雖然還是難免會有疏漏，但在各家理論與實例的印證下，已充分可以看出章法規律與架構及其內容的豐富與多樣來了。

9　此論文經精簡後出版，見仇小屏：《文章章法論》（臺北市：萬卷樓圖書公司，1998年11月初版），頁1-510。

第五章
章法與義理會通

　　上三章探討章法類型，主要鎖定「篇章」的層次邏輯，酌舉例子進行論述，本章則推及於「義旨」層面，特以儒家之經典《四書》為範圍，鎖定其「《四書》解讀」與「博文約禮」二端，由章法角度切入探討，呈現其主要「義理」的層次邏輯，以見章法與義理會通的密切關係。

第一節　偏全章法與《四書》解讀

　　讀古書，尤其是有關義理方面的專著，很多時候是不能一味地單從「偏」（局部）或「全」（整體）的觀點來了解其義蘊的。讀《四書》也不例外，必須審慎地試著辨明該從「偏」還是「全」的觀點來加以理解，才不致犯上混同的毛病。譬如孔子「唯女子與小人為難養也」（《論語·陽貨》）這句話，相信孔子當時只是從「偏」的觀點，就一個或少數女子的所作所為，在特定時間與場合所觸發的感慨而已，是不宜從「全」的觀點來看，以為孔子是藉以罵盡天下所有的女子，甚至以為孔子終其一生是看不起女子的。又如孔子「無友不如己者」（《論語·學而》）這句話也一樣，相信孔子當時絕不是從「全」的觀點，同時對全天下所有的人而發，造成沒有一個肯交「不如己」的朋友，以至於人人無友可友的後果；而是從「偏」的觀點，只對個人或少數人而發，用意在於要他或他們「見賢思齊」而已，更何況所謂的「不如己」也同樣地不能僅就「全」的觀點來看，因為術業本就各有專攻，而「三人行，必有我師焉」（《論語·述而》）啊！所以對孔聖或前賢所說的話，是該辨明究

竟是發自「偏」或「全」的觀點，是不宜把它們混為一談的。茲以《四書》為範圍，舉格致、知行、誠明、仁智之說為例，從「偏」或「全」的觀點，將一些糾葛，試解如下：

一　格致

　　格致之解，自來即有多種，而其中最令人爭論不已的，莫過於朱熹與王陽明兩人的說法。朱子在其《大學章句》裡說：

> 致，推極也；知，猶識也；推極吾之知識，欲其所知無不盡也。格，至也；物，猶事也；窮至事物之理，欲其極處無不利也。[1]

而王陽明在其《大學問》裡則以為：

> 致知云者，非若後儒所謂充廣其知識之謂也，致吾心之良知焉耳。良知者，孟子所謂是非之心，人皆有之也；是非之心，不待慮而知，不待學而能，是故謂之良知，是乃天命之性，吾心之本體自然靈昭明覺者也。……然欲致其良知，亦豈影響恍惚而懸空無實之謂手？是必實有其事矣，故致知必在於格物。物者，事也，凡意之所發，必有其事，意所在之事，謂之物。格者，正也，正其不正，以歸於正之謂也。正其不正者，去惡之謂也；歸於正者，為善之謂也；夫是之謂格。[2]

在這裡，我們撇開朱、王訓釋「格物」之是非，暫且不談。單就「致知」

1　朱熹：《四書集注·大學》（臺北市：學海出版社，1984 年 9 月初版），頁 4。
2　王守仁：《王陽明全書·語錄》卷一（臺北市：正中書局，1979 年 10 月臺六版），頁 121。

來看，在表面上，朱子訓「知」為「知識」，是遍布於外，學而後得的，
與陽明訓「知」為「良知」，是本有於內，不學而致的，似乎落落難合。
而實際上，朱子所謂的「知」，如同陽明，也是根於心性來說的，試看
他在所補的〈格致傳〉裡說：

> 蓋人心之靈，莫不有知；而天下之物，莫不有理。惟於理有未
> 窮，故其知有不盡也。是以大學始教，必使學者即凡天下之物，
> 莫不因其已知之理，而益窮之，以求至乎其極。至於用力之久，
> 而一旦豁然貫通焉，則眾物之表裡精粗無不到，而吾心之全體大
> 用無不明矣。[3]

可見朱子也認為「知」（智）原本就存於人的心靈之內，是人人所固有
的；只不過須藉事物之理，由外而內地使它顯現罷了。因此，他和陽明
的不同，並不在它的根源處，而是在從入的途徑上。朱子由於側重人類
人為（教）的一面，主張「道問學」，所以要人採「自明誠」的途徑，
藉「窮至事物之理」來「推極吾之知識」，以期「一旦豁然貫通焉」（將
粗淺的外在知識提升為純淨的內在睿智），而收到「吾心之全體大用無
不明」的效果。而陽明由於側重人類天賦（性）的一面，主張「尊德
性」，所以要人循「自誠明」的途徑，藉正「意之所發」來「致吾心之
良知」，以期「吾良知之所知者，無有虧缺障蔽，而得以極其至」，而
達到「吾心快然無復餘憾而自慊」（《大學問》）的地步。他們兩人的
主張，如就整個人類「盡性」的過程上來看，雖都各有其價值，卻也不
免各有所偏，可說皆著眼於「偏」而忽略了「全」，因為天賦（性）與
人為（教），是交互為用，缺一不可的。

3　《四書集注・大學》，頁7-8。

　　此外，由於朱子主張人要「窮至事物之理，欲其極處無不到」，以至於「吾心之全體大用無不明」，而這種解釋又實在無法切合古本《大學》的原文，所以就把經一章（依朱子《章句》，下併同）緊接著「其所厚者薄，而其所薄者厚，未之有也」而來的「此謂知本，此謂知之至也」十字移後，置於《章句》的第五章，以為「此謂知本」是「衍文」，而「此謂知之至也」上「別有闕文」，於是「竊取程子之意」而補了一段「格致」的傳，這顯然是採「全」的觀點來看待「格致」所致，若是以「一事一物」為範圍，從「偏」的觀點來看，則所謂「知之至也」，是指一事一物之知的獲得，而「知本」，係指懂得「壹是皆以修身為本」以及「明德為本，親民為本」（朱子《章句》）的道理。關於這點，高明在其〈大學辨〉一文中就曾說：

　　「致知」、「格物」，在《大學》本文裡就可找到的解。《大學》第一段裡明說「知止而後有定」，又說「知所先後，則近道矣」，又說「此謂知本」，而結以「此謂知之至也」，正是上文「物格而後知至，知至而後意誠」的「知至」。「物格而後知至」是與上文「致知在格物」呼應的，「知至而後意誠」是與上文「欲誠其意者先致其知」呼應的。自其發動處去說，是「致知」；自其結束處去說，是「知至」。「知至」是那個「知」的獲得，「致知」是去獲得那個「知」。那個「知」是什麼呢？那便是「知止」之「知」。「本」是出發點，也是基礎；「止」是終極點，也是目標；而「先後」則是其中的過程、階段。知此三者，然後可說獲得了全部的「知」（當就一事一物言）。否則，仍是殘缺不全的「知」，不能說是「知之至也」。[4]

4　高明：《高明文集》上（臺北市：黎明文化事業公司，1978 年 3 月初版），頁 248。

可見如果著眼於「偏」的觀點，就基礎的一事一物之知來說，則逐漸累積這種個別的知，並繼續不斷地加以擴大、提升，到最後，自然會達到朱子所謂的「吾心之全體大用無不明」的地步。這樣看來，「此謂知本，此謂知之至也」十字是不必移置第五章，一視為「衍文」，一以為其上「別有闕文」了。

二　知行

《中庸》第二十章說：

> 或生而知之，或學而知之，或困而知之；及其知之，一也。或安而行之，或利而行之，或勉強而行之；及其成功，一也。

這段文字的涵義，可從天賦的差異與修學的層次兩方面來加以理解：就天賦之差異而言，有的人偏於「生知」或「安行」，為聖人；有的人不是偏於「學知」或「利行」，就是偏於「困知」或「勉強而行」，為學者；這是就「全」的觀點加以區分的。就修學之層次而言，在「知」的方面，一個人能增進知識，有的憑藉天生的悟力，有的是經由後天的學習，有的則透過困苦的嘗試，難易固然不同，卻可以得到一致的結果；在「行」的方面，一個人能踐行道理，有的成於天賦的力量，有的是基於受利的觀點，有的則出於畏罪的心理（說本孔穎達《禮記正義》），情形雖然各異，卻可以獲致同樣的成效；這是就「偏」的觀點，針對個人的知與行，把天賦和人為併合在一起來談的。假如反過來，根據個人的天賦與人為，將知與行合併起來說的話，則屬於天賦的，是「生而知之」與「安而行之」；屬於人為的，是「學而知之」、「困而知之」和「利而行之」、「勉強而行之」。而在人為（教）的範圍裡，經過後天修學的努力，由「困知」、「學知」（明）來觸動「勉強而行」（誠），以預為天

賦的「安行」蓄力，這就是所謂的「自明誠」啊！至於在天賦（性）的
範圍內，藉著人為修學效果的推動，由「安行」（誠）而至於「生知」
（明），以呈顯部分的仁性與智性，來帶領人為的「困知」、「學知」升
高至另一層面，這就是所謂的「自誠明」啊！如此一環又一環地，由人
為而天賦，又由天賦而人為，不停地向上推展，自然地就可以由偏而全
地把「性」的功能發揮到極致了。

　　這種兼顧天人、知行而一的思想，又可從下列數章裡，獲得更充分
的認識。《大學》首章云：

> 古之欲明明德於天下（平天下）者，先治其國；欲治其國者，先
> 齊其家；欲齊其家者，先修其身；欲修其身者，先正其心；欲正
> 其心者，先誠其意；欲誠其意者，先致其知；致知在格物。

而《中庸》第二十章亦云：

> 在下位，不獲乎上，民不可得而治矣；獲乎上有道，不信乎朋
> 友，不獲乎上矣；信乎朋友有道，不順乎親，不信乎朋友矣；順
> 乎親有道，反諸身不誠，不順乎親矣；誠身有道，不明乎善，不
> 誠乎身矣。

又云：

> 誠之者，擇善而固執之者也：博學之，審問之，慎思之，明辨
> 之，篤行之。

若把這三段話略作分析，便可清哲地看出：《大學》所謂的「明明德於

天下」、「治國」、「齊家」、「修身」及「正心」、「誠意」，說的是「仁」的明德（仁性）的發揮，也就是「行」（誠）的過程；所謂的「致知」、「格物」，指的是「知」的明德（智性）的發揮，也就是「知」（明）的工夫。而《中庸》所謂的「治民」、「獲上」（相當於《大學》之治國、平天下）、「信友」、「順親」（相當於《大學》之齊家）、「誠身」（相當於《大學》之修身、正心、誠意）與「固執」（篤行），說的便是仁性的發揮，即「行」（誠）；所謂的「明善」（相當於《大學》之格物、致知）與「擇善」（博學、審問、慎思、明辨），指的則是智性的發揮，即「知」（明）。顯而易見地，《大學》要人由「格物」、「致知」（知——明），而「誠意」、「正心」、「修身」、「齊家」、「治國」、「平天下」（行——誠）》；而《中庸》則主張由「明善」（擇善——知），而「誠身」、「順親」、「信友」、「獲上」、「治民」（固執——行），所循的正是同樣由「知」而「行」（自明誠）的一條路。這是聖人教人化私盡性的唯一途徑，是本末分明、先後有序的。這一條路，如果僅從「全」的觀點來看，則好像是一次就可以走完它，而其實它和格、致一樣，仍須著眼於「偏」，由局部逐層推進，周而復始，循環不已，最後才能臻於完善（全）的境地。

由上所述，可知《四書》裡有關「知」、「行」的主張，是該由「偏」、「全」兩觀點來理解它，才能掌握完整的意思，而不致有所偏失。

三　誠明

《中庸》一書所談的，就其枝葉而言，雖是包羅萬象，但據其幹身來說，則不外是「誠」和「明」而已。《中庸》第二十一章說：

自誠明，謂之性；自明誠，謂之教。誠則明矣，明則誠矣。

這一章十分緊要，朱子說它是：

> 承上章（〈哀公問政〉章）夫子天道、人道之意而立言也。自此
> 以下十二章（至篇末），皆子思之言，以反覆推明此章之意。[5]

這是不錯的；不過，須特別留意的是：《中庸》之作者在此，特用了
「誠」與「明」的先後來說明「天道」（誠者——自誠明）與「人道」（誠
之者——自明誠）的區別。而這「誠」與「明」的先後，該是多就「偏」
的觀點來說的。因為自然生人，即賦人以性。這所謂的「性」，在《中
庸》的作者看來，指的是人類與生俱來、生生不已的精神動能。此種精
神動能，照《中庸》第二十五章「成己，仁也；成物，知也；性之德
也，合外內之道也」的說法，顯然可大別為兩種：一是屬「知」的，即
智性，乃「明」的泉源；一是屬「仁」的，即仁性，是「誠」的動力。
這兩種性，非但是人人所固有，而且是相互作用的。也就是說：如果發
揮了部分仁性（誠），就必能發揮部分智性（明）；同樣地，發揮了部
分智性（明），也必能發揮部分仁性（誠）；所謂的「誠則明矣，明則
誠矣」，便是這個意思。不過，由於這種相互的作用有偏全與先後的差
異，以致使人在盡性上也有了兩種不同的路徑：一是由「誠」而「明」，
一是由「明」而「誠」。前者可說是成自先天動能的提發，是天道，是
誠者，是性；後者可說是出於後天修學的結果，是人道，是誠之者，是
教。就這樣，由「教」（人為）而觸發「性」（天賦），又由「性」而促
進「教」，不斷地循環作用，便可逐漸由偏（局部）而全（整體）地將
人類精神的潛能——「性」發揮到極致。

　　從「偏」的觀點來看是如此，但自來讀《中庸》的人卻多從「全」

5　《四書集注・中庸》，頁40。

的角度——即道的本原與踐行上來看「自誠明」與「自明誠」，因此斷
然地把它們上下割開，以為「自誠明」全是聖人之事、「自明誠」全是
學者之事。其實，若換個角度，由「偏」的一面，即人之天賦與人為上
來看，學者又何嘗不能動用天賦的部分潛能使自己由誠而明，舉一反
三、聞一知十呢？因為性——無論是仁性或智性，都是人人所生具的精
神動能，而這種精神動能，固然一般人不能像聖人一樣，完全地把它們
發揮出來，但若因而認定他們絕對無法透過局部仁性的發揮（誠），以
發揮局部的智性（明），那也是不十分合理的。《中庸》一書特別強調：

　　自誠明，謂之性。（第二十一章）
　　誠者，不勉而中（行），不思而得（知）。（第二十章）

就是要告訴我們：「自誠明」乃出自天然力量的作用，是不假一絲一毫
人力的。假如有這麼一個人，能自然地發揮自己全部的智性與仁性，時
時都「從容中道」的，那當然是「聖人也」；至於「日月至焉而已」、「告
諸往而知來者」，只能自然地發揮自己局部的智性與仁性的，則是賢
（常）人了。也幸好人人都能局部發揮這種天然的力量——「誠」，才
有進一步認知（明）的可能，不然，「自明誠」這條路便將是空中樓閣，
虛而不實了。

　　從上文的探討裡可了解到：對於「誠」、「明」，我們是不能全從
「全」的角度來看待，是必須配以「偏」的角度，才能理解周遍。

四　仁智

　　仁與智，關係至為密切。如就「全」的觀點，著眼於其根源處，則
皆屬至誠之本體，是一而二、二而一的。由此而表現於外，便是所謂的
大仁與大智。《中庸》第三十一章說：

> 唯天下至聖，為能聰明睿知（智），足以有臨也；寬裕溫柔
> （仁），足以有容也。

這所謂的「至聖」，指的便是「至誠」，而所謂的「聰明睿知」，是就智
性的發揮，亦即大智而言的。所以朱子注說：

> 聰明睿知，生知之質。

足見「聰明（耳目）睿知（心體）」，乃屬智的全德，是合外內而為一
的。其次所謂的「寬裕溫柔」，是就仁性的完全發揮，亦即大仁而言
的。所以趙順孫引陳氏說：

> 寬是寬大，裕是優裕；溫和而柔順，此仁也。[6]

又《禮記‧儒行》云：

> 溫良者，仁之本也；寬裕者，仁之作也。

可知「寬裕溫柔」，乃屬仁的全德，是合體用而為一的。這種大智與大
仁，可說彼此涵攝，了無一絲一毫的偏失，而與天合其德。因此《中
庸》的作者在第三十章讚美孔子的聖德說：

> 仲尼祖述堯舜，憲章文武（成己──仁）；上律天時，下襲水土

6　趙順孫：《四書纂疏‧中庸》（臺北市：文史哲出版社，1986 年 10 月再版），頁
　536。

（成物──智）；辟如天地之無不持載，無不覆幬，辟如四時之
錯行，如日月之代明；萬物並育而不相害，道並行而不相悖。小
德（智）川流，大德（仁）敦化，此天地之所以為大也。

這樣融合大智、大仁於一誠，正是人類修學的終極目標，而孔子也常以
此為標的來誘導學生，譬如他說：

> 仁者安仁，知者利仁。（《論語·里仁》）
> 知者樂水，仁者樂山；知者動，仁者靜；知者樂，仁者壽。（《論
> 語·雍也》）
> 知者不惑，仁者不憂。（《論語·子罕》）

在這裡所指的「知者」、「仁者」，在境界上雖微有差異，但無疑地都著
眼於「全」的觀點上來說，而孔子也一直以此為理想，所以平常是不輕
許人以「仁」或「知」（智）的。

　　不過，如果改從「偏」的觀點來看，則「仁」與「智」兩者，非但
不能融合，且往往南轅北轍，難免由於扞格而產生偏失的現象。因為人
在生下之後，往往為「氣稟所拘，人欲所蔽」[7]，使智性與仁性都不免
「有時而昏」（見同上），以致無法時刻發揮其全體功能，有效地從根本
上來約束喜怒哀樂之情，使之皆發而中節，於是在「知」的方面，既形
成障礙，會誤圓為方，以非為是；而在「行」的方面，亦難脫偏激，將
循私縱欲，時踰準繩了。聖人有鑑於此，便出來設教興學，想透過後天
修學之功來激發天賦的潛能（智性與仁性），以提高知行活動的層面，
逐步地邁向「至善」的目標。就在這修學的起始階段裡，由於未能顯著

7　《四書集注·大學》，頁3。

收到後天教育的功效，自然地，一般人在知行上便極易造成或大或小的
偏失；即使是靠著身分先天潛能的提發，能好知、好仁，也時時會犯上
顧此失彼、過與不及的毛病。如《論語・陽貨》篇記載孔子的話說：

> 好仁不好學，其蔽也愚；好知不好學，其蔽也蕩。

可見人若「不好學」，換句話說，在未學或學而未見效果之前，雖能好
「仁」、好「知」（智），卻不免都有所蔽，而犯下「愚」或「蕩」的偏失。
人有了這種偏失，則其所好（動機）與所為（結果），就勢必彼此相左
了。

　　就以「仁」來說，一個人如果不能透過後天修學的功效來呈顯智
性，明辨是非，則非但採擷不到「仁」的純美果實，甚且還有陷於「不
仁」的危險。就像一般父母之於子女，雖完全出自一片仁（愛）心，但
在須適當管教時，卻所謂的「其蔽也愚」、「人莫知其子之惡」（《大學》
第八章），只曉得一味地加以縱容、溺愛，而不能及時指引，使他們遷
善，以致最後害了他們。這樣，從其動機來看，雖仍不失其為仁，但就
結果而論，不能不說已犯下了「愚」的過失。《論語・里仁》云：

> 子曰：人之過也，各於其黨；觀過，斯知仁矣。

對這幾句話，朱子在其《論語集注》裡曾引程子和尹氏的話說：

> 程子曰：人之過也，各於其類，君子常失於厚，小人常失於薄；
> 君子過於愛，小人過於忍。尹氏曰：於此觀之，則人之仁、不仁
> 可知矣。[8]

8　《四書集注・論語》，頁 75。

人若這樣「失於厚」、「過於愛」，就其出發處說，固然還可稱之為仁，然而持以嚴格，就其終極處來看，則有了這種過失，豈止是「其仁不足稱」（《禮記・檀弓下》）而已，就是目為不仁，也是不為過的。

　　再就「知」而言，如果一個人的智慧，僅僅凝自一己之經驗與冥想，而不能經由廣泛的學習來發揮的話，則他在日常所累積的知識，無疑地，大都將是有所偏差，且膚泛無根的。因為以個人的經驗來說，他經常會受到自身「形氣之私」的影響，造成錯誤的累積，而導致他在知行上的種種偏失。譬如《大學》第八章說：

> 人之其所親愛而辟（偏私之意）焉，之其所賤惡而辟焉，之其所畏敬而辟焉，之其所哀矜而辟焉，之其所敖惰而辟焉，故好而知其惡，惡而知其美者，天下鮮矣。

其中所謂的「人之其所親愛（賤惡、畏敬、哀矜、敖惰）而辟焉」，說的正是人由偏私經驗所累積而成的行為上的偏失；而鮮能「好而知其惡，惡而知其美」，則指的是人由偏私經驗所累積而成的認知上的過錯。人一旦有了這種偏失、過錯，如不能以「存誠」（仁）、「博學」（智）來作根本的補救，則久而久之，將只有至於孟子所謂「安其危，而利其菑，樂其所以亡者」（〈離婁上〉）的地步而後已了。而以個人的冥想來說，它與繼「博學」、「審問」而作的「慎思」，是截然不同的。「慎思」可說是辨別是非善惡的一個必經階段，而冥想則由於無「學」作為階梯，勢將憑空「窮高極遠，而無所止」（朱子《論語集註》），這樣，就是再如何努力，也「終卒不得其義」而「徒使人精神疲勞倦怠」（邢昺《論語疏》）而已，所以孔子說：

> 思而不學則殆。（《論語・為政》）

　　由此可見：人在平日，單憑個人經驗與冥想所凝成的「知」（就內言是睿智，以外言為知識），經常是有偏差的，是「危而不安」（朱子《論語集注》）的。試看《論語・陽貨》篇的一段話：

　　　　惡徼（伺察之意）以為知者，惡不孫以為勇者，惡訐以為直者。

這裡所謂的「知者」、「直者」（即仁者，見錢穆《論語要略》第五章），與真正的「直者」（仁者）與「知者」，不僅僅是有別而已，簡直已是完完全全地「背道而馳」了。因此，這類的「仁」與「知」（智），如就個人而言，僅來自於一點先天潛能的發揮，既沒有緊密的連鎖關係，而且也必然是或多或少地帶有缺憾的。

　　再說這樣的仁與智，就算「不背道而馳」，也只能目為小仁與小智而已，是無法圓滿地合外內為一，以適應或解決一切問題，達於善美地步的。如《論語・衛靈公》載孔子的話說：

　　　　知及之，仁不能守之，雖得之，必失之；知及之，仁能守之，不莊以蒞之，則民不敬；知及之，仁能守之，莊以蒞之，動之不以禮，未善也。

此處所指的「知」與「仁」，尚須益以「莊」與「禮」，始能臻之於「善」，可知僅就「偏」的觀點來談，與所謂的大仁、大智，差距尚遠，是必須酌予補救的。要加以補救，則捨加緊修學，增進人為（自明誠）的效果，以求進一層激發先天潛能（自誠明）外，實在別無良途。

　　根據上述，在讀《四書》時，對孔聖或先賢的話，必須廣從「偏」與「全」的邏輯加以理解、會通，有關格致、知行、誠明及仁智之說要如此，其他如忠、孝、信、直、禮、道等的說法，也同樣地要注意到

「偏」、「全」的邏輯問題，以免誤「全」為「偏」，或以「偏」概「全」，滋生誤解，引生一些不必要的糾葛。

第二節　本末章法與博文、約禮

孔子主張人要不斷學習，藉「由智而仁」的人為努力，觸發「由仁而智」的天然潛能，使「本末」互動，產生「循環、提升」的螺旋作用[9]，達於「仁且智」的最高境界[10]。要達到這種境界，就必須從博文、約禮做起。《論語・雍也》25[11]篇載孔子的話說：「君子博學於文，約之以禮，亦可以弗畔矣夫！」又〈子罕〉10 載顏淵的話說：「夫子循循然善誘人，博我以文，約我以禮，欲罷不能。」可見孔子平日教人，以博文、約禮為重。對此二者的內容與關係，孔子雖未直接言明，但從孔子相關的一些言論或後儒的闡釋裡，可以找到答案。

一　何謂博文

「文」字在《論語》一書裡，出現達二十四次[12]，其中用作名詞的，除了是人名、諡號或指文采、文辭者與上引兩則外，尚有如下數章：

9　指互動、循環而提升的作用，一如螺旋。原用於課程之安排：「螺旋式課程（spiral curriculum）圓周式教材排列的發展。十七世紀捷克教育家夸美紐斯提出，教材排列採用圓周式，以適應不同年齡階段的兒童學習。但這種提法，不能表達教材逐步擴大和加深的含義，故用螺旋式的排列代替。二十世紀六〇年代，美國心理學家布魯納也主張這樣設計分科教材：按照正在成長中的兒童的思想方法，以不太精確然而較為直觀的材料，儘早向學生介紹各科基本原理，使之在以後各年級有關學科的教材中螺旋式地擴展和加深。」見《教育大辭典》（上海市：上海教育出版社，1990 年 6 月第一版），頁 276。

10　陳滿銘：〈孔子的仁智觀〉，《國文天地》12 卷 4 期（1996 年 9 月），頁 8-15。

11　依朱熹：《四書集注》，下並同。

12　據楊伯峻之統計，見《論語譯注》（臺北市：河洛圖書出版社，1978 年 12 月臺初版），頁 231。

子曰:「弟子入則孝,出則弟,謹而信,汎愛眾而親仁,行有餘力,則以學文。」(〈學而〉6)

子曰:「夏禮吾能言之,杞不足徵也。殷禮吾能言之,宋不足徵也。文獻不足故也,足則吾能徵之矣。」(〈八佾〉9)

子貢曰:「夫子之文章,可得而聞也;夫子之言性與天道,不可得而聞也。」(〈公冶長〉)

子以四教:文、行、忠、信。(〈述而〉24)

子曰:「文,莫吾猶人也;躬行君子,則吾未之有得。」(〈述而〉32)

子曰:「大哉堯之為君也。……巍巍乎其有成功也,煥乎其有文章!」(〈泰伯〉19)

子畏於匡,曰:「文王既沒,文不在茲乎?天之將喪斯文也,後死者不得與於斯文也;天之未喪斯文也,匡人其如予何?」(〈子罕〉5)

曾子曰:「君子以文會友,以友輔仁。」(〈顏淵〉24)

孔子曰:「……故遠人不服,則修文德以來之。」(〈季氏〉1)

上引的「文」字,見於〈學而〉6、〈八佾〉9、〈雍也〉25、〈子罕〉10的,指的全是文獻,也就是先王所遺下的《詩》、《書》、禮、樂等典籍;見於〈述而〉32、〈顏淵〉24的,指的同是知識、學問,顯然也未越出《詩》、《書》、禮、樂的範圍;而見於〈公冶長〉12、〈泰伯〉19,與「章」字合為「文章」一辭的,則前者是指《詩》、《書》、禮、樂的學問,後者是指禮樂制度;至於見於〈子罕〉5、〈季氏〉一的,乃一指文化的傳統,一指政治的修治,雖然所側重的各不相同,但無疑地仍是繞著禮樂來說的。可見這些「文」字所指的,不是《詩》、《書》、禮、樂等文獻或學識,就是禮樂的推行與傳統。所以何晏在〈子罕〉10

引孔安國云：

> 言夫子既以文章開博我，又以禮節節約我，使我欲罷而不能。[13]

而邢昺在〈雍也〉25 疏云：

> 此章言君子若博學於先王之遺文，復用禮以自檢約，則不違道
> 也。[14]

又朱熹在〈學而〉6 注說：

> 文，謂《詩》、《書》文藝之文。[15]

另外，劉寶楠在〈述而〉24 也注說：

> 文，謂《詩》、《書》、禮、樂；凡博學、審問、慎思、明辨，皆
> 文之教也。[16]

由此可見，孔子教人「博學以文」，是要廣泛地獲得知識、學問；要廣
泛地獲得知識、學問，則非從「先王之遺文」著手不可；而「先王之遺
文」，又不外是《詩》、《書》、禮、樂而已。若要達到這種「博學於文」

---

13 《十三經注疏》八《論語注疏》（臺北市：藝文印書館，1965 年三版），頁 79。
14 同前註，頁 55。
15 《四書集注》，頁 111。
16 劉寶楠：《論語正義》卷八（臺北市：臺灣商務印書館，1968 年 3 月臺一版），頁
　48。

的目的，則捨「好學」外，別無他途。《論語・公冶長》27 載孔子的話
說：

> 十室之邑，必有忠信如丘者焉，不如丘之好學也。

孔子「天縱之將聖」（《論語・子罕》6），尚且「好學」不已，何
況是一般人呢？〈述而〉19 載孔子的話說：

> 我非生而知之者；好古，敏以求之者也。

朱熹注引尹焞云：

> 孔子以生知之聖，每云好學者，非惟勉人也。蓋生可知者，義
> 理耳。若夫禮樂名物，古今事變，亦必待學而後有，以驗其實
> 也。[17]

可知孔子不但自己「好學」，也時時勉人「好學」，因為這是邁往聖域
的唯一基石。《論語・公冶長》14 載：

> 子貢問曰：「孔文子何以謂之文也？」子曰：「敏而好學，不恥
> 下問，是以謂之文也。」

孔子「敏而好學，不恥下問」的兩句話，正好為「博文」下了最好的注
腳。朱熹注此說：

---

[17] 《四書集注》，頁 230。

凡人性敏者，多不好學，位高者，多恥下問，蓋亦人之所難也。孔圉得謚為文，以此而已。[18]

這就是《中庸》「博學之，審問之」的意思。這樣看來，孔子教人，必先取《詩》、《書》、禮、樂為教材，來教導學生從中學得待人接物，以至於宇宙人生的道理。《史記‧孔子世家》說：

孔子以《詩》、《書》、禮、樂教弟子，蓋三千焉。[19]

而陳大齊釋此說：

孔子設教，既未能證實其有科系的劃分，故其所用以教其弟子的教材，當無不同。《史記‧孔子世家》謂「孔子以《詩》、《書》、禮、樂教弟子」，徵諸《論語》，其說甚是。至於《詩》、《書》、禮、樂四者以外，是否亦以《易》為教材、則不無問題。「子曰：『興於《詩》，立於禮，成於樂。』」（〈泰伯〉）「子所雅言：《詩》、《書》、執禮，皆雅言也。」（〈述而〉）上引第一則，初說「興於詩」，終說「成於樂」，故後世註家都釋此章為孔子垂示修身為學的次第。既為修身為學的次第，必依以教其弟子，故《詩》、禮、樂三者之為教材，當無足疑。第二則雖未明言其為與修身為學有關，但《詩》、《書》禮三者既為孔子所常言，亦必常以告語其弟子，故此三者，亦可推定其為教材。第一則只舉了《詩》、禮與樂，未舉及《書》，第二則只舉了《詩》、《書》

---

18 同前註，頁 188。
19 《史記會注考證》（臺北市：萬卷樓圖書公司，1993 年 8 月初版），頁 760。

與禮，未舉及樂合而言之，適於《史記》所說的《詩》、《書》、禮、樂四事。[20]

可見孔子教人，是以「文」，即《詩》、《書》、禮、樂為教材。

二　何謂約禮

「禮」字在《論語》一書中，總共出現了七十四次[21]。其中大都出自孔子之口，茲列舉一部分如下，以見一斑：

> 子曰：「道之以政，齊之以刑，民免而無恥。道之以德，齊之以禮，有恥且格。」（〈為政〉3）
>
> 子張問：「十世可知也？」子曰：「殷因於夏禮，所損益，可知也。周因於殷禮，所損益，可知也。其或繼周者，雖百世，可知也。」（〈為政〉23）
>
> 子曰：「人而不仁，如禮何！人而不仁，如樂何！」（〈八佾〉3）
>
> 林放問禮之本。子曰：「大哉問！禮，與其奢也，寧儉；喪，與其易也，寧戚。」（〈八佾〉4）
>
> 子夏問曰：「『巧笑倩兮，美目盼兮，素以為絢兮。』何謂也？」子曰：「繪事後素。」曰：「禮後乎？」子曰：「起予者商也，始可與言《詩》已矣。」（〈八佾〉8）
>
> 子曰：「夏禮吾能言之，杞不足徵也。殷禮吾能言之，宋不足徵也。文獻不足故也，足則吾能徵之矣。」（〈八佾〉9）
>
> 子貢欲去告朔之餼羊。子曰：「賜也，爾愛其羊，我愛其禮。」

---

20 陳大齊：《孔子學說》（臺北市：正中書局，1963 年版），頁 294-295。
21 《論語譯注》，頁 318。

（〈八佾〉17）

定公問：「君使臣，臣事君，如之何？」孔子對曰：「君使臣以禮，臣事以忠。」（〈八佾〉19）

子曰：「居上不寬，為禮不敬，臨喪不哀，吾何以觀之哉？」（〈八佾〉26）

子曰：「能以禮讓為國乎？何有？不能以禮讓為國，如禮何？」（〈里仁〉13）

子曰：「恭而無禮則勞，慎而無禮則葸，勇而無禮則亂，直而無禮則絞。 君子篤於親，則民興於仁；故舊不遺，則民不偷。」（〈泰伯〉2）

子曰：「興於《詩》，立於禮，成於樂。」（〈泰伯〉8）

顏淵問仁。子曰：「克己復禮為仁。一日克己復禮，天下歸仁焉。」為仁由己，而由人乎哉？」顏淵曰：「請問其目。」子曰：「非禮勿視，非禮勿聽，非禮勿言，非禮勿動。」顏淵曰：「回雖不敏，請事斯語矣。」（〈顏淵〉1）

子路曰：「衛君待子而為政，子將奚先？」子曰：「必也正名乎。」子路曰：「有是哉，子之迂也！奚其正？」子曰：「野哉，由也！君子於其所不知，蓋闕如也。名不正，則言不順；言不順，則事不成；事不成，則禮樂不興；禮樂不興，則刑罰不中；刑罰不中，則民無所措手足。故君子名之必可言也，言之必可行也。君子於其言，無所苟而已矣。」（〈子路〉3）

子路問成人。子曰：「若臧武仲之知，公綽之不欲，卞莊子之勇，冉求之藝，文之以禮樂，亦可以為成人矣。」曰：「今之成人者何必然？見利思義，見危授命，久要不忘平生之言，亦可以為成人矣。」（〈憲問〉13）

子曰：「君子義以為質，禮以行之，孫以出之，信以成之。君子

哉！」（〈衛靈公〉17）

子曰：「知及之，仁不能守之；雖得之，必失之。知及之，仁能
守之；不莊以涖之，則民不敬。知及之，仁能守之，莊以涖之；
動之不以禮，未善也。」（〈衛靈公〉30）

孔子曰：「天下有道，則禮樂征伐自天子出；天下無道，則禮樂
征伐自諸侯出。自諸侯出，蓋十世希不失矣；自大夫出，五世希
不失矣；陪臣執國命，三世希不失矣。天下有道，則政不在大
夫；天下有道，則庶人不議。」（〈季氏〉2）

以上「禮」字之所指，大體可分為兩類：其一為「禮」之本，其二為
「禮」之文。其中直接而明白地論及「禮」之本的，有兩章，即〈八佾〉
4與〈衛靈公〉17。朱熹注〈八佾〉4說：

> 禮貴得中，奢易則過於文，儉戚則不及而質，二者皆未合禮。然
> 凡物之理，必先有質而後有文，則質乃禮之本也。[22]

且引范祖禹說：

> 禮失之奢，喪失之易，皆不能反本，而隨其末故也。禮奢而備，
> 不若儉而不備之愈也，喪易而文，不若戚而不文之愈也。儉者物
> 之質，戚者心之誠，故為禮之本。[23]

朱熹又注〈衛靈公〉17說：

---

22 《四書集注》，頁 151。
23 同前註。

　　義者，制事之本，故以為質幹。而行之，必有節文。出之必以退
　　遜，成之必在誠實，乃君子之道也。[24]

且引程顥說：

　　義以為質，如質幹然，禮行此，孫出此，信成此，此四句，只是
　　一事，以義為本。[25]

可見「禮」是以「義」為「本」（質）的，但就其他相關篇章來看，卻
有不同說法，如朱熹注〈為政〉3 說：

　　德、禮則所以出治之本，而德又禮之本也。此其相為終始。[26]

又注〈八佾〉9 說：

　　禮必忠信為質。[27]

又注〈八佾〉26 說：

　　為禮以敬為本。[28]

24　同前註，頁 387。
25　同前註。
26　同前註，頁 131。
27　同前註，頁 153。
28　同前註，頁 166。

又注〈泰伯〉8 說：

> 禮以恭敬辭遜為本。[29]

據知「禮」又以「德」、「忠信」、「敬」、「辭遜」為本（質），而這些說法，看似紛雜，卻可由一個「仁」字加以統攝。孔子說：「人而不仁，如禮何！人而不仁，如樂何！」（〈八佾〉3）正好可間接地說明這一點[30]。對於這一章，邢昺疏云：

> 此章言禮樂資仁而行也。[31]

所謂「資仁」，即相當於「以仁為質（本）」的意思。由此看來，「禮」（樂）是以「仁義」為本（質）的。《中庸》說：

> 仁者，人也；親親為大。義者，宜也；尊賢為大。親親之殺、尊賢之等，禮所生也。

這幾句話直截了當地把「禮」生於「仁義」的意思，說得極明白。這種「禮」生於「仁義」的說法，也見於《孟子・離婁上》：

---

29 同前註，頁 254。

30 牟宗三闡釋說：「孔子提出仁字，因此才有『禮云禮云，玉帛云乎哉？樂云樂云，鐘鼓云乎哉？』以及『人而不仁，如禮何？人而不仁，如樂何？』這些話。人如果是不仁，那麼你制禮作樂有什麼用呢？可見禮樂要有真實的意義、要有價值，你非有真生命不可，真生命就在這個『仁』。所以仁這個觀念提出來，就使禮樂真實化，使它有生命，有客觀的有效性（objective validity）。」見《中國哲學十九講》（臺北市：臺灣學生書局，1986 年 10 月初版二刷），頁 61。

31 《十三經注疏》八《論語注疏》，頁 26。

> 孟子曰：「仁之實，事親是也；義之實，從兄是也。智之實，知
> 斯二者，弗去是也。禮之實，節文斯二者是也。」

所謂「節文斯二者」，是指根據仁義而制定儀節，使行之有度的意思，也就是說，「禮」是用來表現「仁義」的，所以勞思光說：

> 孔子如何發展其有關「禮」之理論？簡言之，即攝「禮」歸
> 「義」，更進而攝「禮」歸「仁」是也。[32]

可見在孔子的理論體系裡，「禮」是以「仁義」為本的。

至於「禮」之文，則指典章制度、行為規範。《中庸》說：

> 大哉！聖人之道，洋洋乎，發育萬物，峻極于天。優優大哉！禮
> 儀（儀則）三百，威儀（小儀則）三千，待其人而後行，故曰：
> 苟不至德，至道（指禮儀與威儀）不凝焉。

所謂「禮儀」，指的就是典章制度；所謂「威儀」，指的就是行為規範。而這種「禮」之文，因為關係重大，當然是非由具備「至德」之天子制定不可，此即「非天子不議禮，不制度，不考文」[33]的原因。《論語·季氏2》載孔子的話說：「天下有道，禮樂征伐自天子出」，就是這個緣故，就以上引諸例而言，〈為政〉3、23，〈八佾〉3、4、8、9、17、19，〈里仁〉13，〈泰伯〉8，〈子路〉3，〈憲問〉13，〈衛靈公〉32，〈季氏〉2等，都偏於「治人」的典章制度來說。《禮記·禮運》載孔子的

---

32 勞思光：《新編中國哲學史》第一卷（臺北市：三民書局，1984年1月增訂初版），頁112。
33 同前註，頁95。

話說：

> 夫禮，先王以承天之道，以治人之情，故失之者死，得之者生。
> 《詩》曰：「相鼠有體，人而無禮；人而無禮，故不遄死？」是
> 故夫禮，本於天殽於地，列於鬼神，達於喪祭、射御、冠昏、朝
> 聘，故聖人示之，故天下國家可得而正也。[34]

說的就是這種「禮」之文。而其餘的，如〈八佾〉26、〈泰伯〉2、〈顏淵〉
1、〈衛靈公〉17 等，則偏於「修己」的行為規範來說。陳大齊解釋其
中的「顏淵問仁」章說：

> 禮之具有指導作用的，在孔子此一則言論中，表示得非常明顯。
> 「非禮勿視」四語，明示視聽言動都須服從禮的指導，有合於
> 禮，纔可視、可聽、可言、可動，不合於禮，便不可視、不可
> 聽、不可言、不可動，禮可否視、聽、言、動的決定標準。『克
> 己復禮為仁』，則不但仁的四目應當服從禮的指導，連諸德集合
> 體的仁亦須服從禮的指導了。有合於禮，纔是真正的仁，不合於
> 禮，只是似仁而實非仁，禮亦成了仁否的決定標準。[35]

「禮」是「可否視、聽、言、動」的決定標準，很明顯地，指的是個人
的行為規範。

　　由於禮之本是仁義，所以是無可損益的；而禮之文，則隨著時空不
同，可加以損益。朱熹注〈為政〉23 引胡寅說：

34　《十三經注疏》5《禮記注疏》，頁 414。
35　《孔子學說》，頁 144。

天敍天秩，人所共由，禮之本也。商不能改乎夏，周不能改乎商，所謂天地之常經也。若乃制度文為，或太過則當損，或不足則當益。益之損之，與時宜之，而所因者不壞，是古今之通義也。[36]

說的就是這種道理。對這種道理，牟宗三就其「不變」部分也加以申論說：

道德的天理一定如此，所以其所成之倫常也都是不變的真理。聖人制禮盡倫，為天地立心，為生民立命，有其嚴肅的意義。周公制禮，因而變成五倫，孔子就在這裡說明其意義，點醒其價值。[37]

由此可知可變的是禮之文，而禮之本是永遠不變的。也正因為禮之文是可變的，所以落在某一時空裡，便有著逆向的指導、節制作用，以使「仁」發揮真正的價值，也就是說：「有合於禮，纔是真正的仁，不合於禮，只是似仁而實非仁，禮亦成了仁否的決定標準。」[38] 對這一點，姜國柱也解釋說：

孔子把「仁」和「禮」緊密地結合在一起。「仁」為仁愛、體諒、關懷、忍讓等道德精神：「禮」為制度、典章、規範、秩序等政治規定。「仁」是人的本質，是人的主觀意識的自覺活動：「禮」是人們的行動準則，是社會對人的外在約束。如果只有外在約

---

36 《四書集注》，頁 147。
37 牟宗三：《中國哲學的特質》（臺北市：臺灣學生書局，1976 年 10 月四版），頁 91。
38 《孔子學說》。

束、強制，而無內在的自覺性，那麼人的一切行為都變成強制
性，而失去了人的意識能動性的特點，如果只有內在自覺活動，
而無社會規定的行為規範，那麼人人都按自己的意志、標準，各
行其事，這就不能保持社會和家庭的尊卑、上下、先後、長幼等
秩序。為了把主觀意識與社會規範統一起來，孔子強調仁和禮的
統一。以禮的準則行仁，以仁的自覺復禮。「克己復禮」，使「天
下歸仁」。[39]

將這種仁（義）以生「禮」、「禮」以成仁（義）的關係，闡釋得很清楚。

　　而要促使「禮」以成仁義，就必須時時「約之以禮」。所謂「齊之
以禮」（〈為政〉三）、「使臣以禮」（〈八佾〉19）、「立於禮」（〈泰伯〉
8）、「克己復禮」（顏淵）1）、「文之以禮樂」（〈憲問〉13）、「禮以行之」
（〈衛靈公〉）11），說法雖不同，但都是「約之以禮」的意思；而所謂
「恭（慎、勇、直）而無禮則勞（葸、亂、絞）」（〈泰伯〉8）、「動之
不以禮，未善也」（〈衛靈公〉32），則從反面說明了「約之以禮」。「約
之以禮」的重要，由此可見。

三　博文、約禮的本末互動

　　博文與約禮，初看起來，是兩回事，似乎沒有直接的關係。其實，
「文」所載的，也不外是一個「禮」字罷了。在上文的探討裡，我們已
經指明「文」是《詩》、《書》、禮、樂的典籍，而《詩》、《書》所記
載的，雖包羅萬象，卻可用禮樂來貫穿它們。《史記‧孔子世家》說：

---

39 姜國柱：《中國歷代思想史》（一）先秦卷（臺北市：文津出版社，1993 年 12 月初版
　　一刷），頁 99。

孔子之時，周室微而禮樂廢，《詩》、《書》缺。追跡三代之禮，序《書傳》，上紀唐、虞之際，下至秦繆，編次其事。曰：「夏禮吾能言之，杞不足徵也。殷禮吾能言之，宋不足徵也。足，則吾能徵之矣。」觀殷夏所損益，子曰：「後雖百世可知也，以一文一質。周監二代，郁郁乎文哉。吾從周。」故《書傳》、《禮記》自孔氏。孔子語魯大師：「樂其可知也。始作翕如，縱之純如，皦如，繹如也，以成。」「吾自衛反魯，然後樂正，〈雅〉、〈頌〉各得其所。」古者《詩》三千餘篇，及至孔子，去其重，取可施於禮義，上采契、后稷，中述殷、周之盛，至幽、厲之缺，始於衽席，故曰〈關雎〉之亂以為〈風〉始，〈鹿鳴〉為〈小雅〉始，〈文王〉為〈大雅〉始：〈清廟〉為〈頌〉始」。三百五篇孔子皆皆弦歌之，以求合〈韶〉、〈武〉、〈雅〉、〈頌〉之音。禮樂 自此可得而述，以備王道，成六藝。[40]

這一大段文字，一開始就先由「禮樂廢」切入，再依序述明孔子序《書》刪《詩》，以興禮樂的用心與努力，終以「禮樂自此可得而述」作一總結，並由此擴及於六藝，這樣雖未直接指明禮樂是《詩》、《書》的內容重心，但這種意思是極明顯的。因此，這所謂的「文」，可以用禮樂來概括它的具體內容。徐復觀說：

《論語》上對「文」一字，有若干特殊的用法。如孔子說孔文子「敏而好學，不恥下問，是以謂之文也。」又「公叔文子之臣，大夫僎，與文子同升諸公。子聞之曰：可以為文矣」。但最具體而切至的用法，則以禮樂為文的具體內容。如「周監於二代，

---

40 《史記會注考證》，頁 759-760。

郁郁乎文哉」，朱注：「言視其二代之禮而損益之」。「文不在茲
乎」，朱注：「道之顯者謂之文，蓋禮樂制度之謂」。朱子的解
釋，較《中庸》為落實而亦可相涵。「煥乎其有文章」，朱注：
「文章，禮樂法度也」。法度實際可以包括在禮裡面，朱子在這
種地方，實際是以禮樂釋「文」。尤其是「子路問成人，子曰：
若臧武仲之知，公綽之不欲，卞莊子之勇，冉求之藝，文之以禮
樂，亦可以為成人矣」的一段話，更分明以禮樂為文的具體內
容。「文之以禮樂」的「文」作動詞用；「文之以禮樂」的結果，
文便由動詞變而為名詞。因此，可以這樣的說，《論語》上已經
有把禮樂的發展作為「文」的具體內容的用法。再看看《易‧賁
卦》的〈象傳〉說「文明以止，人文也」；吳澂對文明的解釋是
「文采著明」，約略與文飾之義相當；「止」是節制，文飾而有節
制，使能得為行為、事物之中，本是禮的基本要求與內容；則所
謂「文明以止」者，正指禮而言。古人常以禮概括樂，《易正義》
謂：「言聖人觀察人文，則《詩》、《書》、禮、樂之謂」，《詩》、
《書》、禮、樂，成為連結在一起的習慣語，實則此處應僅指禮
樂，而禮樂亦可以包括《詩》、《書》。「觀乎人文以化成天下」，
實即是興禮樂以化成天下。〈賁‧大象〉「山下有火，賁。君子
以明庶政，無敢折獄」，即孔子之所謂「齊之以禮」，以與「齊
之以刑」相對。因此，中國之所謂人文，乃指禮樂之教、禮樂之
治而言，應從此一初義，逐步了解下去，乃為能得其實。[41]

在這則文字裡，他不但指出了「禮樂為文的具體內容」、「而禮樂亦可
以包括《詩》、《書》」，更指明了「古人常以禮概括樂」，這樣說來，

---

41 徐復觀：《中國思想史論集》（臺北市：臺灣學生書局，1975 年 5 月四版），頁 236。

這所謂的「文」，經過抽絲剝繭後，只剩下一個「禮」字而已。因此「博學以文」，就是要廣泛地去「學禮」（〈季氏〉13）的意思。如此「學禮」以「知禮」（〈堯曰〉3），便可以拿所學知之「禮」來規範自己的行為，做到「克己復禮」的地步，孔子以為如此「亦可以弗畔矣夫！」（〈雍也〉25），期勉之意是十分明顯的。

孔子這樣以「博文」、「約禮」來期勉學者，便形成他「由知（智）而仁」的教育理論[42]。朱熹在〈子罕〉10「博我以文，約我以禮」下注云：

　　博文、約禮，教之序。[43]

又引侯仲良云：

　　博我以文，致知格物也；約我以禮，克己復禮也。[44]

可知孔子平日教人修學，是採「由知（智）而仁」的順序的。又〈顏淵〉22 載：

　　樊遲問仁。子曰：「愛人。」問知。子曰：「知人。」樊遲未達。

42　夏乃儒：「孔子才是中國古代認識論的創建者。雖然他沒有寫下系統化的理論著作，但是從他系列的學術主張中，還是可以看出孔子確是建立了包括認識論在內的學說體系。孔子是圍繞著以知求仁，仁知統一這個中心，建立起他的認識理論的。孔子的認識理論，涉及到認識來源、認識內容、認識方法與途徑，以及認識是非的標準等廣泛的問題。」見《中國哲學三百題》（上海市：上海古籍出版社，1989 年 9 月初版），頁 161。
43　《四書集注》，頁 258。
44　同前註，頁 259。

　　子曰：「舉直錯諸枉，能使枉者直。」

朱熹注此云：

　　舉直錯諸枉，知也。使枉者直，則仁矣。如此則二者不惟不相
　　悖，而反相為用矣。[45]

又趙順孫《論語纂疏》引《語錄》云：

　　每常說仁、知，一箇是慈愛，一箇是辨別，各自向一路。惟是
　　「舉直錯諸枉，能使枉者直」，方見得仁知合一處，仁裡面有
　　知，知裡面有仁。[46]

所謂「不相悖」、「反相為用」，又所謂「仁裡面有知，知裡面有仁」，
充分說明了「仁」和「知」（智）互動的關係[47]。這種關係扣到「舉直
錯諸枉」來說，那就是「由知（智）而仁」了。又〈子張〉6載：

　　子夏曰：「博學而篤志，切問而近思，仁在其中矣。」

朱熹注此云：

---

45 同前註，頁 322。
46 《四書纂疏‧論語》，頁 1225。
47 牟宗三以「對顯」來看待仁、智，以為「孔子提出『仁』為道德人格發展的最高境界，
　　至孟子，便直說：『仁且智，聖也』。仁智並舉，並不始自孟子。孔子即已仁、智對
　　顯。如仁者安仁，智者利仁。仁者樂山，智者樂水。智者動，仁者靜。等等，便是
　　仁、智對顯，而以仁為主。」見《中國哲學的特質》，頁 25。

> 四者皆學問思辨之事耳，未及乎力行，而為仁也。然從事於此，
> 則心不外馳，而所存自熟，故曰仁在其中矣。[48]

這就是說：學者在「力行」（仁）之前，要做好「學問思辨」（知）的
工夫，這種有本末先後的「學之序」[49]，就是「由知（智）而仁」。此
與《禮記‧中庸》「博學之，審問之，慎思之，明辨之，篤行之」的說
法，是一致的。

孔子不單以「由知（智）而仁」的「教之序」來教人，就連他自己
也以此躬行不懈。〈為政〉4 載：

> 子曰：「吾十有五而志於學；三十而立；四十而不惑；五十而知
> 天命；六十而耳順；七十而從心所欲，不踰矩。」

從這段話裡，我們知道：孔子在十五歲時，便開始立志學聖，到了三十
而邁上了「立」的階段。這所謂的「立」，據〈季氏〉13 載伯魚引述孔
子的話說：

> 不學禮，無以立。

又於〈堯曰〉3 載孔子的話說：

> 不知禮，無以立也。

48　《四書集注》，頁 431。
49　朱熹注〈子罕〉28「知者不惑，仁者不憂，勇者不懼」云：「明足以燭理，故不惑；
　　理足以勝私，故不憂；氣足以配道義，故不懼。此學之序也。」同前註，頁 268。

可知它是指學禮、知禮而言的。孔子就在這十五至三十的頭一個階段裡，正如《荀子・勸學》所言：

> 始乎誦經，終乎讀禮。[50]

用了十五年的時間，不斷地在「文」（《詩》、《書》）內「誦經」、「讀禮」，以熟悉往聖先賢的思想與經驗的結晶，而達於「知禮」的境地，即一面作為「日常行事的準則，以「克己復禮」，又一面引為推求未知的依據，一以知十。如此以已知（「文」內）推求未知（「文」外）過了十年，便人我內外，於「禮」無不「豁然貫通」[51]，而順利達於「不惑」的階段。到了這時，梗塞於心目之間的認知障礙，自然就完全消去，達到不迷不眩而能直探本原的地步，所以朱熹在「四十而不惑」下注說：

> 於事物之所當然，皆無所疑。[52]

這樣對個別事物之理，也就是「禮」[53]，皆無所疑，而逐次地將「知」累積、貫通、提升，經過十載，則所謂「知極其精」[54]，便對本原的天理人情能了然於胸，這就進入了「知天命」的階段了。這所謂的「知天命」，據邢昺是如此解釋的：

> 命，天之所稟受者也。孔子四十七學《易》，至五十窮理盡性，

---

50 《新編諸子集成》二《荀子集解》（臺北市：世界書局，1978 年 7 月新三版），頁 7。
51 《四書集注》，頁 18。
52 同前註，頁 135。
53 《禮記・仲尼燕居》：「子曰：禮也者，理也；樂也者，節也，君子無禮不動。」見《十三經注疏》八《論語注疏》，頁 854。
54 《四書集注》，頁 135。

　　知天命之終始也。[55]

而朱熹則以為：

　　天命，即天道之流行，而賦於物者，乃事物所以當然之故也。[56]

由邢、朱兩人的解釋看來，其最大不同只是前者偏就「稟受者」（性）
來說明[57]，而後者則偏就「賦予者」（命）來闡述罷了。這樣著眼之處
雖有不同，但說的無非是天理人情，而此天理人情，正是「禮」之所由
出，《左傳・昭公二十五年》載子產的話說：

　　夫禮，天之經也，地之義也，民之行也。[58]

又《荀子・樂論》也說：

55　《十三經注疏》八《論語注疏》，頁 16。

56　《四書集注》，頁 135。

57　徐復觀：「以『天命』為即是人之所以為人的性，是由孔子在下學而上達中所證驗出
　　來的。孔子的五十而知天命，實際是對於在人的生命之內，所蘊藏的道德性的全盤
　　呈露。此蘊藏之道德性，一經全般呈露，即會對於人之生命，給予以最基本的規
　　定，而成為人之所以為人之性。這即是天命與性的合一。孔子是在這種新地人生境
　　界之內，而『言性與天道』。因為這完全是新地人生境界，所以子貢才嘆為『不可得
　　而聞』。子貢之所以不可得而聞，亦正是顏子感到『仰之彌高，鑽之彌堅；瞻之在
　　前，忽焉在後』《論語・子罕》的地方。但在學問上，孔子既已開拓出此一新的人生
　　境界，子貢雖謂不可得而聞，而實則已提出了此一問題。學問上的問題，一經提出
　　以後，其後學必會努力予以解答。『天命之謂性』，這是子思繼承曾子對此問題所提
　　出的解答；其意思是認為孔子所證知的天道與性的關係，乃是『性由天所命』的關
　　係。」見《中國人性論史》（臺北市：臺灣商務印書館，1978 年 10 月四版），頁 116-
　　117。

58　楊伯峻：《春秋左傳注》（下）（臺北市：源流出版社，1982 年 4 月再版），頁 147。

　　禮也者，理之不可易者也。[59]

而《禮記·坊記》則說：

　　禮者，因人之情而為之節文。[60]

又《遼史·禮志一》更進一步說：

　　理自天設，情由人生。[61]

可見「知天命」，講得淺一點，即知天理人情，是就「文」（《詩》、《書》）外來指「知禮」的。如此知既極其精，又極其大，於是再過十年，對「禮」（理）便到了「聲入心通」[62]的「耳順」階段。此時就像陸隴其所言：

　　聞一善言，見一善行，若決江河，此聲之善者；言皮、淫、邪、遁，知其蔽、陷、離、窮，此聲之不善者，皆一入便通。[63]

可以說已充分地發揮了內在的睿智，把知識的領域開拓到了極度，達於「至明」的境地。修學至此，所謂「誠（仁）則明（智）矣，明則誠矣」[64]，經過了人為（自明誠）與天賦（自誠明）的最高一層融合，那

59　《新編諸子集成》，頁 255。
60　《十三經注疏》5《禮記注疏》，頁 863。
61　《遼史》一（臺北市：鼎文書局，1975 年 10 月初版），頁 833。
62　《四書集注》，頁 135。
63　引自徐英：《論語會箋》（臺北市：正中書局，1965 年 3 月臺三版），頁 18。
64　《四書集注·中庸》，頁 85。

麼到了七十，自然就可以「從心所欲，不踰矩」，而臻於「不勉而中
（誠──仁），不思而得（明──智）⁶⁵的「至誠」境界了。

　　就在這段孔子所自述的成聖歷程裡，凡所「學」、所「立」、所「不
惑」、所「知」、所「耳順」、所「不踰矩」者，無非是「禮」。而在「耳
順」之前，雖無可例外地，都偏向於「智」（明）來說，但在每層階段
裡，皆是「知」（博文）中有「行」（約禮）、「明」（智）裡帶「誠」（行）
的。因為每個階段，都包含有修學過程中的許多層面，而這修學的每個
層面，是一點也少不了「由知（智）而仁」的「學之序」的。打從「志
於學」開始，可以說即靠著這種「學之序」，才能在知行、天人的交互
作用下，一環進一環、一層進一層地，由「約」而日趨於「不約」，逐
步遞升，邁過「耳順」，直至「從心所欲，不踰矩」的至聖領域。否則，
至聖之境既無由造，而「知」（智）與「仁」也不能由偏而全地在最後
統之於至誠而冶為一爐了⁶⁶。

　　由此可知「博文」與「約禮」，涉及本末、先後，關係極其密切，
兩者是由互動、循環而提升，不斷地發揮螺旋式的作用的。

　　經由上文的探討，可知「博學於文」，是「博學於『禮』的意思，
為「知」（智）之事；而「約之以禮」，乃篤行於「禮」，也就是「克己
復禮」的意思，為「行」（仁）之事。所謂「知所行（禮）」、「行所知
（禮）」，兩者有不可分的本末先後之關係，《中庸》所說「誠之者，擇
善（知──智）而固執之（行──仁）者也」⁶⁷，說的同是這種「學之
序」。而孔子的教育思想，在人為實施這一方面，從這裡可以看出它的
精密來。

---

65 同前註，頁 81-82。
66 陳滿銘：《中庸思想研究》（臺北市：文津出版社，1980 年 3 月初版），頁 146-164。
67 《四書集注·中庸》，頁 82。

第六章
章法與文章體裁

　　辭章的內涵，大致可分為「情」、「理」、「景（物）」、「事」[1]。其中單寫一個內涵的，雖有卻少；比較多的是以複合之形式呈現：即「情」與「景（物）」複合為「抒情文」或「描寫文」、「理」與「事」複合為「論說文」或「記敘文」[2]。通常，一種文體雖有其比較適用的幾種章法，卻不以此為限，甚且這幾種比較適用的章法，也一樣會出現在其他的文體裡，這種既可專用又可通用的章法特性。本文即聚焦於此，酌舉例證酌予說明，以見章法與文章體裁之互動關係。

第一節　章法與論說文體

　　茲就常見於論說文體中的章法特色及其實例，分述如下：

一　常見於論說文體中的章法特色

　　論說文體以「理」與「事」之複合為主，而其重心在「理」，多見於古今散文。比較適用於此之章法，以「敘論」、「正反」、「平側」（平提側注、平提側收）與「立破」為最常見。茲略介其特色[3]如下：

1　陳滿銘：〈如何畫好國文課文結構分析表〉，《國文教學津梁》（臺北市：臺北市教師研習中心，1990 年 6 月），頁 65。
2　應用文體，既可用以論說、記敘，也可用於抒情或描寫，乃重在其格式之特殊，而非辭章內涵，因此不列入討論範圍。
3　凡章法特色（含各文體），見陳滿銘：《章法學綜論》（臺北市：萬卷樓圖書公司，2003 年 6 月初版），頁 17-32。又，仇小屏：《篇章結構類型論》（臺北市：萬卷樓圖

　　以「敘論」而言，這是將抽象的道理與具體的事件結合起來，使之相輔相成的一種章法。作者依據其特殊的需要，去揀擇適合的事件來表達主觀的情意，然後體現在篇章，因此「敘」與「論」必然是可以相適應的；而且從具體的事物中提煉出抽象的理論，揭示了客觀真理，這個過程本身即會產生美感。

　　以「正反」而言，這將極度不同的兩種或兩種以上的材料並列起來，作成強烈的對比，藉反面的材料襯托出正面的意思，以增強主旨的說服力與感染力的一種章法。它是在「對比」的原理上產生的，對比因為具有極大的差異性，因而有鮮明、醒目、活躍、振奮的強烈感受。而且有「相對立的形態」出現在篇章中，反而能使主體〔正〕的特點更突出、姿態更優美。除此之外，還可以增強主旨的感染力，這又再一次證明了「繁多的統一」這一美學至理。

　　以「平側」而言，這是平提數項的整體，和側注其中一、二項的部分，兩者結合起來所形成的一種章法。這種篇章組織的方法，如單就「側注」的部分而言，則稱為「側接」或「接筆」；如所提重點只限於兩組，則又叫做「兩義兼權」。但將所要論說或敘述的幾個重點，以同等的地位加以提明，而特別側於其中一點或兩點來收結，卻有回繳整體之功用的，為「側收」[4]。無論側注或側收，其最大的優點，就是很容易藉著側注，凸顯出重心來。而且平提的部分也同時具有收束和拓開的作用，這也會帶來美感。

　　以「立破」而言，這是將「立」與「破」之間形成針鋒相對，使得所欲探討的主題更加是非分明的一種章法。此法是根據對比的原理而成

書公司，2005 年 7 月再版），頁 213-380。又，蒲基維：〈章法類型概說〉，陳滿銘主編：《大學國文選教師手冊》附錄三（臺北市：普林斯頓國際公司），頁 483-523。

4　陳滿銘：〈談平提側收的篇章結構〉，《修辭論叢》2 輯（臺北市：洪葉文化事業公司，2000 年 6 月初版），頁 193-213。

立的，但是因為強調「針鋒相對」，所以效果更加的強烈。而且「立」通常是積非成是的成見，也就是「心理的惰性」，當它被「破」推翻時，自然會促成讀者理解上的飛躍，效果極為突出。

二　常見於論說文體中的章法實例

茲舉幾篇古文為例，略作說明，並輔以結構系統[5]表，以見一斑。首如《禮記・大學》第九章：

> 一家仁，一國興仁；一家讓，一國興讓；一人貪戾，一國作亂；其機如此。此謂一言僨事，一人定國。堯舜帥天下以仁，而民從之；桀紂帥天下以暴，而民從之。其所令，反其所好，而民不從。是故君子有諸己，而后求諸人；無諸己，而后非諸人。所藏乎身不恕，而能喻諸人者，未之有也。故治國在齊其家。

這一段文字，主要在論「治國先齊其家」，用「先平提後側收」（上層）的結構寫成。

它自「一家仁」起至「未之有也」句止，為「平提」的部分，乃採「論、敘、論」（次層）的結構呈現。其中「一家仁」九句，屬頭一個「論」，用「先因後果」（三層）的結構，從正反兩面（四、底層）泛論「成教於國」的道理。朱子注此云：「此言教成於國之效。」[6] 這在字面上雖僅就正面來說，但反面的意思，自然也包含在內。「敘」的部分，為「堯舜帥天下以仁」七句，先從正反兩面（四層），平提堯舜與桀紂

5　篇、章都可形成「結構系統」，由兩層或兩層以上形成。見陳滿銘：〈論章法結構系統——以其陰陽變化作輔助觀察〉，高雄師大《國文學報》17 期（2013 年 1 月），頁 1-30。

6　朱熹：《四書集注》（臺北市：學海出版社，1984 年 9 月初版），頁 11。

之事作例證，再以「其所令」三句，單就反面加以側收（三層），卻包
含了「其所令，如其所好，而民從之」的意思。後一個「論」，為「是
故君子有諸己」七句，照樣就正反兩面（三層）作進一步的論述。朱子
注此云：「此又承上文『一人定國』而言。有善於己，然後可以責人之
善；無惡於己，然後可以正人之惡；皆推己以及於人，所謂恕也。不如
是，則所令反其所好，而民不從矣。」[7]所謂「一人定國」，雖只就正面
來說，但「有善於己」句以下，卻兼顧正反兩面解釋，也就是說，「一
言僨事」之意，是包含在內的。

　　至於「故治國在齊其家」一句，是「側注」的部分，《大學》的作
者在此，單從正面，將上文所論述的內容予以收結，而反面的意思，就
不言而喻。所以朱子注此云：「通結上文。」[8]所謂「上文」，就是指「平
提」的部分，是正反兼顧的。

7　朱熹：《四書集注》，頁 11。
8　同前註。

附結構系統表如下：

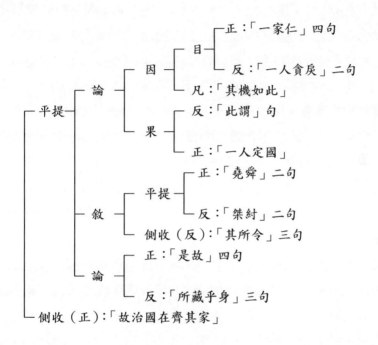

可見本文主要用了「平側」（平提側收2疊）、「敘論」（1疊）與「正反」（4疊）等三種章法，另外又旁及「因果」（1疊）與「凡目」（1疊）兩種章法。

次如周敦頤〈愛蓮說〉：

水陸草木之花，可愛者甚蕃：晉陶淵明獨愛菊。自李唐以來，世人盛愛牡丹。予獨愛蓮之出淤泥而不染，濯清漣而不妖；中通外直，不蔓不枝；香遠益清，亭亭淨植，可遠觀而不可褻玩焉。予謂：菊，花之隱逸者也；牡丹，花之富貴者也；蓮，花之君子者也。噫！菊之愛，陶後鮮有聞。蓮之愛，同予者何人？牡丹之愛，宜乎眾矣。

這篇文章採「先敘後論」（上層）的結構統合而寫成：

　　以「敘」而言，即起段。在此，作者先以開端兩句作個總括（凡），提明世上有許多「水陸草木之花」；然後以「晉陶淵明獨愛菊」十句，依次分寫眾花中的菊、牡丹、蓮和愛這三種花的人（目），形成「先凡後目」（次層）的結構。由於陶淵明愛菊（賓一）、世人愛牡丹（賓二），是人所共知的事實，所以只須交代這個事實，卻不必作進一步的解釋；至於愛蓮（主），則是作者個人的喜好，當然須把自己愛蓮的理由加以說明，因此作者便用「出淤泥而不染」七句，寫出蓮花與眾不同的特質，形成「先賓後主」（三層）孕含「並列（一、二）」（底層）的結構，藉以象徵君子的高潔品格，以充分的為下文「蓮，花之君子者也」的一句論斷蓄力。

　　以「論」而言，即次段，也是末段。在這個部分裡，作者先就菊、牡丹與蓮等三種花的品格加以衡定（因），然後論及愛這三種花的人，發出感慨收結（果），形成「先因後果」（次層）的結構。在衡定花品的一節裡，敘述菊（賓一）、牡丹（賓二）和蓮（主）的次序，完全與首段相同，形成「先賓後主」（三層）孕含「並列（一、二）」（底層）的結構；而在論及人物的一節裡，卻將牡丹和蓮的次序加以對調，形成「賓（一）、主、賓（二）」（三層）的結構。作者作了這樣的安排，顯然的，對當代人但知追求富貴，而缺少道德理想的情形，是有著貶責的意思的，不過在語氣上卻力求委婉罷了。

　　很明顯的，作者在這篇文章裡，主要的是寫蓮與愛蓮的自己，這是「主」的部分。為了使這「主」的部分更為突出，便又不得不寫牡丹、菊和愛菊、愛牡丹的人，這就是「賓」的部分。有了這「賓」的部分作陪襯，那麼作者愛蓮與諷喻的意思：「主」便格外的清楚了。這是借賓以喻主的一個明顯例子。

附結構系統表供參考：

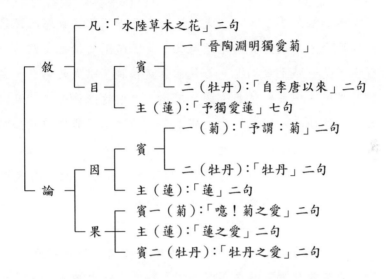

可見本文主要用了「敘論」（1疊）章法，另外又旁及「凡目」（1疊）、「因果」（1疊）、「賓主」（3疊）與「並列」（一、二，2疊）等四種章法。

又如歐陽修〈縱囚論〉：

信義行於君子，而刑戮施於小人。刑入於死者，乃罪大惡極，此又小人之尤甚者也。寧以義死，不苟幸生，而視死如歸，此又君子之尤難者也。

方唐太宗之六年，錄大辟囚三百餘人，縱使還家，約其自歸以就死；是以君子之難能，期小人之尤者以必能也。其囚及期，而卒自歸，無後者：是君子之所難，而小人之所易也。此豈近於人情？

或曰：「罪大惡極，誠小人矣。及施恩德以臨之，可使變而為君

子；蓋恩德入人之深，而移人之速，有如是者矣。」曰：「太宗
之為此，所以求此名也。然安知夫縱之去也，不意其必來以冀
免，所以縱之乎？又安知夫被縱而去也，不意其自歸而必獲免，
所以復來乎？夫意其必來而縱之，是上賊下之情也；意其必免而
復來，是下賊上之心也。吾見上下交相賊，以成此名也，烏有所
謂施恩德，與夫知信義者哉？不然，太宗施德於天下，於茲六年
矣，不能使小人不為極惡大罪；而一日之恩，能使視死如歸，而
存信義；此又不通之論也。」

「然則，何為而可？」曰：「縱而來歸，殺之無赦；而又縱之，
而又來，則可知為恩德之致爾。」然此必無之事也。若夫縱而來
歸而赦之，可偶一為之爾。若屢為之，則殺人者皆不死，是可為
天下之常法乎？不可為常者，其聖人之法乎？是以堯舜三王之
治，必本於人情；不立異以為高，不逆情以干譽。

　　此文論縱囚之過，採「破、立、破」（上層）的結構統合而寫成。
　　以頭一個「破」而言，由開篇起至「此豈近於人情」止，以「先目
後凡」（次層）為其邏輯層次，先就「目」，用「先正後反」（三層）的
對比結構，分「理」與「事」兩面，指出「大辟囚」卻能「視死如歸」，
比起「君子」來，更為「難能」；從而斷定此為不近人情之事，以「破」
領出「立」的部分。
　　以「立」而言，即「或曰罪大惡極」七句，針對唐太宗縱囚之事，
特立一個「恩德入人」之案，為「破」交代因由。
　　以後一個「破」而言，由「曰太宗為此」起至篇末。這個部分，用
「先因後果」（次層）的結構加以組合，其中的「因」，採「先實後虛」（三
層）而以「虛」包孕「先反後正」（底層）之結構，先說明所謂「恩德
入人」是假的，其實乃「上下交相賊」之結果；然後以此斷定這是「不

通之論」、「不無之事」，將大辟囚視死如歸乃「恩德入人」的說法駁得體無完膚。至於「果」，則承接上述之「因」，並總結全文，得出縱囚這件事乃非「常法」而反「人情」的結論。結得完足而有力，具有很強的說服力。

附結構系統表供參考：

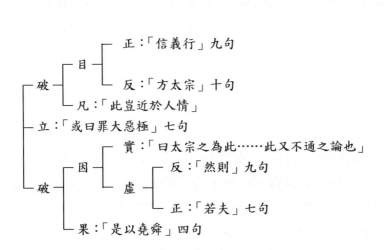

可見本文主要用了「立破」（1 疊）與「正反」（2 疊）兩種章法，另外又旁及「凡目」（1 疊）、「因果」（1 疊）與「虛實」（1 疊）三種章法。

再如王安石〈讀孟嘗君傳〉：

> 世皆稱孟嘗君能得士，士以故歸之，而卒賴其力，以脫於虎豹之秦。
> 嗟呼！孟嘗君特雞鳴狗盜之雄耳，豈足以言得士！不然，擅齊之強，得一士焉，宜可以南面而制秦，尚何取雞鳴狗盜之力哉！
> 雞鳴狗盜之出其門，此士之所以不至也。

　　這篇文章，一開頭就直接以「世皆稱」四句，先立一個案，採「先立（頌揚）後破（貶抑）」（上層）的結構作統合，藉世人之口，對孟嘗君之「能得士」，作一讚美，並藉「先因（能得士）後果（脫於秦）」（次層一）的結構，從中拈出「卒賴其力，以脫於虎豹之秦」，隱含「雞鳴狗盜」之意，以作為「質的」，以引出下文之「弓矢」。再以「嗟呼」句起至末，在此用「實（正：雞鳴狗盜）、虛（反：南面制秦）、實（正：不能得士）」（次層二）的結構，針對「立」的部分，以「雞鳴狗盜」扣緊「卒賴其力，以脫於虎豹之秦」，呈現「先因（門下無士）後果（士因不至）」（底層）的章結構予以攻破。所謂「質的張而弓矢至」，真是一箭而貫紅心，雖文不滿百字，卻有極強的說服力。對此，林西仲指出：「《史記》稱孟嘗君招致任俠姦人入薛，其所得本不是士，即第一等市義之馮驩，亦不過代鑿三窟，效雞鳴狗盜之力，何嘗有謀國制敵之慮！『龍門好客自喜』一語，早已斷煞，而世人不知，動稱『能得士』，故荊公作此以破其說。篇首喝起『世皆稱』三字，是與『龍門』贊語相表裡，非翻案也。百餘字中，有起、承、轉、合在內，警策奇筆，不可多得。」[9]將此文特色交代得十分清楚。

　　附結構系統表供參考：

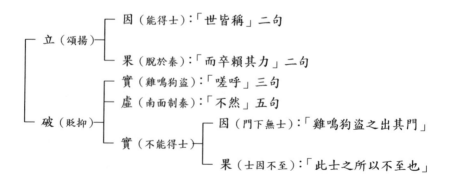

9　林雲銘：《古文析義合編》上冊（臺北市：廣文書局，1965 年 10 月再），頁 326。

　　可見本論說文，主要主要用了「先立（頌揚）後破（貶抑）」（1 疊）章法，另外又旁及「因果」（2 疊）與「虛實」（1 疊）兩種章法。

　　末如蘇軾〈日喻〉：

> 生而眇者不識日，問之有目者。或告之曰：「日之狀如銅槃。」扣槃而得其聲；他日聞鐘，以為日也。或告之曰：「日之光如燭。」捫燭而得其形；他日揣籥，以為日也。日之與鐘、籥亦遠矣！而眇者不知其異，以其未嘗見而求之人也。
>
> 道之難見也甚於日，而人之未達也，無以異於眇。達者告之，雖有巧譬善導，亦無以過於槃與燭也。自槃而之鐘，自燭而之籥，轉而相之，豈有既乎？故世之言道者，或即其所見而名之，或莫之見而意之，皆求道之過也。
>
> 然則道卒不可求歟？蘇子曰：「道可致而不可求。」何謂致？孫武曰：「善戰者致人，不致於人。」子夏曰：「百工居肆以成其事，君子學以致其道。」莫之求而自至，斯以為致也歟！
>
> 南方多沒人，日與水居也，七歲而能涉，十歲而能浮，十五而能沒矣。夫沒者豈苟然哉？必也將有得於水之道者。日與水居，則十五而得其道。生不識水，則雖壯，見舟而畏之。故北方之勇者，問於沒人，而求其所以沒；以其言試之河，未有不溺者也。故凡不學而務求道，皆北方之學沒者也。
>
> 昔者以聲律取士，士雜學而不志於道。今也以經術取士，士知求道而不務學。渤海吳君彥律，有志於學者也，方求舉於禮部，作日喻以告之。

　　這篇文章採「先目（分應）後凡（總提）」（上層）的結構統合而寫成：

　　以「目」（分應）而言，用「先反後正」（次層）的結構加以呈現：
包括一、二、三、四等段，其中一、二段屬「反」，三、四段屬「正」：
　　先看「反」（分應）的部分，由「先敘（事喻）後論（說理）」（三
層）的結構組合而成：
　　「先敘（事喻）」一截，用「先點後染」（四層）而以「染」包孕「並
列（一、二）」（五層）、「先因後果」（六層）的結構加以呈現。自起
段首句至「他日揣籥以為日也」句止。作者在此，敘述了一個盲人識日
的故事。這個故事先以開端兩句，敘明有一盲者向常人問日的情事，作
為故事的序幕，然後由兩個「或告之曰」句帶出兩個譬喻與結果來。頭
一個譬喻是就形狀將太陽譬喻成銅槃，結果卻使盲者誤由聲音認鐘為
日；第二個譬喻是就光亮將太陽譬喻成蠟燭，結果卻使盲者誤由形狀認
籥為日。作者就藉著這個簡單的故事，以生發下一截的議論來。
　　「後論（說理）」一截，用「目、凡、目」（四層）而以後一「目」
包孕「先因後果」（五層）的結構加以呈現，自「日之與鐘、籥亦遠矣」
至「皆求道之過也」止。作者在此，先以「日之與鐘、籥亦遠矣」四句，
針對上一截的事喻，發出論斷，認為盲者發生那麼可笑的錯誤，乃是由
於「未嘗見而求之人」的緣故。然後由「道之難見也甚於日」一轉，領
出第二段的其餘句子，將重點從盲者識日轉到世人求道上面來，藉盲者
識日的錯誤，指出「或即其所見而名之，或莫之見而意之」，都是一般
人求道的過失。
　　後看「正」的部分：由「先論（說理：第三段）後敘（事喻：第四
段）」（三層）的結構組合而成：
　　「先論（說理：第三段）」一截，用「先平提後側注」（四層）而以
「平提」包孕「先問後答」（五層）、「側注」包孕「先目後凡」（五層）、
「先問後達」（六層）、「並列（一、二）」（底層）的結構加以呈現。它
首先以「然則」二字作一轉折，由反面過到正面，引出「道卒不可求歟」

兩句，採一問一答的形式，提出作者自身的看法，以為道是可致而不可求的。然後針對著「致」字的意義，引用孫武與子夏的話作為橋梁，得出「莫之求而自至」的最佳解釋，從而將一篇的大旨「學以致其道」輕輕鬆鬆的提了出來，以貫穿全文。

「後敘（事喻：第四段）」一截，用「先正後反」包孕一疊「先果後因」（五層）、兩疊「先因後果」（五、六層）與「先問後答」（六層）的結構加以呈現。它針對著上一截的說理部分，特舉南方沒人與北方勇者學習潛水的事情充當例證，以說明身體力行的重要。他首先以「南方多沒人」九句，從正面指出南方的沒人，由於日與水居的關係，到了十五歲就能得道沒水，次以「生而不識水」二句，從反面泛指人如果不識水性，雖然是長得很壯，見了船，還是會感到害怕的；接著以「故北方之勇者」五句，拿「北方之勇者」作為例子來說明，認為如果只求潛水的方法，而不從事切實的體驗，那麼他一跳進河裡，是必然會被淹死的，終以「故凡不學而務求道」二句，就北方勇者學沒這件事，提出結論來，那就是：「凡不學而務求道」是不會有好結果的。

以「凡」（總提）而言，為末段。是採「先反後正」（次層）的結構寫成的：

「反」的部分：由「昔者以聲律取士」句至「士知求道而不務學」句止，用「先昔後今」（三層）的結構，承上文反面的意思，指出古以聲律、今以經術取士的過失。「正」的部分：由「渤海吳君彥律」句至篇末，承上文正面的意思，敘明因吳彥律正參加科舉，而有志「學以致其道」，所以寫了這篇文章送給他。這樣既抱緊了主旨作收，也把自己寫作的動機交代清楚了。

通觀此文，作者先用一、二兩段，從反面舉例說明「求道」的錯誤，再由三、四兩段，從正面舉例闡釋「致道」的精義，然後以末段從「反」歸於「正」，將一篇的作意點明。安排巧妙而有變化，確是一篇不可多得的好文章。

附結構系統表供參考：

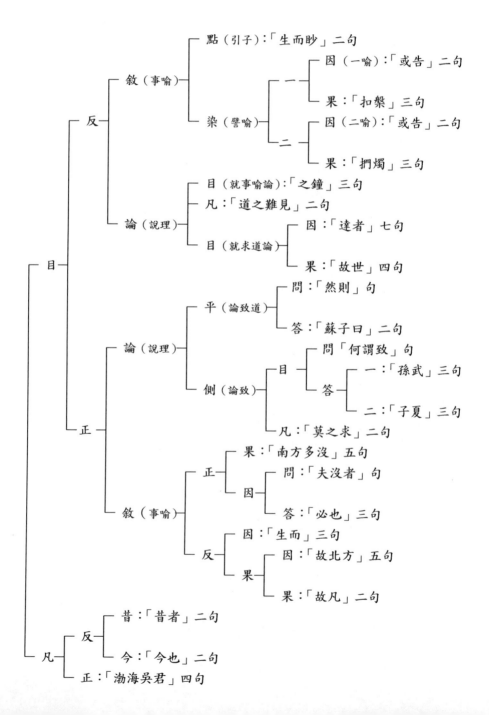

可見本論說文主要用了「敘論」（2 疊）、「正反」（3 疊）與「平側」（平提側注 1 疊）三種章法，另外又旁及「凡目」（3 疊）、「今昔」（1 疊）、「點染」（1 疊）、「因果」（6 疊）、「問答」（3 疊）與「並列」（2 疊）等六種章法。

第二節　章法與記敘文體

茲就常見於記敘文體中的章法特色及其實例，分述如下：

一　常見於記敘文體中的章法特色

記敘文也以「理」與「事」之複合為主，其重心在「事」，而「理」往往在篇外[10]，多見於古今散文與詩歌。比較適用於此之章法，以「敘論」、「因果」、「賓主」與「今昔」（過去、現在、未來）為最常見。除「敘論」已見於上文外，茲略介其其餘類型之特色如下：

以「因果」而言，是由一因一果所組合而成的一種章法。「因為……所以……」的構句方式是十分常見的；相反地，由「所以」至「因為」的情形也有；甚至「因為」與「所以」多次交互出現的情況也屢見不鮮。因此，這樣的思維方式，其應用範圍擴大到篇章時，那就形成因果法了。因果邏輯的應用十分廣泛，所以因果法在文學作品中也就相當的常見。其中最常出現的型態是「由因及果」，這樣可以因順推而產生規律美，也可以全面地弄清楚事情的前因後果。而「由果溯因」的結構，因為「果」一開始就出現，很能夠挑起讀者的「期待欲」。而其他的變化類型，除了變化的美感外，也藉助「因」與「果」的多次呈現，來更深入內容。

---

10 陳滿銘：〈談篇章的縱向結構〉，臺灣師大《中國學術年刊》22 期（2001 年 5 月），頁 259-300。

以「賓主」而言，是運用輔助材料（賓），來凸顯主要材料（主），從而有力地傳達出主旨的一種章法。它與「正反法」都是運用襯托的作用來凸顯主旨的章法，所不同的是，「賓主法」所運用的輔助材料可能是正面，也可能是反面；且材料的數量可以多種，其「以賓托主」的形式與「正反法」只有正反對立的形式有所差別。如此「以賓托主」，根據「相似」聯想，去尋找輔助的「賓」，以烘托出「主」，因而產生調和之美；而且有主有從，都是為了托出主旨而服務，這就會形成繁多的統一，因此而產生映襯與和諧美。

以「今昔」（久暫）而言，這是將時間中的「今」（現在）與「昔」（過去），依篇章需求作適當安排的一種章法。其中「由昔而今」的順敘方式，最為常見，也最符合事物本身的發展規律，而合乎規律的東西就是真的，就是美的。至於「由今而昔」地逆敘，是將美感情緒波動最急促、最密集的部分先呈現出來，非常醒目。而「今、昔、今」的結構方式，會將激烈的美感情緒再次重現，形成呼應，有餘韻不覺的感受，是僅次於順敘結構外，最為常見的結構類型。還有其他「今昔迭用」的結構，「今」與「昔」之間會形成一再的、強烈的呼應，美感也因此而產生。此外，「久暫」是將文學作品中的長、短時間作適當安排的一種章法。這種時間安排，配合情感的波動，所形成的是長時與瞬時的對照。當文學作品呈現「由暫而久」的時間設計，則「暫」會更強調出「久」，而時間的悠久本身即會產生美感，而且最有利於歷史感的帶出。至於「由久而暫」的設計類型，則是強調出「暫」，選取情意量最為豐富的一剎那，來作特寫的呈現。

二　常見於記敘文體中的章法實例

茲舉古典詩文為例，以見一斑。首如《孟子‧離婁下》的一則記事：

齊人有一妻一妾而處室者，其良人出，則必饜酒肉而後反。其妻
問所與飲食者，則盡富貴也。其妻告其妾曰：「良人出，則必饜
酒肉而後反。問其與飲食者，盡富貴也，而未嘗有顯者來。吾將
瞷良人之所之也。」

蚤起，施從良人之所之。遍國中無與立談者。卒之東郭墦間，
之祭者乞其餘；不足，又顧而之他。此其為饜足之道也。

其妻歸，告其妾曰：「良人者，所仰望而終身也。今若此！」與
其妾訕其良人，而相泣於中庭。而良人未之知也，施施從外來，
驕其妻妾。

由君子觀之，則人之所以求富貴利達者，其妻妾不羞也而不相泣
者，幾希矣！

　　此則文字凡分四段，採「先敘後論」（上層）的結構統合而寫成。
　　以「敘」而言，為前三段，用「先因後果」（次層）的結構來寫。
其「因」為首段，又包孕「先因後果」（三層）結構加以呈現：共分三
節：首節「齊人有一妻一妾」三句，敘齊人常「饜酒肉而後反」，以「驕
其妻妾」的事實，作為故事的引子：次節「其妻問所與飲食者」兩句，
敘齊人與妻答問的內容，以「盡富貴」，卻「未嘗有顯者來」，來引起
妻子的疑心，而領出末節妻告妾的一串話來，預為下段敘其妻一探究竟
的行動伏脈。而「果」含次、三兩段，用「由先（昔）而後（今）」（三
層）包孕「先因後果」（四層）、「先眾後寡」（四層）與「由先（昔）
而後（今）」（底層）加以呈現。其中次段共分四節：首節「蚤起」兩句，
承上段「吾將瞷良人之所之」句，敘其妻跟蹤齊人的行為；次節「遍
國中無與立談者」一句，承上辭「未嘗有顯者來」句，敘齊人走在城裡
沒有人跟他立談的現象，三節「卒之東郭」七句，敘其妻跟蹤所見齊人
至墓地乞討剩餘祭品的經過；末節一句，總括上見情事，作一決斷。三

段僅分兩節，首節「其妻歸」七句，敘其妻在發現真相後，歸告其妾，並相泣於中庭的經過；次節「而良人未之知也」三句，用「而」字作一轉折，敘齊人從外歸來，照常「驕其妻妾」，一無所覺的情形，回應起段，將故事作一結束。

　　以「論」而言為末段，以「由君子觀之」一句，總括上三段的故事，領出「則人之所以求富貴」三句，引發感慨，以為人追求富貴利達，很少不像齊人那樣寡廉鮮恥，充分的將諷喻的意旨表露出來。

　　附結構系統表供參考：

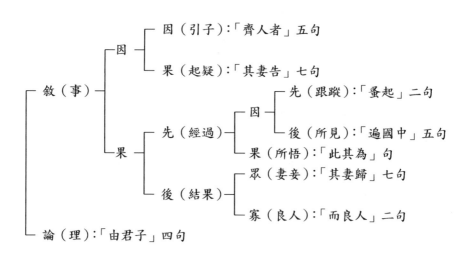

可見此文主要用了「敘論」（1疊）、「因果」（3疊）與「先後（今昔）」（2疊）三種章法，另外又旁及在「眾寡」（1疊）一種章法。

　　次如《韓詩外傳》的一則記事：

　　　　戴晉生弊衣冠而往見梁王。梁王曰：「前日寡人以上大夫之祿要先生，先生不留；今過寡人邪？」

戴晉生欣然而笑，仰而永嘆曰：「嗟乎！由此觀之，君曾不足與遊也！君不見大澤中雉乎？五步一喙，終日乃飽；羽毛悅澤，光照於日月；奮翼爭鳴，聲響於陵澤者，何？彼樂其志也。援置之囷倉中，常喙粱粟，不旦時而飽；然猶羽毛憔悴，志氣益下，低頭不鳴。夫食豈不善哉？彼不得其志也。今臣不遠千里而從君遊者，豈食不足？竊慕君之道耳。臣始以君為好士，天下無雙，乃今見君不好士明矣！」辭而去，終不復仕。

　　本則的主體部分，在戴晉生「欣然而笑，仰而永嘆」後所說的一段話。為了帶出這段話，作者特在篇首敘戴晉生往見梁王，以引出梁王之問；而梁王所謂「以上大夫之祿要先生，先生不留」的兩句話，正是逼戴晉生非答不可的關鍵所在。至於說了這段話後，結果究竟如何呢？作者又在篇末用「辭而去，終不復仕」兩句作交代。這樣將戴晉生說這段話的前因後果一一敘明，形成「先因後果」（上層）的結構來統合，使文章雖著墨不多，卻氣完而神足，這是不得不令人激賞的。

　　以「因」而言，自篇首至「乃今見君不好士明矣」止，用「先點後染」（次層）包孕「先問後答」（三層）而又用「答」包孕「先敘後論」（四層）的結構，帶出本文的主體的部分。作者在此，特用「主、賓、主」（五層）的結構來呈現，其中「由此觀之」二句，是「主」的部分，直接承梁王之問，指明梁王「不足與遊」；由「君不見大澤中雉乎」句起至「彼不得其志也」句止，是「賓」的部分，在此用「先凡後目」（六層）包孕「先正後反」（七層）與「先問後答」（底層）的結構加以呈現，針對梁王所謂的「祿」字，以大澤中之雉為喻，說明「食善」（祿）而「不得其志」的道理；而由「今臣不遠千里而從君遊者」句起至「乃今見君不好士明矣」句止，又是「主」的部分，用「先正後反」（六層）的結構，進一步指出梁王「不好士」，所以「不足與遊」，以回應前面「主」的

部分作收。經由這樣的敘寫，將「士」出仕，貴行其志，而不貪重祿的一篇主旨，表達得一清二楚，說服力極強。

附結構系統表供參考：

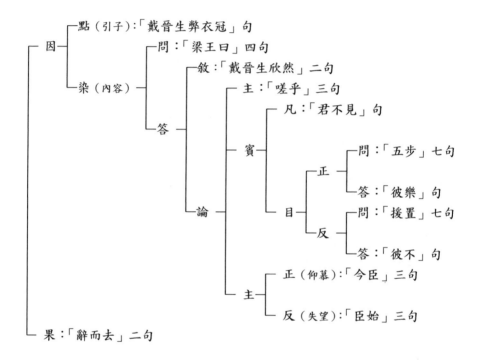

可見此文主要用了「因果」（1疊）、「敘論」（1疊）與「賓主」（1疊）三種章法，另外又旁及「點染」（1疊）、「問答」（3疊）、「凡目」（1疊）與「正反」（2疊）五種章法。

又如杜甫〈石壕吏〉：

暮投石壕村，有吏夜捉人。老翁踰牆走，老婦出看門。吏呼一何怒，婦啼一何苦。聽婦前致詞：「三男鄴城戍，一男附書至，二

男新戰死。存者且偷生，死者長已矣。室中更無人，惟有乳下孫。有孫母未去，出入無完裙。老嫗力雖衰，請從吏夜歸。急應河陽役，猶得備晨炊。」夜久語聲絕，如聞泣幽咽。天明登前途，獨與老翁別。

　　這首詩旨在寫石壕地方官吏的橫暴，以反映百姓的悲苦與政治的黑暗，乃作於唐肅宗乾元二年（759）春。這時，作者正在由洛陽經潼關，返華州任所途中。採「先因後果」（上層）的結構加以統合而寫成。

　　「因」的部分為開端二句，簡述事情發生的原因，而「果」則自「老翁踰牆走」起至篇末，用「先平提後側收」而以「平提」包孕「由先而後（今昔）」（三層）、「先因後果」（四層）與「先點後染」（底層）的結構加以呈現。其中以「老翁踰牆走」二十句，以平提的方式，寫「老翁」潛走與「老婦」被捉的事實。由於被捉的是「老婦」，所以先只用「老翁」一句，提明「老翁」的情況，再以「老婦」十九句，描述「老婦」被捉的經過。就在這十九句詩裡，「老婦」四句，用以點明「老婦」在悲苦中無奈地向前「致詞」的事，作為引子；「三男」十三句，用以喧染「致詞」的內容，它自三男戍、二男死、孫方乳、媳無裙，說到由自己備晨炊，層層遞進，道出了一家悲苦至極的慘況；「夜久」二句，用以暗示「致詞」無效，結果「老婦」還是被捉了。

　　「果」的部分為「天明」二句，用側收的方式，回應篇首三句，說自己在天明時獨向「老翁」道別。這兩句，從表面看來，只著眼於「老翁」一面加以收結，但實際上，卻將「老婦」一面也包括在內。高步瀛說：「結與翁別，為起二句之去路，此一定章法，非獨結老翁潛歸而已。」[11] 而劉開揚更明確地說：「結尾寫詩人自己『天明登前途，獨與

---

11 高步瀛：《唐宋詩舉要》（臺北市：學海出版社，1973 年 2 月初版），頁 68。

老翁別 』，見得老婦已應徵而去。」[12] 如此側收，自然就收到含蓄、洗鍊的效果。

附結構系統表供參考：

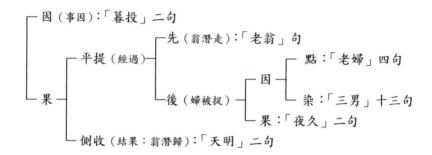

可見此詩主要用了「因果」（2 疊）與「先後（今昔）」（1 疊）兩種章法，另外又旁及「平側（平提側收）」（1 疊）與「點染」（1 疊）兩種章法。

再如歸有光〈項脊軒志〉：

項脊軒，舊南閣子也。室僅方丈，可容一人居。百年老屋，塵泥滲漉，雨澤下注，每移案，顧視無可置者。又北向，不能得日；日過午已昏。余稍為修葺，使不上漏。前闢四窗，垣牆周庭，以當南日。日影反照，室始洞然。又雜植蘭、桂、竹、木於庭，舊時欄楯，亦遂增勝。借書滿架，偃仰嘯歌，冥然兀坐，萬籟有聲。而庭階寂寂，小鳥時來啄食，人至不去。三五之夜，明月半牆，桂影斑駁，風移影動，珊珊可愛。

然余居此，多可喜，亦多可悲。先是，庭中通南北為一，迨諸父異爨，內外多置小門牆，往往而是。東犬西吠，客踰庖而宴，雞

12 劉開揚：《杜甫》（臺北市：國文天地雜誌社，1991 年 7 月初版），頁 58。

棲於廳。庭中始為籬，已為牆，凡再變矣。家有老嫗，嘗居於此。嫗，先大母婢也，乳二世，先妣撫之甚厚。室西連於中閨，先妣嘗一至。嫗每謂余曰：「某所，而母立於茲。」嫗又曰：「汝姊在吾懷，呱呱而泣；娘以指扣門扉曰：『兒寒乎？欲食乎？』吾從板外相為應答。」語未畢，余泣，嫗亦泣。余自束髮讀書軒中，一日，大母過余曰：「吾兒，久不見若影，何竟日默默在此，大類女郎也？」比去，以手闔門，自語曰：「吾家讀書久不效，兒之成，則可待乎！」頃之，持一象笏至，曰：「此吾祖太常公宣德間執此以朝，他日汝當用之。」瞻顧遺跡，如在昨日，令人長號不自禁。

軒東故嘗為廚，人往，從軒前過。余扃牖而居，久之，能以足音辨人。軒凡四遭火，得不焚，殆有神護者。

項脊生曰：「蜀清守丹穴，利甲天下，其後秦皇帝築女懷清臺。劉玄德與曹操爭天下，諸葛孔明起隴中。方二人之昧昧於一隅也，世何足以知之？余區區處敗屋中，方揚眉瞬目，謂有奇景。人知之者，其謂與坎井之蛙何異？」

余既為此志，後五年，吾妻來歸，時至軒中，從余問古事，或憑几學書。吾妻歸寧，述諸小妹語曰：「聞姊家有閤子，且何謂閤子也？」其後六年，吾妻死，室壞不修。其後二年，余久臥病無聊，乃使人修葺南閤子，其制稍異於前。然自後余多在外，不常居。

庭有枇杷樹，吾妻死之年所手植也，今已亭亭如蓋矣。

　　此文凡分六段，採「敘（事）、論（理）、敘（事）」（上層）的結構統合而寫成。其第一、二、三等段，為前一個「敘」（事）的部分，用「目、凡、目」（底層）的結構加以呈現，其前後兩「目」，一用平

敘（今）、一用追敘（昔）寫成。平敘者為第一段，扣緊「可喜」，敘
述項脊軒內外的環境；追敘者為第二、三兩段，扣緊「可悲」，追敘在
項脊軒內外所發生的一些事情，而中間以「然余居此，多可喜，亦多可
悲」三句，以「凡」承上啟下作一總括，，特為下一部分的「論」（理）
蓄勢。而第四段為「論」（理）的部分，用「先昔後今」（底層）的結
構加以呈現，仿《史記》之論贊筆法，以古喻今，自比為蜀清、孔明，
以抒發兼濟天下的偉大抱負。至於第五、六兩段，則是後一個「敘」
（事）的部分，用「先賓後主」（底層）的結構加以呈現，補敘了亡妻
在軒中的一段生活、項脊軒的變遷經過，及亡妻所手植樹已「亭亭如
蓋」的情形，如此以「可喜」為賓、「可悲」為主加以貫穿，依序寫來，
有無比之情韻。

　　附結構系統表供參考：

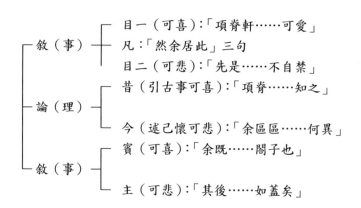

可見此文主要用了「敘論」（1 疊）、「賓主」（1 疊）與「今昔」（1 疊）
三種章法，此外又旁及「凡目」（1 疊）一種章法。

　　末如方苞〈左忠毅公軼事〉：

先君子嘗言，鄉先輩左忠毅公視學京畿。一日，風雪嚴寒，從數騎出，微行，入古寺。廡下一生伏案臥，文方成草。公閱畢，即解貂覆生，為掩戶，叩之寺僧，則史公可法也。及試，吏呼名，至史公，公瞿然注視。呈卷，即面署第一；召入，使拜夫人，曰：「吾諸兒碌碌，他日繼吾志事，惟此生耳。」

及左公下廠獄，史朝夕窺獄門外。逆閹防伺甚嚴，雖家僕不得近。久之，聞左公被炮烙，旦夕且死，持五十金，涕泣謀於禁卒，卒感焉。一日，使史公更敝衣草屨，背筐，手長鑱，為除不潔者，引入，微指左公處，則席地倚牆而坐，面額焦爛不可辨，左膝以下，筋骨盡脫矣。史前跪，抱公膝而嗚咽。公辨其聲，而目不可開，乃奮臂以指撥眥，目光如炬。怒曰：「庸奴！此何地也，而汝來前！國家之事，糜爛至此。老夫已矣，汝復輕身而昧大義，天下事誰可支拄者！不速去，無俟姦人構陷，吾今即撲殺汝。」因摸地上刑械，作投擊勢。史噤不敢發聲，趨而出。後常流涕述其事以語人曰：「吾師肺肝，皆鐵石所鑄造也！」

崇禎末，流賊張獻忠出沒蘄、黃、潛、桐間，史公以鳳廬道奉檄守禦，每有警，輒數月不就寢，使將士更休，而自坐幄幕外，擇健卒十人，令二人蹲踞，而背倚之，漏鼓移，則番代。每寒夜起立，振衣裳，甲上冰霜迸落，鏗然有聲。或勸以少休，公曰：「吾上恐負朝廷，下恐愧吾師也。」史公治兵，往來桐城，必躬造左公第，候太公、太母起居，拜夫人於堂上。

余宗老塗山，左公甥也，與先君子善，謂獄中語乃親得之於史公云。

　這篇文章藉左光斗的一件軼事，以寫其「忠毅」精神，是採「先順敘、後補敘」（上層）的結構加以統合而寫成的：

　　以「順敘」而言，由起段至四段止，用「先點後染」（次層）之結構加以安排。其中「點」指起句，而「染」則指首段的「鄉先輩」句起至第四段止，乃用「先主後賓」（三層）的結構來寫，從內容來看，可分如下三層，其第一、二層採「先底後圖」（四層）、第三層採「先公後私」（四層）的結構加以呈現：

　　第一層為首段，為本文的序幕，寫的是左光斗識拔史可法的經過。在此，作者借其父親之口，敘明左公曾「視學京畿」，將左公所以能識拔史公的原因作個交代；接著以「一日」與「及試」作時間上之聯絡，依次記敘左公於微服出巡時在一古寺識得史公，以及主持考試時當史公面署為第一的情形；然後以「召入」二字作接榫，引出「使拜夫人」數句，藉史公入拜左公夫人的機會，用「吾諸兒碌碌」三句話，寫出左公對史公的深切期許，認為只有史公才足以繼承他忠君愛國的志業，將左公為國舉拔英才的忠忱與苦心，寫得極其生動。這就第二部分（主體）來說，是背景之陳述，為「底」，主要是用「主、賓、主」（五層）的結構來敘述的。

　　第二層即次段。是本文的主體，對第一段而言，為「圖」，主要是用「賓、主、賓」（五層）的結構加以陳述，陳述的是左公被下廠獄後史公冒死探監的經過。這段文字以「及」字承上啟下，首先用四句敘明左公被下牢獄與禁人接近的事實；接著用「久之」與「一日」作時間上的聯絡，依次寫左公受刑將死、史公冒死買通獄吏，以及史公探監、左公怒斥史公使離去的情形；然後著一「後」字，帶出史公「吾師肺肝」的兩句感慨的話，充分的寫出左公的公忠憂國（忠）與剛正不屈（毅）來。以上兩個部分，主要在寫左光斗，為「主」（三層）。

　　第三層包括三、四、五段，是本文的餘波。在此，先以第三段針對「公」，採「先點後染」（五層）包孕「主、賓、主」（底層）的結構，寫史公受左公感召，繼其志業，「忠毅」的奉檄守禦流寇的辛苦；再以

第四段針對「私」，也採「先點後染」（五層）的結構，寫史公篤厚師門，時時不忘拜候左公父母及夫人的情事；這寫的主要是史可法，對前兩部分而言，為「賓」（三層）。

以「補敘」而言，為末段，用「先因後果」（次層）的結構，補敘本文所記的軼事，確係有根有據，以回應篇首的「先君子嘗言」，以收束全文。

縱觀此文，作者始終是針對著對「忠毅」二字來寫的。其中寫左公「忠毅」的部分是「主」，而寫史公「忠毅」的部分則為「賓」；也就是說，寫史公的「忠毅」，便等於在寫左公的「忠毅」，所謂「借賓以定主」，手段是相當高明的。

附結構系統表供參考：

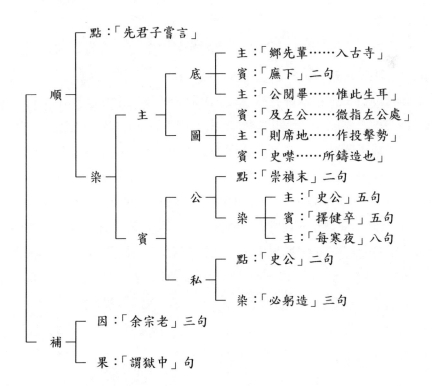

可見此文主要用了「賓主」（4疊）與「因果」（1疊）兩種章法，另外又旁及「順補」（1疊）、「點染」（3疊）、「底圖」（1疊）與「公私」（1疊）四種章法。

第三節　章法與抒情文體

茲就常見於抒情文體中的章法特色及其實例，分述如下：

一　常見於抒情文體中的章法特色

抒情文體以「情」與「景（物）」之複合為主，而其重心在「情」，多見於古今詩歌。比較適用於此之章法，以「情景」、「泛（情）具（景、事）」、「天（天然）人（人工、人事）」、與「虛實」為最常見。茲略介其特色如下：

以「情景」而言，是借重具體的景物（實），來襯托抽象的情意（虛），以增強詩文的情味力量的一種章法。就在主客關係中，主體佔了主導的位置；主體依據其特殊的情意，揀擇適合的景象，此即所謂的「知覺定勢」。因此景與情的關係是相應相生的，所以可以產生一種「調和」的美感；所給予人的是欣賞而不是推理，是領悟而不是說教。

以「泛具」而言，是將泛泛的敘寫和具體的敘寫結合在同一篇章中的一種章法。本來它的涵蓋面很廣，可涵蓋「情景」、「敘論」、「凡目」、「虛實」等章法，卻由於「情景」、「敘論」、「凡目」、「虛實」等章法，十分常見，必須抽離出去，各自獨立，以顯現其特色，因此在此僅存「事」與「情」、「景」與「理」之兩種類型。其中「事」與「情」常與「情景」合用。在這種情形下，「抽象」和「具象」一方面會分別形成抽象美和具象美，一方面也會因為互相適應而達成調和的美感。

以「天人」而言，是將「自然」與「人事」形成層次來描寫的一

種章法。所謂「天」，指的是「自然」；所謂「人」，指的是「人事」。如就寫景來說，「天」就是自然之景，「人」就是人事之景；若就說理而言，則「天」就屬於天道，「人」就屬於人道。當同一篇作品中出現「天」與「人」時，則兩者之間產生交流，自然界因而增添情味，人事界也獲得開展，因此產生了溫潤自由的美感。

　　以「虛實」而言，有三種：一是空間的虛實法，乃將眼前所見的實空間，以及設想得來的虛空間揉雜於篇中，使空間處理靈活而有彈性的一種章法。在想像力的奔放縱馳下，虛、實空間轉換自如，是最能展現空間變化之美的；而且「實」與「虛」之間的相生相濟，為文學作品增添了靈活調和的美感。二是時間的虛實法，是將「實」時間（昔、今）與「虛」時間（未來）揉雜於篇章中，以求敘事（寫景）、抒情（議論）的最好效果的一種章法。此法因能掌握過去、現在、未來，故有其他章法所沒有的優勢。而且「實」與「虛」之間互相聯繫、滲透、轉化，而生生不窮，也就是由局部性的交流所產生的靈動美，趨向整體統一的和諧美。三是假設與事實法，是將假設與事實作對應安排的一種章法。此處的「假設」，指的是虛構的事物；而「事實」，指的是現實世界中已發生的一切；兩兩對映、結合，組織成文學作品。所謂的「事實」是指從現實世界中提煉出來的真實；而「假設」在文學中更佔有特別的地位，是人類心理的直接投射，是出乎現實而超乎現實，可以說是比真實更真實。而當此二者在作品中相互呼應時，輝耀出的是客觀世界與主觀世界所共同彰顯的真實。

二　常見於抒情文體中的章法實例

　　茲舉幾篇古典詩詞為例，略作說明，並輔以結構系統表，以見一斑。首如陶淵明〈飲酒詩之五〉：

結廬在人境，而無車馬喧。問君何能爾，心遠地自偏。採菊東籬
下，悠然見南山；山氣日夕佳，飛鳥相與還。此中有真意，欲辨
已忘言。

　　陶淵明有〈飲酒〉詩二十首，皆歸自彭澤所作。雖總題為「飲酒」，
實則藉以抒懷，寄託深遠。此為其第五首，旨在寫處於喧世能閒遠自得
的意趣，採「泛（情）、具（景、事）、泛（情）」（上層）的結構加以
統合而寫成。

　　頭一個「泛（情）」的部分，為開篇四句。它首先提明「心遠地自偏」
的意思，再敘寫玩賞大自然的悠然心情，然後結出「得意而忘言」（《莊
子・齊物》）的真趣。其中起二句，用「先果後因」（次層）的結構，
寫自己雖處於世間，卻不受世俗應酬的困擾。三、四兩句，採「先問後
答」（底層）的結構來呈現：先設問，再應答，寫精神超脫了世俗的束
縛，則雖置身於喧境，也如同居於偏遠之地，由此拈出「心遠」作為一
篇之骨，以貫穿全詩。

　　「具（景、事）」的部分，為五、六、七、八等四句，用「先人（人
事）後天（天然）」（次層）的結構寫成。其中五、六兩句為「人」（人
事），寫作者採菊之際，無意間舉首而見南山，一時曠遠自得，悠然超
出於塵俗之外；這是作者「心遠」的自然結果。七、八兩句為「天」（天
然），寫山氣與飛鳥，將「一任自然，適性自足」的自然景象，作生動
的描摹；這又是「心遠」的另一番體現。

　　後一個「泛（情）」的部分為末二句，用「先實後虛」（次層）的
結構，寫此時此地此境，無法用言語來形容；這更是造自「心遠」的無
上境界。就這樣，作者以「心遠」為一篇之骨（綱領）以起全詩，以「真
意」為一篇之髓（主旨）來收束全篇情、景、事，是極有層次的；也由
此使得此詩神遺言外，令人咀嚼不盡。

附結構系統表供參考：

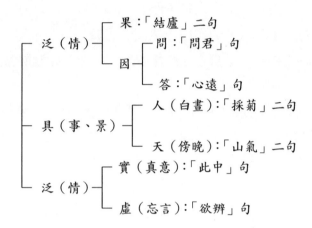

可見此詩主要用了「泛（情）具（景、事）」（1 疊）、「天人」（1 疊）與「虛實」（1 疊）三種章法，另外又旁及「因果」（1 疊）與「問答」（1 疊）兩種章法。

次如孟浩然〈宿桐廬江寄廣陵舊遊〉：

> 山暝聽猿愁，滄江急夜流。風鳴兩岸葉，月照一孤舟。建德非吾土，維揚憶舊遊。還將兩行淚，遙寄海西頭。

據詩題，可知此詩為作者乘舟停泊桐廬江畔時所作，旨在抒發自己對揚州（廣陵）友人的懷念之情與自己的身世之感（愁），是採「先景後情」（上層）的結構加以統合而寫成的。

以「景」而言，為開篇兩聯，用「先底（背景）後圖（焦點）」（次層）包孕「高、低、高」（底層）的結構來呈現。其中「山暝」三句為「底」、「月照」一句為「圖」。在此，先就視覺，呈現了黃昏時的山色、

江流與岸樹；一面又訴諸聽覺，依序寫山上猿啼、江中急流、風吹岸樹
的幾種聲音；把作者在舟上所面對的高底空間推擴，蒙上一片「愁」的
況味，為底下「孤舟」上主人翁（作者）的抒情，作有力的烘托，十足
地發揮了「底」（背景）的作用，然後聚焦於「月照」句，經由「月」
之照，將焦點集中在「孤舟」上的作者身上，作為抒發懷念之情的落足
點。

　　而「情」而言，則為「月照」五句，用「先賓後主」（次層）包孕「先
虛後實」（底層）的結構來呈現。「建德」二句，指此地（桐廬）不是
自己的故鄉（賓），以加強對揚州舊遊的懷念（主），所謂「雖信美而
非吾土兮，曾何足以少留」（王粲〈登樓賦〉），使「愁」又加深一層；
而「還將」二句，則由虛而實，透過凝想，將自己的眼淚遠寄到揚州，
大力地深化對揚州舊友的思念之情（愁）；寫得「旅況寥落」、「情深語
摯」[13]，極為動人。

　　附結構系統表供參考：

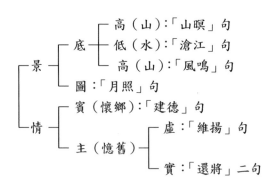

可見此詩主要用了「情景」（1疊）與「虛實」（1疊）兩種章法，另外

---

13 高步瀛選注：《唐宋詩舉要》，頁 438-439。

又旁及「圖底」（1疊）、「賓主」（1疊）與「高低」（1疊）三種章法。

又如杜甫〈旅夜書懷〉：

> 細草微風岸，危檣獨夜舟。星垂平野闊，月湧大江流。名豈文章
> 著，官應老病休。飄飄何所似？天地一沙鷗。

此詩為泊舟江邊、觸景生情之作，採「先景後情」（上層）之結構
統合而寫成。

以「景」而言，為起、頷二聯，用「先小（景一）後大（景二）」（次
層一）的結構，先在起聯，就「小（景一）」，藉孤舟、風岸、細草，
寫江邊的寂寥，以呈現「先低（水）後高（陸）」（底層一）的結構；
再在頷聯，就「大（景二）」，藉星月、平野、江流，寫天地的高曠，
以呈現「先高（陸）後低（水）」（底層二）的結構。

以「情」而言，為頸、尾二聯，用「先因（身世）後果（流浪）」
的章結構（次層二），先在頸聯，就文章與功業，寫自己事與願違、老
病交迫的苦惱；再在尾聯，就旅舟與沙鷗，寫自己到處飄泊的悲哀；這
是抒情的部分，為「情（虛）」。就這樣「景」與「情」產生相糅相襯
的效果，使得滿紙盈溢著悲愴的情緒。

附結構系統表供參考：

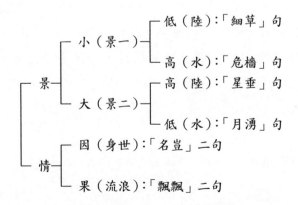

```
         ┌─ 小（景一）─┬─ 低（陸）:「細草」句
         │            │
     ┌─ 景            └─ 高（水）:「危檣」句
     │   │
     │   └─ 大（景二）─┬─ 高（陸）:「星垂」句
     │                │
     │                └─ 低（水）:「月湧」句
     │
     └─ 情 ─┬─ 因（身世）:「名豈」二句
            │
            └─ 果（流浪）:「飄飄」二句
```

可見此詩主要是用「情景」（1 疊）一種章法，另外又旁及「大小」（1
疊）、「因果」（1 疊）與「高低」（2 疊）三種章法。

再如白居易〈長相思〉：

汴水流，泗水流，流到瓜州古渡頭。吳山點點愁。　　思悠悠，
恨悠悠，恨到歸時方始休。月明人倚樓。

作者在此詞，寫自己在瓜州古渡「月明人倚樓」時之所見所感，採
「景、情、景」的（上層）結構統合而寫成。

以頭一個「景」而言，為上片四句，用「先低後高」（底層）的結
構寫「所見」：先以起三句，就「低」寫所見「水」，藉向北所見汴、
泗二水之不斷奔流，襯托出一份悠悠別恨；再以「吳山」句，就「高」，
藉向南所見吳山之「點點」，又襯托出另一份悠悠別恨，使得情寓景
中，大力地預為下半之抒情（所感）鋪路。

以「情」而言，為下片「思悠悠」三句，則即景抒情，用「先實後
虛」（底層）的結構寫「所感」：先以「思悠悠」二句，用實寫（今日）
的方式，直接將一篇主旨，亦即此刻「悠悠」之「恨」拈出；再以「恨
到」一句，用虛寫（未來）的方式，將「恨」作進一步之渲染。

以後一個「景」而言，為結句「月明人倚樓」，此句在敘事中帶寫
景，故說是敘事或寫景，都可以。木齋即以為乃寫景，說此詞「結句以
景結情，意象淒美，令人回味無盡。結句以景結情，為後人效法的門徑
之一。」[14]如此指明作者此番之所見所感，是在明月之下、倚樓之時發
生的，這樣作交代，充分發揮了「時空定點」的作用。

14　《唐宋詞流變》（北京市：京華出版社，1997 年 11 月一版一刷），頁 26。

附結構系統表供參考：

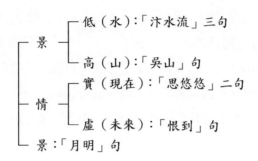

可見本詞主要用了「情景」（1疊）與「虛實」（1疊）兩種章法，另外又旁及「高低」（1疊）一種章法。

又如李清照〈聲聲慢〉：

> 尋尋覓覓，冷冷清清，悽悽慘慘戚戚。乍暖還寒時候，最難將息。三杯兩盞淡酒，怎敵他、晚來風急。雁過也，最傷心，卻是舊時相識。　滿地黃花堆積。憔悴損、如今有誰堪摘。守著窗兒，獨自怎生得黑。梧桐更兼細雨，到黃昏、點點滴滴。這次第，怎一箇愁字了得。

這闋詞旨在寫「愁」，是採「先具（景、事）後泛（情）」（上層）的結構加以統合而寫成的。

以「具（景、事）」而言，自篇首至「到黃昏」句止，主要用「凡（總提）、目（分應）、凡（總提）」（次層）的結構來寫：頭一個「目」，指「尋尋」三句，共疊十四個字，用「先因後果」（三層）的結構，寫在秋涼時，因尋覓舊跡，卻物是而人非，故倍感淒涼，無法自已，含有極強之層次邏輯，為下句之「最難將息」預築橋樑；而「凡」，乃指「乍

暖」二句，既承上也探下地作一總括，不言哀愁而哀愁自見；至於後一個「目」，則自「三杯」句起至「到黃昏」句止，用「由先（昔）而後（今）」（三層）包孕兩疊「先人（人事）後天（自然）」（四層）的結構，先以「三杯」句，寫試酒的人事景（人），並以「怎敵他」起至「如今」句止，用「並列（一、二、三）」（底層）的結構，寫風急、雁過、花落等自然景（天）；後以「守著」二句，寫守窗的人事景（人），並以「梧桐」二句，寫雨打梧桐的自然景（天）；針對「最難將息」四字作具體之描寫，為結二句蓄力。

　　以「泛（情）」而言，為結二句，用「這次第」總結上面「因」的部分，逼出一個「愁」字，點醒主旨，以融貫全篇，使全詞含著無盡的哀愁。

　　附結構系統表供參考：

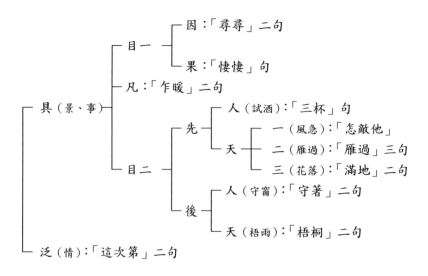

　　可見此詞主要用了「泛（情）具（景、事）」（1疊）與「天人」（2疊）兩種章法，另外又旁及「凡目」（1疊）、「因果」（1疊）、「先（昔）

後（今）」（1 疊）與「並列（一、二、三）」（1 疊）四種章法。

末如吳文英〈浣溪沙〉：

> 門隔花深夢舊遊，夕陽無語雁歸愁。玉纖香動小簾鉤。　　落絮
> 無聲春墮淚，行雲有影月含羞。東風臨夜冷於秋。

此詞寫夢後懷舊之情，採「先情後景」（上層）的結構統合而寫成。

以「情」而言，為開端兩句。其中起句，寫夢中，直接切入夢遊，敘明舊遊之地，寫得極為幽深、隱約[15]，有「室邇人遠」之意為「因」；次句寫夢醒，為「果」，拈出一「愁」字以貫串全篇；形成「先因後果」（次層）的結構。

以「景」而言，自「玉纖」句起至篇末，寫夢後。在此先以上片末句，寫夢後捲簾（人為——人），藉以襯托懷舊之情（愁），很自然地所得之「愁」就格外多了；然後在下片三句，依序寫夢後所見落絮、月羞、風臨等景物（自然——天），形成「先人後天」（次層）包孕「並列（一、二、三）」（底層）的結構。而特地又將「絮落」擬之為「春墮淚」、「行雲有影」喻之為「月含羞」，且用「冷於秋」強化夜境之淒涼，以推深懷舊之情。如此，懷舊之情（愁）就充滿字裡行間了。

---

15 吳惠娟：《唐宋詞審美觀照》（上海市：學林出版社，1999 年 8 月一版一刷），頁 14。

附結構系統表供參考：

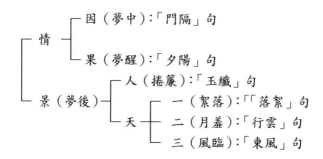

可見此詞主要用了「情景」（1疊）與「天人」（1疊）兩種章法，另外又旁及「因果」（1疊）與「並列（一、二、三）」（1疊）兩種章法。

第四節　章法與描寫文體

茲就常見於描寫文體中的章法特色及其實例，分述如下：

一　常見於描寫文體中的章法特色

描寫文體以「情」與「景（物）」之複合為主，其重心在「景」，而「情」往往在篇外[16]，多見於古今散文或詩歌。比較適用於此之章法，以「情景」、「圖底」、「知覺轉換」與「空間」（遠近、大小、高低……）為最常見。除「情景」已見於上文外，茲略介其其餘類型之特色如下：

以「圖底」而言，是組合焦點與背景而形成的一種章法。在篇章中出現的材料，有一些是焦點所在的「圖」，有一些是充當背景的「底」，

16　陳滿銘：〈談篇章的縱向結構〉，頁259-300。

兩兩配合起來，就形成邏輯層次。「底」相對於「圖」而言，能起著烘托的作用，「圖」相對於「底」而言，卻有著聚焦的功能，因此一烘托、一聚焦，篇章就會顯得豐富有層次，而且焦點突出。

以「知覺轉換」而言，是在篇章中描摹不只一種的知覺，藉此展現創作者對大千世界多面認識的一種章法。人的任何一種知覺活動，都離不開感覺；因此人的感覺器官接收客觀世界的訊息，經過審美心理的運作後，就產生了種種的知覺美。在這之中，視覺和聽覺出現的次數最頻繁，與美的關係也最密切，因此這兩種知覺特稱為「美的知覺」；不過，各種知覺之間，都是彼此輔助的；而且最終都會匯歸為「心覺」，在心覺中獲得內在統一，這才是目的與極致。

以「空間」而言，有多種：一是「遠近」，乃將空間遠、近變化記錄下來而形成的一種章法。「由近而遠」的空間變化中，距離由近而遠地拉開，附著於空間的景物也漸次的呈現在讀者眼前，造成一種「漸層」的效果；而且空間若向遠方無限延伸時，常會使人湧起一股崇高感，並使其中醞釀的情緒得到最大的加強。而「由遠而近」則會將空間拉近，並讓近處的景物得到最大的注意。此外尚有多種「遠近迭用」的空間結構，這一方面可以滿足愛好新奇變化的審美心理，而且也合乎中國傳統遠近往還的遊賞方式。二是「內外」，乃將文學作品中所出現建築物內、外的空間轉換表達出來的一種章法。因為有建築物（門、窗、帷、牆……）在「隔」，因此這種內外空間造成的「漸層」效果最好，也因此而特別有一種幽深曲折的美感，最適合用來醞釀幽邃的境界。三是「左右」，將空間在左、右之間移動，而造成的橫向變化記錄下來的一種章法。向左、右延展的空間，最能傳達出「均衡」的美感，而且特別容易造成遼闊的空間感，也因此而產生安定靜穆的感受。此外，這種空間很容易凸顯出在左、右造成均衡的物（或人），這也是特色之一。四是「高低」，乃記載文學作品中空間高、低變化的一種章法。在「由低

而高」的空間中，方向是往上的，因此給人一種輕鬆、自由的感受；而且當它創造出一個高偉的空間時，容易使審美主體由靜觀而融合，終於達致崇高的情境。至於「由高而低」的置景法，則方向是往下的，因此沉重、密集、束縛，可是力量也因此而非常驚人。而「高低迭用」的空間，則可靈活的收納上上下下的景物，以烘托出作者的主觀情感。五是「大小」，乃將空間中大的面與小的面之間，擴張、凝聚的種種變化記錄下來的一種章法。 大小空間展現的是平面美。形成的若是「由大而小」的包孕式空間，則最後會凝聚在小小的一「點」上，具有最強大的集中效果。「由小而大」的輻射式空間剛好相反，會有擴大、奔放的效果，是平面美的極致。而「大小迭用」的空間，則會形成「大者更擴散、小者更集中」的效果。

二　常見於描寫文體中的章法實例

　　茲舉幾篇古典詩詞曲為例，略作說明，並輔以結構系統表，以見一斑。首如王維的〈輞川閑居贈裴秀才迪〉詩：

　　寒山轉蒼翠，秋水日潺湲。倚杖柴門外，臨風聽暮蟬。渡頭餘落日，墟里上孤煙。復值接輿醉，狂歌五柳前。

　　此詩乃作者與裴迪秀才相酬為樂之作。在一特定時空之下，作者藉自然景物與人物形象之刻畫，以襯托自己閒適之情，採「由先（昔）而後（今）」（上層）包孕兩疊「先底後圖」（次層）的結構寫成。
　　以「先（昔）」而言，為首、頸兩聯，以「先底後圖」（次層）包孕「先高後低」（底層）與「先聽覺後視覺」（底層）的結構進行描寫。以「後（今）」而言，為頷、末兩聯，一樣以「先底後圖」（次層）包孕「先低後高」（底層）與「先聽覺後視覺」（底層）的結構加以描寫。

如此具體描繪了「輞川」附近的水陸秋景與暮色，勾勒出一幅有色彩、音響和動靜的和諧畫面，使全詩於一派悠閒之自然圖案中，很生動地嵌入了作者自己倚杖聽蟬，和裴迪狂歌而至的人事景象；使兩者相映成趣，而形成了物我一體的藝術境界[17]，十分活潑地將「輞川閑居」之樂作了具體表達。

附結構系統表供參考：

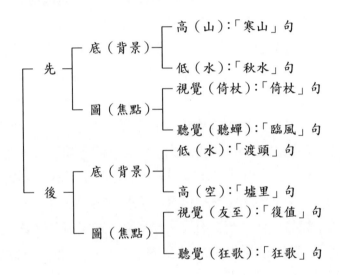

可見此詩主要用了「圖底」（2疊）、「高低」（2疊）與「知覺轉換（視、聽）」（2疊）三種章法，另外又旁及「先後（今昔）」（1疊）一種章法。

次如李白〈登金陵鳳凰臺〉：

---

17 李浩：《唐詩的美學闡釋》（合肥市：安徽大學出版社，2000年4月一版一刷），頁255。

鳳凰臺上鳳凰遊，鳳去臺空江自流。吳宮花草埋幽徑，晉代衣冠成古邱。三山半落青天外，二水中分白鷺洲。總為浮雲能蔽日，長安不見使人愁。

　　這首詩藉作者登臺之所見所感，以寫其身世之悲與家國之痛，採「圖、底、圖」（上層）的結構統合而寫成。

　　以頭一個「圖」而言，為起聯，扣緊詩題「金陵鳳凰臺」，用「先昔後今」（次層）的結構，一面突出登臨之地點，一面用「遊」與「去」寫其盛衰，以寓興亡之感。以「底」而言，為頷、頸兩聯，用「先近後遠」（次層）包孕「先近後遠」（底層）、「先高後低」（底層）的結構來描寫：先以「吳宮」二句，就近寫今日所見「幽徑」與「古邱」之「衰」景，而用「吳宮花草」與「晉代衣冠」帶入昔日之「盛」況，形成強烈對比，以深化興亡之感；後以「三山」二句，將空間拓大，就「高」帶出「三山」、就「低」帶出「二水」，以一直延伸到「長安」的山水勝景；這對上敘的「臺」或下敘的「人」（不見長安之作者）而言，均有烘托、襯映的作用。以後一個「圖」而言，為尾聯，聚焦到自己身上，以「浮雲」之「蔽日」譬眾邪臣之蔽賢、「長安」之「不見」喻己之謫居在外，既為自己被排擠出京而憤懣，又為唐王朝將重蹈六朝覆轍而憂慮；寫來感人至深。

附結構系統表供參考：

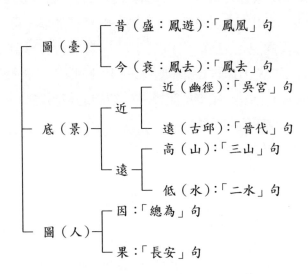

可見本詩主要用了「圖底」（1疊）、「遠近」（2疊）與「高低」（1疊）三種章法，另外又旁及「今昔」（1疊）與「因果」（1疊）兩種章法。

又如辛棄疾〈西江月〉：

> 明月別枝驚鵲，清風半夜鳴蟬。稻花香裡說豐年，聽取蛙聲一
> 片。　　七八箇星天外，兩三點雨山前。舊時茅店社林邊，路轉
> 溪橋忽見。

這闋詞，題作「夜行黃沙道中」，採「先聽覺後視覺」（上層）的結構統合而寫成。

以「聽覺」而言，為其上片，主要的是寫夜行黃沙道中所聽到的各種聲音：起先是「別枝」上的鵲聲，其次是「清風」中的蟬聲，最後是稻田裡的蛙聲；這可以說是用「由小及大」（底層）的結構加以呈現的。

以「視覺」而言，為其下片，主要的是寫夜行黃沙道中所見到的各種景物：起先是遙天外的疏星，其次是山嶺前的雨點，最後是社林邊的溪橋；這可以說是用「由遠及近」（底層）的結構加以呈現的。

對此，常國武說：「全篇用白描手法描寫夜行黃沙到中的所見所聞。作者選擇了夏夜山鄉的幾個典型景物，將動景與靜景、聲音與色彩、天上與地上，巧妙、和諧地組織在一連串的鏡頭之中，一一展現在讀者的眼前。」[18]道出了本詞特色。

附結構系統表供參考：

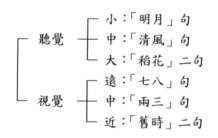

可見此詞主要用了「視聽轉換（視、聽）」（1 疊）、「大小」（1 疊）與「遠近」（1 疊）三種章法，而未旁及其他章法。

又如姜夔〈揚州慢〉：

淮左名都，竹西佳處，解鞍少駐初程。過春風十里，盡薺麥青青。自胡馬、窺江去後，廢池喬木，猶厭言兵。漸黃昏，清角吹寒，都在空城。　　杜郎俊賞，算而今、重到須驚。縱荳蔻詞工，青樓夢好，難賦深情。二十四橋仍在，波心蕩、冷月無聲。念橋邊紅藥，年年知為誰生。

18　《辛稼軒詞集導讀》（成都市：巴蜀書社，1988 年 9 月一版一刷），頁 238。

　　此詞有題序云：「淳熙丙申至日，余過維揚。夜雪初霽，薺麥彌望。入其城，則四顧蕭條，寒水自碧，暮色漸起，戍角悲吟。余懷愴然，感慨今昔，因自度此曲。千巖老人以為有〈黍離〉之悲也。」可知是一篇感懷今昔的作品，寫於宋孝宗淳熙三年（1176），即金主完顏亮大舉南犯後的十五年。由於這時揚州依然未從兵燹中恢復過來，於是作者在目睹揚州蕭條的景象後，便不禁傷今懷昔，而填了這首詞，以寄託對揚州昔日繁華的追念與今日河山殘破的哀思。採「實、虛、實」（上層）的結構統合而寫成。

　　以頭一個「實」而言，為上片，用「先事後景」（次層）包孕「先因後果」（三層）、「先外後內」（三層）與「先視覺後聽覺」（底層）的結構加以呈現：先在起首三句，以「名都」、「佳處」，泛寫揚州昔日的繁華，從而交代自己所以選揚州為旅程首站的原因。「過春風」八句，轉就揚州今日之荒涼，寫自己「過維揚」之所見所聞：其中「過春風」兩句，藉「薺麥青青」，寫城外的荒涼，「自胡馬」六句，藉廢池喬木、空城寒角，寫城內的荒涼，將情寓於景，以抒發無限的今昔之感。

　　以「虛」而言，為下片開端五句，用「先因後果」（次層）的結構，藉杜牧的〈贈別〉與〈遣懷〉兩詩，帶出揚州昔日的繁華，以「重到須驚」、「難賦深情」，側寫揚州今日的蕭條，在相互對比下，把無限的今昔之感又推深一層。

　　以後一個「實」而言，為「二十四橋」四句，用「先景後情」（次層）的結構。就二十四橋和橋邊，寫盛景不再，以進一步抒發今昔之感作收。

　　縱觀此詞，以今昔之感貫串全篇，寫得悽愴至極，千巖老人以為有〈黍離〉之悲，是一點也沒錯的。

附結構系統表供參考：

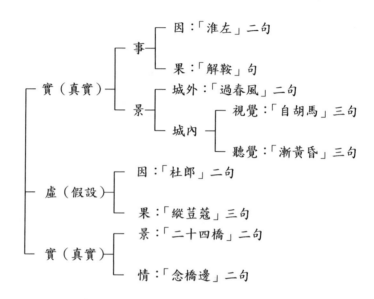

可見此詞主要用了「情景」（1疊）、「內外」（1疊）與「知覺轉換（視、聽）」（1疊）三種章法，另外又旁及「虛實」（1疊）、「景事」（1疊）與「因果」（1疊）三種章法。

再如周密〈聞鵲喜〉：

天水碧，染就一江秋色。鰲戴雪山龍起蟄，快風吹海立。　數點煙鬟青滴，一杼霞綃紅濕。白鳥明邊帆影直，隔江聞夜笛。

這闋詞，題作「吳山觀濤」，詠錢塘江潮，採「先圖後底」（上層）的結構統合而寫成。

以「圖」而言，為上片，寫潮來之時，用「先底後圖」（次層）包孕「由先（昔）而後（今）」（底層）的結構加以呈現：先以起二句，寫江天一碧的秋色，為潮起設下遠大的背景。後以「鰲戴」二句，寫潮

水陡起的迅猛景象；作者在此，除用鰲背雪山、龍騰水底來加以形容外，又以「快風」來推波助瀾，這樣當然就使「海」空高立了；江潮之壯觀，由此可見。

以「底」而言，為下片，寫潮過之後，用「先遠後近」（次層）包孕「先視覺後聽覺」（底層）的結構加以呈現。它先以「數點」二句，寫潮過後的遠山和雲霞，在煙水上，一青一紅，顯得格外綺麗。後以「白鳥」二句，就視覺，寫帆影邊的鷗鷺；就聽覺，寫隔江傳來的夜笛。作者就這樣以平和的靜景，和上片所寫潮來時壯觀的動景，形成強烈對比，產生了映襯的最佳效果。

對此，李祚唐分析說：「上片依人的視覺，由遠及近，潮來時雷霆萬鈞之勢，已全在眼前。下片復由上片的劇烈動態轉為平緩，逐漸消失為靜態。」又針對著下片說：「這種平靜，正是在洶湧喧囂過後，才體驗得分外真切；而它反過來，不也襯托出錢塘江潮的格外壯觀嗎？詞人寫潮，即充分借助了這種靜與動的相互對比和彼此轉換，因而著語雖不多，效果卻非常明顯」[19]。體會得很真切。

附結構系統表供參考：

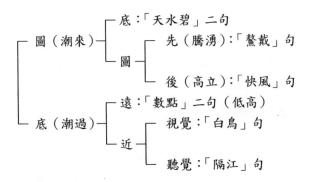

---

19 陳邦炎主編：《詞林觀止》上（上海市：上海古籍出版社，1994 年 4 月第一版），頁694。

可見此詞主要用了「圖底」（2疊）、「遠近」（1疊）與「知覺轉換（視、聽）」（1疊）三種章法，另外旁及「先後（今昔）」（1疊）一種章法。

末如張可久〈梧葉兒〉：

> 薔薇徑，芍藥闌，鶯燕語間關。小雨紅芳綻，新晴紫陌乾。日長繡窗閒，人立秋千畫板。

這首曲藉春日所見景物以懷人，採「先底後圖」（上層）的結構統合而寫成。

以「底」而言，為前六句，用「先外後內」（次層）包孕「視、聽、視」（底層）的結構加以描寫。依序是「闌」、「徑」旁的薔薇與芍藥、「語間關」的鶯與燕、小雨後的紅芳與紫陌（外）和閒靜的繡窗（內），以此襯出孤單之情來，因為這種孤單之情，可由他所見之紅芳（含薔薇與芍藥）與鶯燕透出一些消息，因為花除了象徵美好的時光外，也經常用以象徵所思念之人，而鶯燕，一由於金昌緒的〈春怨〉詩：「打起黃鶯兒，莫叫枝上啼。啼時驚妾夢，不得到遼西」，一由於往往成雙，最適合用來反襯孤單，所以和離情都脫不了關係。以「圖」而言，為末句，寫站在秋千板上的人（即主人翁）。孤單的人立於此秋千之上，自然會想起當年盪此秋千之人，與相思之情是分不開的。因此這首曲，雖未明說是「懷人」，但由於描寫了這些景物，便使得「懷人」的義蘊呼之欲出了。

附結構系統表供參考：

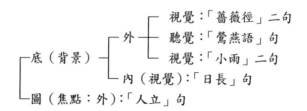

　　可見此曲主要用了「圖底」（1 疊）、「內外」（2 疊）與「知覺轉換（視、聽）」（1 疊）三種章法，而未旁及其他章法。

　　由於章法所呈現的是辭章內容材料（情、理、景〔物〕、事）間的邏輯關係，而任何一篇作品的內容材料又很少是單一的，因此所涉及的邏輯關係必然多樣，使得各種文體，除了各自常見的幾種章法外，另須旁及其他章法，以求完整呈現其結構系統。就先以上舉的實例所用章法來說，論說文體在「正反」（9 疊）、「敘論」（4 疊）、「平側」（平提側注 1 疊、平提側收 2 疊）與「立破」（2 疊）之基礎上，又旁及了「因果」（10 疊）、「凡目」（6 疊）、「並列」（4 疊）、「賓主」（3 疊）、「問答」（3 疊）、「虛實」（2 疊）、「今昔」（1 疊）與「點染」（1 疊）等多種。記敘文體在「因果」（7 疊）、「賓主」（6 疊）、「先後（今昔）」（4 疊）與「敘論」（3 疊）等四種之基礎上，又旁及了「點染」（5 疊）、「問答」（3 疊）、「凡目」（2 疊）與「正反」（2 疊）、「平側（平提側收）」（1 疊）、「圖底」（1 疊）、「眾寡」（1 疊）與「公私」（1 疊）等多種。抒情文體在「情景」（4 疊）、「天人」（4 疊）、「虛實」（3 疊）與「泛（情）具（景、事）」（2 疊）等四種之基礎上，又旁及「因果」（4 疊）、「高低」（4 疊）、「並列（一、二、三）」（2 疊）、「問答」（1 疊）、「圖底」（1 疊）、「賓主」（1 疊）、「大小」（1 疊）、「凡目」（1 疊）與「先（昔）後（今）」（1 疊）等多種。描寫文體在「圖底」（7 疊）、「知覺轉換（視、聽）」（7 疊）、「高低」（4 疊）、「遠近」（4 疊）、「內外」（2 疊）、「情景」（1 疊：「情景」章法之所以少見，是由於這類「描寫」文體之「情」多在篇外的緣故）與「大小」（1 疊）等多種之基礎上，又旁及「先後（今昔）」（4 疊）、「因果」（2 疊）、「虛實」（1 疊）與「景事」（1 疊）等多種。次以上舉實例中的各體常見章法而言，「因果」與「今昔」（時間）通用於各體，「圖底」與「空間」（遠近、大小、內外……）通用於記敘、抒情與描寫，「虛實」通用於論說、抒情與描寫，「賓主」通用於論說、

記敘與抒情,「平側」通用輿論說與記敘。末以只見於旁及之章法來看,「凡目」與「問答」通用於論說、記敘與抒情,「點染」通用於論說、記敘與描寫,「並列」通用於論說與抒情。凡此可知:一種文體,雖有其比較適用的幾種章法,卻不以此為限,甚且這幾種比較適用的章法,也一樣會出現在其他的文體裡,這種既可專用又可通用的章法特性,由此可充分看出。

第七章
章法的藝術特色

　　章法所呈現的是宇宙萬事萬物的「層次邏輯」關係，落於辭章上，就形成以「層次邏輯」表出內容的「組織形式」。因此，一篇主旨與風格是「內容中的內容」，而章法則為「內容中的形式」[1]。兩者在分析辭章時，是必須加以兼顧，以表現其藝術性的。王希杰說：「文章是內容和形式的統一體。章法是文章內容的形式結構方式，這一方式一定要通過形式來體現出來。……內容和形式上都並列的是最整齊的結構。內容並列而形式不並列的，或是不懂章法，或是藝術趣味的追求：自然，不雕琢。內容不並列而形式並列的是文章藝術化手法。」[2] 如以「多二一（0）」螺旋結構切入，則「內容中的內容」的藝術趣味為「一（0）」、「內容中的形式」的藝術手法為「多、二」。本文即著眼與此，分「多、二」、「一（0）」與「多二一（0）」三層進行探討，以凸顯辭章以章法為重心之藝術性。

第一節　「多二一（0）」螺旋結構之形成

　　古代的聖賢，探討宇宙萬物創生、含容的歷程，結果用「多二一（0）」的螺旋結構來呈現。大致說來，古代的聖賢是先由「有象」（現

1　陳滿銘：〈篇章內容、形式包孕關係探論——以多二一（0）螺旋結構切入作探討〉，臺灣師大《中國學術年刊》32 期秋季號（2010 年 9 月），頁 283-319。

2　王希杰：〈章法學門外閒談〉，《平頂山師專學報》18 卷 3 期（2003 年 6 月），頁 55-56。

象界）以探知「無象」（本體界），逐漸形成「多、二、一（0）」的逆向結構；再由「無象」（本體界）以解釋「有象」（現象界），逐漸形成「（0）一、二、多」的順向結構的。就這樣一順一逆，往復探求、驗證，久而久之，終於確認了兩者是互動、循環而提升的螺旋關係[3]。

　　而這種系統形成之過程，在〈序卦傳〉裡就約略地加以交代，雖然它們或許「因卦之次，託以明義」[4]，但由於卦、爻，均為象徵之性質，乃一種概念性符號，即一般所說的「象」，象徵著宇宙人生之變化與各種物類、事類。就以《周易》而言，它的六十四卦，從其排列次序看，就粗具這種特點[5]。而各種物類、事類在「變化」中，循「由天（天道）而人（人事）」來說，所呈現的是「（一）二、多」的結構，這可說是〈序卦傳〉上篇的主要內容；而循「由人（人事）而天（天道）」來說，則所呈現的是「多、二（一）」的結構，這可說是〈序卦傳〉下篇的主要內容。再看《易傳》：

　　　　一陰一陽之謂道，繼之者善也，成之者性也。……生生之謂易，
　　　　成象之謂乾，效法之謂坤。（《周易・繫辭上》）
　　　　是故易有太極，是生兩儀，兩儀生四象，四象生八卦。（同上）

3　凡「二元對待」之兩方，都會產生互動、循環而提升的作用，而形成螺旋結構。而所謂「螺旋」，本用於教育課程之理論上，早在十七世紀，即由捷克教育家夸美紐思所提出，見許建鉞編譯《簡明國際教育百科全書》（北京市：新華書局北京發行所，1991 年 6 月一版一刷），頁 611。又，相對於人文，科技界亦發現生命之「基因」和「DNA」等都呈現螺旋結構。參見約翰・格里賓著、方玉珍等譯：《雙螺旋探密——量子物理學與生命》（上海市：上海科技教育出版社，2001 年 7 月版），頁 271-318。

4　戴璉璋：《易傳之形成及其思想》（臺北市：文津出版社，1989 年 6 月臺灣初版），頁 186-187。

5　徐復觀：《中國人性論史・先秦篇》（臺北市：臺灣商務印書館，1978 年 10 月四版），頁 202

在這些話裡，《易傳》的作者用「易」、「道」或「太極」來統括「陰」（坤）與「陽」（乾），作為萬物生生不已的根源。而此根源，就其「生生」這一含意來說，即「易」，所以說「生生之謂易」；就其「初始」這一象數而言，是「太極」，所以《說文解字》於「一」篆下說「惟初太極，道立於一，造分天地，化成萬物」[6]；就其「陰陽」這一原理來說，就是「道」，所以說「一陰一陽之謂道」。分開來說是如此，若合起來看，則三者可融而為一。這樣，其順向歷程就可用「一、二、多」的結構來呈現，其中「一」指「太極」、「道」、「易」，「二」指「陰陽」、「乾坤」（天地），「多」指「萬物」（含人事）。如果對應於〈序卦傳〉由天而人、由人而天，亦即「既濟」而「未濟」之的循環來看，則此「一、二、多」，就可以緊密地和逆向歷程之「多、二、一」接軌，形成其螺旋系統。

這種螺旋系統，在《老子》一書中，不但可以找到，而且更趨完整：

> 無，名天地之始；有，名萬物之母。（一章）
> 致虛極，守靜篤，萬物並作，吾以觀復。凡物芸芸，各復歸其根。歸根曰靜，是謂復命，復命曰常。知常曰明。（十六章）
> 道生一，一生二，二生三，三生萬物。萬物負陰而抱陽，沖氣以為和。（四十二章）

從上引文字裡，不難看出老子這種由「無」而「有」而「無」的主張。所謂「道生一，一生二，二生三，三生萬物」，是就「由無而有」，亦即「一而多」的順向過程來說的。而所謂「各復歸其根」，是就「有」

6　黃慶萱：《周易縱橫談》（臺北市：三民書局，1995 年 3 月初版），頁 33-34。

而「無」，亦即「多而一」的逆向過程來說的。而在此兩者之間，老子是以「反」作橋樑加以說明的。而這個「反」，除了「相反」、「返回」之外，還有「循環」的意思[7]。如此「相反相成」、循環不已，說的就是「變化」，而「變化」的結果，就是「返回」至「道」的本身，這可說是變化中有秩序、秩序中有變化之一個循環歷程。

這樣，結合《周易》和《老子》來看，在「由一而多」（順）、「多而一」（逆）的循環過程中，是有「二」介於中間，以產生承「一」啟「多」的作用的。而這個「二」，該就是「一生二，二生三」的「二」。而此「二」，乃指「陰陽二（兩）氣」。如此，老子的「一」該等同於《易傳》之「太極」、「二」該等同於《易傳》之「兩儀」（陰陽），因此所呈現的，和《周易》一樣，是「一、二、多」與「多、二、一」之原始結構。

不過，值得注意的是：「道生一」的「道」，既是創生宇宙萬物的一種基本動力，那麼老子的「道」可以說是「無」，卻不等於實際之「無」（實零）[8]，而是「恍惚」的「無」（虛零），以指在「一」之前的「虛理」[9]。這種「虛理」，如勉強以「數」來表示，則可以是「（0）」。這樣，順、逆向的結構，就可調整為「（0）一、二、多」（順）與「多、二、一（0）」（逆），以補《周易》之不足，這就使得宇宙萬物創生、

7　姜國柱：《中國歷代思想史〔壹、先秦卷〕》（臺北市：文津出版社，1993 年 12 月初版一刷），頁 63。

8　馮友蘭：「謂道即是無。不過此『無』乃對於具體事物之『有』而言的，非即是零。道乃天地萬物所以生之總原理，豈可謂為等於零之『無』。」見《馮友蘭選集》上卷（北京市：北京大學出版社，2000 年 7 月一版一刷），頁 84

9　唐君毅：「所謂萬物之共同之理，可為實理，亦可為一虛理。然今此所謂第一義之共同之理之道，應指虛理，非指實理。所謂虛理之虛，乃表狀此理之自身，無單獨之存在性，雖為事物之所依循、所表現，或所是所然，而並不可視同於一存在的實體。」見《中國哲學原論·導論篇》（香港：人生出版社，1966 年 3 月出版），頁 350-351。

含容的順、逆向歷程，更趨於完整而周延了[10]。

就這樣，在「天」、「人」互動之作用下，形成統括各種事物、各個層面的「多二一（0）」螺旋系統，而辭章體系就孕含其中。就以其藝術性而言，「內容中的內容」的藝術趣味為「一（0）」、「內容中的形式」的藝術手法為「多、二」，可藉以看清密切關係。

第二節　章法「多、二」的藝術特色

在此，分「個別章法」與「結構系統」兩層進行探討：

一　個別章法

以下就其「理論基礎」與「實例解析」分別論述：

（一）理論基礎

章法對應於自然規律，有其客觀性[11]，藉以反映宇宙事事物物形成「層次邏輯」之藝術性。以目前所發現的四十多種章法來看，全建立在「陰陽二元對待」之基礎上，自成陰陽、剛柔。大抵而論，屬於本、先、靜、低、內、小、近……的，為「陰」為「柔」，屬於末、後、動、高、外、大、遠……的，為「陽」為「剛」[12]。譬如：

立破法：以「立」為陰為柔、「破」為陽為剛。
正反法：以「正」為陰為柔、「反」為陽為剛。

---

10 陳滿銘：〈論「多二一（0）」的螺旋結構——以《周易》與《老子》為考察重心〉，臺灣師大《師大學報・人文與社會類》48 卷 1 期（2003 年 7 月），頁 1-20。
11 王希杰：〈陳滿銘教授和章法學〉，《畢節學院學報》總 76 期（2008 年 2 月），頁 1-5。
12 陳望衡：《中國古典美學史》（長沙市：湖南教育出版社，1998 年 8 月一版一刷），頁 184。

凡目法：以「凡」為陰為柔、「目」為陽為剛。

賓主法：以「主」為陰為柔、「賓」為陽為剛。

虛實法：以「虛」為陰為柔、「實」為陽為剛。

以此為基礎，各種章法可單由「移位」（陰→陽或陽→陰）所組成，也可由「移位」、「轉位」（陰、陽、陰或陽、陰、陽）所組成，而各因其不同之屬性與變化，便形成不同的藝術特色。茲以上述五種章法為例，略予說明，以見其不同藝術性[13]。

以「立破」而言，所謂「立」就是提出論點或概念，「破」就是駁斥或顛覆。「立破法」就是針對同一事物，運用立、破的方式使其形成針鋒相對的態勢，繼而使欲探討的主題更加是非分明的一種章法[14]。

從心理學的角度來看，「創生」與「破壞」是存在於人性中的兩大範疇。佛洛伊德在晚期修正的本能理論中，將自衛、求生的本能與性本能合稱為「生的本能」；又提出與其相對的「死的本能」。「生的本能」是一種表現個體生命發展和愛欲的本能力量，它代表著潛伏在生命中一種進取性、創造性的活力。「死的本能」則是以破壞為目的的攻擊本能，它的終極目的就是從生命狀態回復或倒退到無機物的狀態。人的攻擊本能既投向外界，表現為攻擊性、挑叛性，也轉向自身，成為性虐待狂和被虐狂、自我懲罰、自我毀滅的根源[15]。

從人類文明發展的歷史軌跡來看，也是一個顛覆與重建的過程。後

---

13 這五種章法的說明，參見蒲基維：〈章法類型概說〉，《大學國文選‧教師手冊‧附錄三》（臺北市：普林斯頓國際公司，2011年7月二版修訂），頁483-522。

14 仇小屏：《篇章結構類型論》（下）（臺北市：萬卷樓圖書公司，2000 年 2 月初版），頁 438。

15 蔣孔陽、朱立元主編、朱立元、張德興：《西方美學通史‧二十世紀美學（上）》之第八章「精神分析學美學」（上海市：上海文藝出版社，1999 年 11 月一版一刷），頁 267-268。

現代理論的興起，即印證了這一過程的存在。毛崇杰說：

> 人在不同歷史階段都不免要對其自身及其所創造的文明進行一番重新審視。後現代便是我們身處並將走出的一個歷史過渡階段。這一階段由於歷史運動的方向性與目的性被取消（反線性歷史、反目的論），價值體系處於新的顛覆語境中。後現代的「過渡性」即從「建構—結構—解構—解構之解構—再建構」這樣一個總體式邏輯關係來看「後現代性」。這也意味著價值體系的顛覆與重建。[16]

在人類心理中既存在著「創生」與「破壞」等性格，而人類文明發展又是一個「顛覆」與「重建」的過程，其反映在文藝創作中，當然會運用「建立—破壞」的二元對立邏輯來架構辭章。章法中的「立破」就是在此心理學與哲學基礎中成立的。

「立破」中的「立」，通常是積非成是的觀念或為習以為常的成見，這是「心理的惰性」所造成的，而「破」就是「以異常的材料組接向心理的惰性挑戰，啟迪思維的昇華」[17]，這種挑戰可能顛覆讀者既有的思維，使辭章呈現耳目一新的感染力。「立」與「破」之間會形成「質地張而弓矢至」的關係，「破」對「立」的挑戰，如同打蛇捏住七寸予以致命一擊，從而產生「淋漓暢快」的美感效果。「立破法」之「針鋒相對」的質性，使其較「正反法」更有醒目、活躍的效果，其「對比」的特色是更為強烈的。因此，對於辭章的「陽剛」之氣必然造成極大的影響。

---

16 毛崇杰：《顛覆與重建——後批評中的價值體系》（北京市：社會科學文獻出版社，2002 年 5 月一版），頁 1。

17 錢谷融、魯樞元：《文學心理學》（臺北市：新學識文教中心，1990 年 9 月臺初版），頁 221。

　　以「正反」而言，所謂「正反」法就是把兩種差異極大的材料並列起來，形成強烈的對比，並藉由反面材料來襯托正面材料，以強化主旨之說服力的一種章法。[18] 它和修辭學上「映襯」格的作用相似，只是映襯格屬於字句鍛鍊，而正反法屬於篇章修飾，兩者的適用範圍有大小之別。

　　「映襯」的普遍定義，就是在語文中把不同的，特別是相反的觀念或事實對列起來，兩相比較，從而使語氣增強、意義明顯的一種表現方式[19]。其心理基礎相通於任何藝術形式，所以也可用來詮釋「正反」章法。從客觀因素的角度來說，「映襯」手法的形成，來自於人性內在和宇宙內在既有的矛盾。在複雜的人性當中，理性與感性、熱衷與冷漠、快樂與痛苦、興奮與沮喪、勇敢與膽怯、進取與墮落、節制與慾望、驕傲與謙虛等互相矛盾的人格，常在同一時空錯雜於人性之中，令人無法分判。而我們所處的世界也處處充滿了對立與矛盾，如天氣的變化，時而春和景明，時而風雨如晦；大海的景致，時而風平浪靜，時而驚濤駭浪；我們面對人性及宇宙自然的善變、矛盾，當然不會無動於衷。

　　因此，從主觀因素來說，這些反差極大的矛盾，是有可能在人的心理上產生「鏈式反映」，而「對映式」的聯想就是鏈式反映中最為常見的。張紅雨針對這種「對映式的鏈式反映」曾分析說：

　　　　寫作主體面對審美對象還會出現一種逆態心理，感到激情物美得
　　　　突出和鮮明，常常會想到與激情物相對立的其他型態。高與低、
　　　　大與小、快與慢、美與醜等等都是相對而言的，在人們的腦海之
　　　　中都有一個模糊標準，這個標準是長期審美經驗沈澱、積累得出

---

18 《篇章結構類型論》（下），頁 406。
19 黃慶萱：《修辭學》（臺北市：三民書局，2002 年 10 月增定三版一刷），頁 287。

的結果。所以當審美對象以它特有的姿態作用於審美主體的時候，在腦海中立刻浮現出與之對映的許多新型態來同審美對象比較、衡量，使審美對象的特點更為突出，姿態更優美，從而成為激情物，引起人們的審美衝動，產生美感。[20]

　　這裡同時從心理學和美學的角度分析了人類心理對反差事物的感應與儲存，也強調人類具有「對映聯想」的本能與衝動，這就是產生對比性美感的原動力。

　　在客觀因素中，人性與宇宙既存在著對立與矛盾；而主觀上，人類心理又能充分感知這些對立矛盾，當然會反映在文學作品當中。所以，「正反」章法之所以普遍存在於各類辭章，是可以被理解的。它所形成的對比質性，對於整體辭章的陽剛美感有一定的影響。

　　以「凡目」而言，「凡」是總括，「目」是條分，「凡目法」就是辭章中針對同一事物，運用「總括」與「條分」來組織篇章的一種章法。[21]

　　「凡目法」的形成，基本上是運用了邏輯學上「歸納」與「演繹」的思維。演繹法在西方傳統哲學中被廣泛地運用，而歸納法對於自然科學的發展相當重要，兩種思維方式同時運用了人類心理上的理智與感官等兩種官能。錢志純在解說歸納與演繹的定義時提到：

　　　　吾人用以求知的官能有二，即理智與感官，二者不可偏廢。理智沒有經驗條件，則其推論沒有根據；同樣，經驗條件，康德稱之為知識的塵粒，如果沒有理智來統一，則永遠不能成為科學。由是吾人用以推論的二方法，即演繹與歸納，實有互相輔助之效。

---

20 張紅雨：《寫作美學》（高雄市：麗文文化出版社，1996 年 10 月初版），頁 128。
21 《篇章結構類型論》（下），頁 342。

演繹是由普通原則，推知局部事例；歸納是由局部事例，推知普
遍原則之存在。[22]

　　理智的官能感知到「普遍原則」的存在，而感官所感知則為「局部
事例」。歸納與演繹就是運用這兩種心理成為近代哲學與科學的重要法
則。落到辭章章法上的運用來說，演繹式的思維會形成「先凡後目」的
結構，歸納式的思維會形成「先目後凡」的結構，至於「凡、目、凡」
與「目、凡、目」的結構則是綜合運用了歸納與演繹的方式而形成的。
　　從美學的角度來看，「總括」具有抽象的質性，「條分」則具備具
象性，其融合抽象與具象所形成的美感與「泛具法」相同，所不同的是
「凡目法」中的「條分」呈現了更多條理清晰的美感。此外，「凡、目、
凡」與「目、凡、目」的結構，以「總括」或「條分」分呈於辭章的首
尾，其所形成的「對稱」、「均衡」之美也是相當明顯的。整體而言，「凡
目法」形成了的調和、統一的美感，與風格的「陰柔之美」，是相當契
合的。
　　以「賓主」而言，所謂「賓主法」就是運用輔助材料（賓）來凸顯
核心材料（主），達到「借賓形主」的效果，從而有力地傳達辭章主旨
的一種章法。[23]
　　「賓主法」與「正反法」都是運用襯托的作用來凸顯主旨的章法，
所不同的是，「賓主法」所運用的輔助材料可能是正面，也可能是反面；
且材料的數量可以多種，其「眾賓托主」的形式與「正反法」只有正反
對立的形式有所差異。儘管兩種章法頗有差異，其心理基礎都是來自於
「美感的鏈式反映」，其中「神似式的鏈式反映」可用來詮釋「賓主法」

---

22 錢志純：《理則學》（臺北縣：輔仁大學出版社，1986 年 7 月三版），頁 128。
23 《篇章結構類型論》（下），頁 374。

的心理結構，張紅雨說：

> 寫作主體對引起情緒波動而產生美感的激情物，不僅是觀賞它的
> 外型，更多地是它的神韻，從神態上想到許多神似的內容。[24]

　　如果將此鏈式反映落到文學作品來看，寫作主體欲呈現這一激情物
時，通常會從其神韻想到更多神似的事物，並藉由神似的事物來凸顯主
要激情物，進而與波動的情緒產生連結，傳達出文學作品的核心情理。
　　「神似式的鏈式反映」原本是以「形象思維」的方式進行的，但是
當各種神似的內容與激情物之間有了主客關係的聯繫，寫作主體自然而
然會以邏輯思維的方式來組織主、次材料，其所運用的是一種「美感情
緒的雙邊跳躍」[25]，主、次材料之間可能跳躍轉換得很頻繁，但是在核
心情理（主旨）的貫串之下，使主、次材料各安其位而不致紛亂，從而
產生「映襯」的美感。當然，「賓」與「主」皆在為托出主旨而服務，
彼此之間是「調和」的型態，對於整體辭章「柔和」之美感，也有增強
的作用。
　　以「虛實」而言，虛實類章法所涵蓋的類型相當廣泛，除了「時間
虛實」、「空間虛實」、「假設與事實」之外，還應包括「情景法」、「論
敘法」、「泛具法」、「凡目法」等類型，唯上述四種具有其特性，在章
法上的運用相當廣泛，故應另節闡述。這裡所說的虛實類僅就「時間虛
實」、「空間虛實」、「假設與事實」三種來談。人類具有懸想的能力，

24　《寫作美學》，頁 125。
25　張紅雨：「所謂美感的雙邊跳躍，就是人們在審美的過程中，在美感情緒發生波動的
　　情況下，總希望要縱觀全局，鳥瞰整體。對某一事件的發展不僅希望了解此方，也
　　希望掌握彼方。『知己知彼』這是人們的心理常態，也是審美的一種習慣和反映。」
　　見《寫作美學》，頁 241。

無論就時空或事理來說，都屬於思維活動的放縱形態，張紅雨在《寫作美學》中提到：

> 根據腦科學研究結果證明，人們的思維可大可小，能遠能近，可明可暗，變化多端。不僅限於對現實事物的認識，而且能在現實事物基礎上進行漫延式的無止境的擴展。想象、幻想、理想、假想等，都是思維活動的放縱型態，也就是騰飛反映的表現。[26]

所謂「美感的騰飛反映」，是人類思維在現實事物的基礎上作無止境的漫延與擴展，劉勰在《文心雕龍·神思》所言「寂然凝慮，思接千載」就在說明騰飛反映在時間方面的能力，而「悄焉動容，視通萬里」則是騰飛反映在空間方面的超越功能。這種功能當然可以延伸到事理的思維方面，甚至可以延伸至無自覺的夢境當中。茲以這個心理基礎，分述虛實法在時間、空間及事理、夢境中所產生的美感。

限於篇幅，雖只舉五種章法為例稍予說明而已，卻已足以看出所有章法在藝術之形成上，是各有其特色的。

（二）實例解析

以下特舉全篇用「遠近法」寫成的古典詩詞各一首為例，略作說明，以見一斑：

詩如杜牧〈山行〉：

> 遠上寒山石徑斜，白雲生處有人家。停車坐愛楓林晚，霜葉紅於二月花！

---

26 同前註，頁 131。

　　這是一秋日遊山之作，寫的是作者山行時所見清麗秋色，是採「近、遠、近」的轉位結構加以呈現的。

　　在此，作者以起句，就「近」寫秋山之行，藉高山下石徑之「斜」，突出路的曲折。次句就「遠」用望中白雲中的人家作點綴，使得秋寒的高山顯得格外清幽安詳，而又令人感到溫暖，這是泛就山行所見清景來寫的。至於後二句，則就「近」，寫「山行」時所見紅豔的楓林，採比較的手法，指明沐浴在斜陽之下的楓葉比二月花還來得紅，構成了一幅楓葉流丹、山林盡染的迷人畫面，這是特就山行時所見豔景來寫的。作者即如此用藝術技巧，以清、豔之景襯托出他玩賞秋山楓林時恬靜而愉悅的心情，寄寓了「美好高遠」[27]之詩趣。

　　這樣以「近、遠、近」的轉位（順）結構來呈現內容材料的邏輯結構，可用簡圖表示如下：

```
┌── 近：「遠上寒山石徑斜」
├── 遠：「白雲生處有人家」
└── 近：「停車坐愛楓林晚」二句
```

詞如李白〈菩薩蠻〉：

　　平林漠漠煙如織，寒山一帶傷心碧，暝色入高樓，有人樓上愁。
　　玉階空佇立，宿鳥歸飛急。何處是歸程，長亭連短亭。

　　這是一首望遠懷人的作品，是採「遠、近、遠」（上層）的轉位性

---

27 李元洛評語，見張秉戌主編：《山水詩歌鑑賞辭典》（北京市：中國旅遊出版社，1989 年 10 月一版一刷），頁 349。

結構包孕一疊「先遠後近」與兩疊「先近後遠」（底層）的移位性結構
寫成的。

　　首先以起二句，就「遠」（上層）以「先近後遠」（底層）之結構，
寫「平林」、「寒山」的淒涼景象。其次以「暝色入高樓」兩句，就「近」
（上層）以「先遠後近」（底層）之結構，寫人佇立樓上望遠的情景，
拈出「愁」字，喚醒全篇。然後換頭，又就「遠」（上層）以「先近後遠」
（底層）之結構，先以頭二句，一承「有人樓上愁」，寫人在發愁的樣
子；一承「寒山」、「平林」，寫歸鳥疾飛的動景，從反面激出遊子遲遲
未歸的意思，以表出哀愁；後以結二句，將空間由「寒山」、「平林」
向無窮的遠方推擴出去，寫「長亭連短亭」的漫漫歸程，以襯出不見歸
人的無限愁思。如此詠來，語語含蓄，令人咀嚼不盡。

　　這樣以「遠近」（順、逆）的移位與轉位（逆）結構來呈現內容材
料的邏輯結構，可用簡圖表示如下：

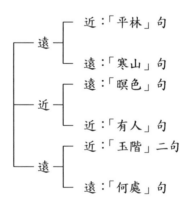

對此「遠近法」，仇小屏指出：

　　張法《中西美學與文化精神》在談到「中西審美的具體方式」時，

說：「在觀照方式上，中國採取仰觀俯察、遠近往還的散點遊目。」（頁321）而這樣的觀照方式自然而然地會體現在文學作品中，所以篇章中遠近法被運用的情形甚為普遍，也形成各種不同的結構，相當富有趣味：（一）遠近法中「由近而遠」的結構，所帶出的視線是呈直線狀的，而直線所表示的審美特性是力量、穩定、生氣、剛強。這與「由近而遠」中的另一種：依據遊蹤所及而形成的路線相比，差異就比較明顯了；因為後者所形成的是曲線，而曲線表示優美、柔和，給人以運動感，這就會造成劉雨《寫作心理學》中所提到的「變化中的距離」（頁136）。而且「由近而遠」會造成「漸層」的效果，劉思量《藝術心理學》說：「愈遠之事物愈模糊，而與近物之清晰形成對比而產生漸層。」（頁183）如此使空間的深度加深，附著於空間的景物層次感顯得十分明晰。……因此空間的延展正配合著作品的情境，使得其中醞釀的情感得到最大的加強作用。（二）「由遠而近」的空間安排比起「由近而遠」來，是「反常」的；但這「反常」自有其特殊的意義。因為「由近而遠」會有延伸的效果，但「由遠而近」則相反的有將景物拉近的作用，因而可以突出一個焦點來。作者之所以要將此焦點凸顯出來，通常有兩個原因：第一個原因是這個焦點可以衍生出其他的情意，例如……可以勾起回憶；其次是可透過特殊的安排，使「最近」變成「最遠」，……同時兼具突出和延展的美感。（三）遠近法中的空間安排除了前述兩種之外，其他全是有變化的；我們可以這麼說：雖然「由近而遠」、「由遠而近」的結構方式相當好用，但創作者就是會有意識地在文章中創造出有變化的空間。……更何況一遠一近地日疊用，還可依次收納不同的景物，使篇章內容更豐富。所以也就難怪創作者要

精心地設計篇章中的空間了。[28]

而蒲基維也認為：

> 所謂「遠近法」就是將空間中遠、近的變化記錄下來的一種章
> 法。「遠近」與距離有關，基於人類視覺的極限，極遠的距離無
> 法呈現意象，然而攝影鏡頭的發明補足了這項缺憾。視覺中的遠
> 近變化就可以通過鏡頭的伸縮、變焦等作用而呈現出來。攝影鏡
> 頭所營造的空間，突破了傳統視覺的極限，正謀合了文學作品中
> 「心理空間」的要求。這種相對於物理空間的主觀感知，可以對
> 現實的物理空間任意地延展或緊縮，「由近及遠」的空間變化，
> 會因為遠方模糊的景物與近處清晰的景物形成對比而產生「漸
> 層」的美感[29]；而「由遠及近」的空間變化，由於將景物拉近而
> 造成焦點，所以除了本來「延展」的效果之外，更具有「突出」
> 的美感。至於「遠近往返」的空間變化，那就融合了上述「漸
> 層」、「延展」、「突出」等效果，而且是更為強烈的。「遠近遊目」
> 本來就是中國審美觀照的典型方式之一，相較於西方人的審美最
> 終要歸結到一個類似於由取景框所範圍的景色上，人的目光形成
> 一個焦點向景物直直地放射而去，是有所差別的。由於「遠近往
> 返」的節奏與中國宇宙的循環節奏相符，由此可知「遠近法」不
> 僅掌握了現實空間的美感，更足以擴而充之，與中國的宇宙氣論
> 相合，發揮其調和的極致之美。[30]

28　《篇章結構類型論》上，頁 67-69。

29　劉思量：「愈遠之事物愈模糊，而與進物之清晰形成對比而產生漸層。」見《藝術心
　　理學》（臺北市：藝術家出版社，1992 年元月二版），頁 183。

30　〈章法類型概說〉，《大學國文選·教師手冊·附錄三》，頁 505-506。

單就藝術性來說，以此參看上舉之例，顯然是相當吻合的。

二　結構系統

以下就其「理論基礎」與「實例解析」分別論述：

（一）理論基礎

　　所有章法，都對應於自然規律，而出自於人類共通的理則。這種共通的理則，可概括為四：即「秩序」、「變化」、「聯貫」、「統一」；這便是章法的四大規律。其中「『秩序』、『變化』與『聯貫』三者，主要是就材料之運用來說的，重在分析；而『統一』，則主要是就情意之表出來說的，重在通貫。」[31] 若針對「秩序律」而言，其「力」的變化是「移位」；針對「變化律」而言，其「力」的變化則是「轉位」，而針對「聯貫律」而言，其「力」的變化則是「包孕」了。

　　「移位」關涉「秩序」，是將材料依序加以整齊安排的意思。任何章法都可依循此秩序律，形成其先後順序。如就遠近法而言，「先近後遠」、「先遠後近」就是依據空間遠近的秩序來組織篇章的，其他的章法也都可以形成如此合乎秩序律的結構[32]。而且張涵主編的《美學大觀》中也說：「秩序，事物的外在形式上部分與部分、整體與部分之間構成特定的有規律的排列組合。指形式因素內部關係有秩序的變化，則構成一種不變與變和諧交叉的形式美。」[33] 由此可知，「秩序」並不是沒有變，而是一種「有秩序的變化」，由於其「力」的變化較為和緩，因此

31 陳滿銘：〈論辭章章法的四大律〉，《章法學論粹》（臺北市：萬卷樓圖書公司，2002年7月初版），頁4。
32 同前註，頁4-5。
33 張涵主編：《美學大觀》（鄭州市：河南人民出版社，1988年1月一版二刷），頁246。

可用「移位」來說明。

　　「轉位」關涉「變化」，是把材料的次序加以參差安排的意思。每一章法依循此變化律，也都可造成順逆交錯的效果。就以今昔法來說，可能有的變化的結構至少有「今、昔、今」和「昔、今、昔」兩種，其他的章法也都可以形成如此變化的結構。它所以會造成這種變化，那是因為「參差安排」的關係，而所形成的是「往復」的現象，所造成的是較大幅度的差異，因此其「力」的變化較為顯著，所以可用「轉位」來說明。

　　「包孕」關涉「聯貫」，是將「章法結構」之上下層以至於整體都形成「聯貫」的意思。每一章法依循此聯貫律，也都可造成上下包孕的效果。而在此包孕性結構中，係陽剛屬性的有兩種類型：「陽中陽」與「陽中陰」；而陰柔屬性的也有兩種類型：「陰中陰」與「陰中陽」。這使「力」的變化趨於層深，因此可用「包孕」來說明。

　　這種章法的「移位」、「轉位」與「包孕」，是可以根據結構系統加以掌握的。而所謂「移位」約有兩種：一是單一結構之移位，亦即章法單元之移位，如「由實而虛」與「由虛而實」、「由正而反」與「由反而正」等就是；一是兩個以上（含兩個）結構之移位，亦即結構單元之移位，如由「先凡後目」而「先底後圖」、由「先昔後今」而「先淺後深」等便是。而「轉位」，也有兩種：一是單一結構之轉位，亦即章法單元的轉位，如「今、昔、今」、「破、立、破」等就是；一是兩個以上（含兩個）結構之轉位，亦即結構單元的轉位，如由「先景後情」而「先情後景」、由「先凡後目」而「先目後凡」等便是。至於「包孕」，其結構可出現在同一「章法」中，如「因果法」的「果（陽）／因（陰）或果（陽）」，這種情況較少；也可以出現在不同「章法」，如「因果法」與「正反法」的「果（陽）／正（陰）或反（陽）」，這種情況較常見。而此三者同是指「力」的變化，所不同的是變化程度較和緩者為「移

位」，變化程度較顯著者為「轉位」，而變化程度趨於深化者為「包孕」，也因此「移位」、「轉位」與「包孕」所造成的節奏（韻律）與所帶出的美感也是有差別的。

而「節奏」是美感的重要來源之一[34]。什麼是節奏呢？楊辛、甘霖等著《美學原理》中提及：

> 構成節奏有兩個重要關係：一是時間關係，指運動過程；一是「力」的關係，指強弱的變化。把運動中的這種強弱變化有規律地組合起來加以反復便形成節奏。[35]

通常比較容易引起注意的節奏，多是可以經由感官來把握的，譬如輕重長短的聲音、冷暖明暗的色彩、曲直橫折的線條、方圓尖斜的形狀等進行有規律的反復[36]；陳本益《漢語詩歌的節奏》從節奏與人的關係著眼，將節奏區分為聽覺上的、視覺上的和觸覺上的，但是他也認為廣義的節奏還可以指某些抽象的東西[37]。王菊生《造型藝術原理》則進一步地認為節奏可以分成「具象」和「抽象」兩種：「具象節奏是客觀具體物體及其形象所具有的節奏。」而「抽象節奏是非客觀具體物象及其構成形式所具有的節奏。抽象物體和抽象構成形式都是從客觀具體物中

---

34 李澤厚曾闡明「美的規則」從何而來？他說：「原始積澱，是一種最基本的積澱，主要是從生產活動中獲得。也就是在創立美的過程中獲得。……由於原始人在漫長的勞動過程生產過程中，對自然的秩序、規律，如節奏、次序、韻律等等掌握、熟悉、運用，使外界的合規律性和主觀的合目的性達到統一，從而才產生了最早的美的形成和審美感受。」見《美學四講》（天津市：天津社會科學院出版社，2001 年 11 月一版一刷），頁 239。

35 楊辛、甘霖：《美學原理》（北京市：北京大學出版社，1989 年 2 月一版四刷），頁 159。張涵主編：《美學大觀》亦有類似的說法，頁 246。

36 蔣孔陽、蔣冰梅、樊莘森、樓昔勇等：《美與審美觀》（上海市：上海人民出版社，1987 年 5 月一版六刷），頁 55。

37 陳本益：《漢語詩歌的節奏》（臺北市：文津出版社，1994 年 8 月初版），頁 2-5。

提煉、抽離出來的，它並不是純主觀的產物。」[38]

「抽象的東西」也可以形成節奏，這點是很重要的。章法的移位、轉位與「包孕」所形成的節奏或韻律，就不是光靠聽覺、視覺或觸覺能夠把握的，但是它能夠暗合人的生理、心理結構，因此可以引起審美的愉悅[39]，所以也就可以產生節奏（韻律）美。而且節奏（韻律）所帶來的美感具有很重大的意義。蔣孔陽、蔣冰梅、樊莘森、樓昔勇等所著的《美與審美觀》中說道：

> 節奏也是事物正常化發展的一種表現形式。客觀世界的許多事物和現象都是在合規律的節奏中存在和發展的。……事物的正常發展都離不開節奏，人的生活需要也離不開節奏。因此，這種符合規律而又有利於人生的節奏，也就成了美的形式。[40]

這段話對節奏（韻律）所以帶來美感的原因，可說作了最好的解釋。

以「章法結構」而言，它所造成之節奏（韻律），它可以從兩方面來加以考察，那就是「從單一結構單元來看」，以及「從兩個以上（含兩個）結構單元來看」。

從單一結構單元來看，無論造成「移位」或「轉位」，都可造成「力」的變化。通常構成節奏有兩個重要關係：一是時間關係，指運動過程；一是力的關係，指強弱的變化。把運動中的這種強弱變化有規律地組合

38　王菊生：《造型藝術原理》（哈爾濱市：黑龍江美術出版社，2000 年 3 月一版一刷），頁 232-233。

39　《美學大觀》：「形式美的規律根源在於客觀世界的自然規律，並與人的生理、心理結構相對應，是人類改造自然的長期歷史經驗在形式規律方面的集中體現。」張涵主編：《美學大觀》，頁 245。

40　《美與審美觀》，頁 55。

起來加以反復，便形成節奏。準此而觀，那麼單一結構就具備了這兩種基本元素：時間和力的關係，所缺者只是「有規律地組合起來加以反復」而已。這樣雖未形成明顯而具體之節奏美，但是已經具備形成節奏美的要素，因此若是從寬來處理，也未嘗不可認為已具備簡單之節奏美。所以王菊生《造型藝術原理》即說道：「只有一對矛盾對比或反複出現的單一節奏稱為簡單節奏。」[41]單一結構單元所呈現的移位現象，所產生的節奏就是「簡單節奏」。

　　從兩個以上（含兩個）結構單元來看，一篇篇幅不算太短的辭章，是可能形成兩層以上的「包孕」結構層的，如此就會出現兩個以上的結構單元。雖然從各自獨立的觀點來看，它形成的是單一的結構，但是因為閱讀時必然是從整體來觀照，使這些結構單元能結合起來，出現「重複」、「反復」[42]的情況，這就會產生節奏（韻律）的美感。

　　王菊生在《造型藝術原理》中說：

　　　　比如孤單的一個點‧‧單調呆板，靜止不動，只有單一刺激，無
　　　　差異矛盾可言，便無節奏感。而兩個點‧‧並置，開始有了延續
　　　　相繼和重複，出現了前後的發展過程。同時兩個點和兩個點之間
　　　　的空隙有了間隔和持續，實與虛、沒與現、前與後、左與右的矛
　　　　盾差異對比變化，因此具有了節奏感。[43]

41　《造型藝術原理》，頁 231。

42　《造型藝術原理》：「重複即同一形式再次出現，反復是同一形式的多次重複出現是重複的持續延伸。」王菊生：《造型藝術原理》，頁 287。

43　同前註，頁 225-226。蘇珊‧朗格著、劉大基譯《情感與形式》中談到：「重複是另一種結構原則──像所有的基本原則相互聯繫著那樣，它深含於節奏──它給了音樂作品以生命發展的外表。」見《情感與形式》（臺北市：商鼎文化出版社，1991 年10 月臺灣初版），頁 149，可供參看。

這段話可以總結前面從「單一結構單元」以及「兩個以上（含兩個）的結構單元」，來看所產生的節奏（韻律）。

而節奏（韻律）所表現的是生命的律動。蘇珊‧朗格《情感與形式》即說道：「節奏連續原則是生命有機體的基礎，它給了生命體以持久性。」[44] 王菊生《造型藝術原理》亦言：「生命形式的特徵就是運動變化的張力和循環往復的節奏。」[45] 在文學作品中，章法結構所呈現的就是「運動變化的張力」，那麼就會產生「循環往復的節奏（韻律）」；而且因為「張力」的不同，以致所呈現的「節奏（韻律）」也就有所不同。

關於這種不同的節奏（韻律）及節奏（韻律）美，可以從音樂美學中獲得靈感。郭長揚《音樂美的尋求》談到：

> 與節奏有密切關聯的是拍子的形式……我們可歸納為兩種基本形式：1. 三拍子：拍子的力度為「強、弱、弱」，可表現生動、活潑、或輕快之情緒。2. 雙拍子：拍子的力度為「強、弱」或「強、弱、次強、弱」，可表現平穩、莊重、或溫雅之情緒。[46]

可見在音樂中，不同的節奏可以表出不同的美感；音樂如此，文學又何嘗不是呢？楊辛、甘霖的《美學原理》中提及郭沫若以文學作品為例，認為節奏有兩種：鼓舞的節奏和沉靜的節奏，前者如海濤起初從海心捲動起來，愈捲愈快，到岸邊拍地一生打成粉碎，我們的精神便要生出一種勇於進取的氣象；後者如遠處鐘聲，初叩時頂強，曳著裊裊的餘音漸漸地微弱下去，這種節奏給人以沉靜的感受[47]。

---

44 《情感與形式》，頁 147。
45 《造型藝術原理》，頁 192。
46 郭長揚：《音樂美的尋求》（臺北市：樂韻出版社，1991 年 6 月初版），頁 52-53。
47 《美學原理》，頁 160。

　　雖然郭氏所言，並非針對「移位」、「轉位」與「包孕」所產生的
不同的節奏（韻律）美來著眼，但是卻能夠給我們以相當的啟發。因為
若是將「移位」與「轉位」拿來比較的話，其產生的節奏（韻律）美必
然有相對的差異，針對這樣的差異，我們或可認為因為移位的「力」的
變化較為穩定，因此其節奏（韻律）的美感是偏於沉靜的，而轉位的
「力」的變化較為顯著，所造成的節奏（韻律）美就是偏於鼓舞的[48]，
至於「包孕」，則兼兩者而有之了。

　　而節奏是形成韻律之基礎。關於此點，歐陽周、顧建華、宋凡聖等
在其《美學新編》中說：

> 與節奏相關係的是韻律。韻律是在節奏的基礎上形成的，但又比
> 節奏的內涵豐富得多，是一種有規律的抑揚頓挫的變化，表現出
> 一種特有的韻味或情趣。可以說，節奏是韻律的條件，韻律是節
> 奏的深化。[49]

可見有了節奏才有韻律。如上所述，由「移位」所造成的是較簡單或反
復、齊一之節奏（韻律），主要在顯現其偏於陰柔之調和性；而由「轉
位」所造成的，則為較複雜或往復、變化之節奏（韻律），主要在顯現
其偏於陽剛之對比性。至於「包孕」所造成的是節奏提升為韻律之變
化，主要在顯現其層次性。這樣，由局部的節奏（韻律）而整體地層層
疊合成為一篇韻律，再加上章法各結構本身的毗剛或毗柔屬性，即可大

48　以上有關「節奏」之部分理論，參見仇小屏：〈論辭章章法的移位、轉位及其美感〉，
　　《辭章學論文集》上冊（福州市：海潮攝影藝術出版社，2002 年 12 月一版一刷），
　　頁 98-122。
49　歐陽周、顧建華、宋凡聖等：《美學新編》（杭州市：浙江大學出版社，2001 年 5 月
　　一版九刷），頁 79。

致可解釋一篇風格所以形成之原因。

　　任何一篇辭章，由章法切入，都可以理出其「多、二、一（0）」之結構，而屬於「多」的任何一組章法結構，也都可以由「移位」、「轉位」與「包孕」造成其節奏或韻律，以統合於「二」（核心結構），並上撤於「一（0）」，而形成一篇韻律與風格。

（二）實例解析

　　茲舉兩篇古典詩詞為例，分別探討其章法結構與節奏、韻律的密切關係。詩如王維〈渭川田家〉：

> 斜光照墟落，窮巷牛羊歸。野老念牧童，倚杖候荊扉。雉雊麥苗秀，蠶眠桑葉稀。田夫荷鋤至，相見語依依。即此羨閒逸，悵然歌式微。

　　這首詩作於陝西藍田，藉「渭川田家」黃昏時的閒逸之景，以興欣羨之情，從而表出自己急欲歸隱田園的心願，是採「先因後果」（上層）的結構加以統合而寫成的。「因」的部分，自篇首至「即此」句止。在此，先以「斜光」八句，實寫引起作者欣羨之情的一些景物；再以「即此」句，虛寫面對「田家」閒逸景物時所湧生的欣羨之情，形成「先景後情」（次層）的結構。就在實寫「田家」閒逸景物的八句裡，用「先近後遠」（三層）包孕兩疊「先遠後近」（底層）的結構，首先就「近」，也就是村巷，以「斜光」二句，寫自然閒逸之景；以「野老」二句，寫人事閒逸之景。然後就「遠」，也就是田野，以「雉雊」二句，寫自然閒逸之景；以「田夫」二句，寫人事閒逸之景。由於王維這時在政治上失去了張九齡的依傍而進退兩難，所以經由這些融合自然與人事的閒逸之景，而引生他欣羨之情，便很自然地由「因」而「果」，帶出末句，

用《詩經‧邶風‧式微》「式微，式微，胡不歸」的詩意，以表達自己「踵武靖節」[50] 的意思。可見此詩主要以「先因後果」的結構來統合，形成其系統。據此，可畫成如下結構系統表：

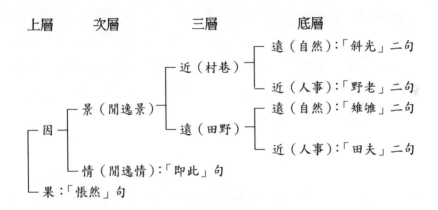

此詩含四層，主要以二疊「先遠後近」（底層）之空間層次，造成反復的第四層節奏，而由一疊「先近後遠」（三層）之「移位」結構，經由「包孕」造成第三層節奏（韻律），以呈現整體之「景」，從而由「景」及「情」，形成一疊「先景後情」（次層）之「移位」結構，又經由「包孕」造成第二節奏（韻律），作為「因」，以帶出其「果」，而成為一疊「先因後果」（上層）的結構，造成最高一層節奏（韻律），統合各層節奏（韻律），形成一篇之韻律。而這「先因後果」的調和性結構，由於既可以徹下統合各輔助結構，也可以徹上交代自己急欲歸隱田園的心願，也就是主旨，以及由此形成的「閒逸自然」的風格，所以可認定為本文之核心結構。如此徹下以統合「多」、徹上以歸根「一（０）」，充分地發揮了核心結構（「二」）的功能。喻守真說：「這首詩

50 高步瀛：《唐宋詩舉要》（臺北市：學海出版社，1973 年 2 月初版），頁 12。

是羨慕田家閒逸的景象，加以輕淡的描寫，結尾大有因慕田家閒逸不如歸去來之意。……結末二句，以『閒逸』二字總括上文，因羨生感，結出作意。」[51] 所謂「羨慕田家閒逸的景象，加以輕淡的描寫」與「因羨生感，結出作意」，道出了它的主要內容。

詞如蘇軾〈醉落魄〉：

> 蒼顏華髮，故山歸計何時決。舊交新貴音書絕。惟有佳人，猶作殷勤別。　　離亭欲去歌聲咽，蕭蕭細雨涼吹頰。淚珠不用羅巾裛。彈在羅衫，圖得見時說。

這首詞題作「蘇州閶門留別」，當是熙寧七年（1074），由杭州赴密州時，途經蘇州而作。它一開篇即置重於虛時間，以「蒼顏」二句，把時間推向未來，發出不知何時才能歸鄉的感嘆，為下敘的別情蓄力。接著置重於實空間，用「主、賓、主」（次層）的「轉位」結構來呈現：先以「舊交」四句，包孕「先反後正」（三層）、「先因後果」（底層）的「移位」結構，以敘寫美人唱離歌殷勤送別的場景，以襯出別情，這是「主」；再以「蕭蕭」句，寫不斷吹頰的蕭蕭細雨，以景襯情，此為「賓」；末以「淚珠」句，寫美人淚滴羅衫的情狀，以加重別情，這又是「主」。然後又置重於虛時間，以結句應起，將時間推向未來，用「淚」作橋樑，設想未來見面時的情景，一面藉以安慰「美人」，一面藉以推深別情。如此採「虛（時）、實（空）、虛（時）」（上層）的「轉

---

51 喻守真：《唐詩三百首詳析》（臺北市：臺灣中華書局，1996 年 4 月臺二三版五刷），
　頁 9。

「位」結構加以統合，很富於變化。依此可畫成結構系統表如下：

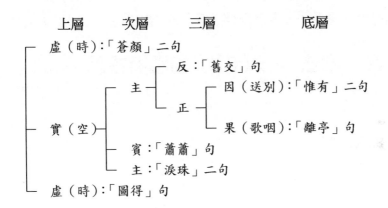

作者此詞，經過「邏輯思維」的安排布置，形成四層結構，先在底層以一疊「先因後果」（移位）的調和性結構，造成第四層節奏（韻律），而經由「包孕」以支撐一疊「先反後正」（移位）之對比性結構，造成第三層節奏（韻律）。再由此「正反」結構，同樣經由「包孕」來支撐一疊「主、賓、主」（轉位）的變化結構，造成第二層節奏（韻律）。然後又由此「賓主」結構，再次經由「包孕」來支撐一疊「虛、實、虛」（轉位）的核心結構，既造成最上層節奏（韻律），以統合為整體之韻律；而由此「虛實」的核心結構「二」，徹下於「多」，以統攝各層節奏、上徹於「一（0）」，一面從篇外逼出主旨（別情），一面則由於這「虛、實、虛」之結構，與次層之「主、賓、主」，將「順」與「逆」雙向合用，產生兩層「轉位」作用，而頭一個「主」更作成「正反」對比型態，使得節奏、韻律更趨於起伏有致，這對作品風格之所以「柔中寓剛」、情意之所以深沉來說，是有極大影響的。湯易水、周義敢說：「蘇軾任杭州通判之後詞作漸多，到了離杭州赴密州前後，更大量創作詞篇的，自此一發而不可收。他注意學習前人的經驗。沿用晚唐

五代以來婉約詞的某些寫作技巧來寫歌妓，但不寫淺斟低唱，不涉艷冶風情，而是以幽怨纏綿的手法，表達身世之感和政治懷抱。」[52] 所謂「以幽怨纏綿的手法，表達身世之感和政治懷抱」，道出了本詞之特色。

第三節　章法「一（0）」的藝術特色

以下就其「理論基礎」與「實例解析」分別論述：

一　理論基礎

一般說來，辭章是結合「形象思維」與「邏輯思維」與「綜合思維」而形成的。這三種思維，各有所主。一般說來，如果是將一篇辭章所要表達之「情」或「理」，訴諸各種偏於主觀之聯想、想像，和所選取之「景（物）」或「事」接合在一起，或者是專就個別之「情」、「理」、「景」（物）、「事」等材料本身設計其表現技巧的，皆屬「形象思維」；這涉及了「立意」、「取材」與「措詞」等問題。如果是專就「景（物）」或「事」等各種材料，對應於自然規律，結合「情」與「理」，訴諸偏於客觀之聯想、想像，按秩序、變化、聯貫與統一之原則，前後加以安排、布置，以成條理的，皆屬「邏輯思維」；這涉及了「運材」、「布局」與「構詞」等問題。至於合「形象思維」與「邏輯思維」而為一，探討其整個體性[53] 的，為「綜合思維」，這涉及了「立意」、「確立體性」等問題。

這種辭章內涵，如以「多二一（0）」螺旋結構切入，則「多」指

---

52 唐圭璋、繆鉞、葉嘉瑩等：《唐宋詞鑑賞辭典》（上海市：上海辭書出版社，1988 年 4 月一版十五刷），頁 721。

53 陳望道：「語文的體式很多，……表現上的分類，就是《文心雕龍》所謂的『體性』的分類，如分為簡約、繁豐、剛健、柔婉、平淡、絢爛、謹嚴、疏放之類。」見《修辭學發凡》（香港：大光出版社，1961 年 2 月版），頁 250。

由「修辭」、「文（語）法」、「意象」（個別）與「章法」等所綜合起來表現之藝術形式；「二」指「形象思維」（陰柔）與「邏輯思維」（陽剛），藉以產生徹下徹上之作用；而「一（0）」則指由此而凸顯出來的「主旨」與「風格」等，這就是「修辭立其誠」《易・乾》之「誠」，乃辭章之核心所在。這樣以「多、二、一（0）」來看待辭章，就能透過「二」（「形象思維」（陰柔）與「邏輯思維」（陽剛））的居間作用，使「多」（「修辭」、「文（語）法」、「意象」（個別）與「章法」等）統一於「一（0）」（「主旨」與「風格」等）了。

　　而居間之「二」：「形象思維」與「邏輯思維」，是可用「意象」（整體）來加以統合的。先從「意象」之形成與表現來看，是與形象思維有關的，而形象思維所涉及的，是「意」（情、理）與「象」（事、景）之結合及其表現。其中探討「意」（情、理）與「象」（事、景）之結合者，為「意象學」（狹義）、「詞彙學」，探討「意」（情、理）與「象」（事、景）本身之表現者，為「修辭學」。再從「意象」之組合與排列來看，是與邏輯思維有關的，而邏輯思維所涉及的，則是意象（意與意、象與象、意與象、意象與意象）之排列組合，其中屬篇章者為「章法學」，主要探討「意象」之安排，而屬語句者為「文法學」，主要由概念之組合而探討「意象」。由此看來形象思維與邏輯思維兩者，包括辭章的各主要內涵，都離不開「意象」。而「主旨」與「風格」便由此

呈顯出來。其關係圖可呈現如下：

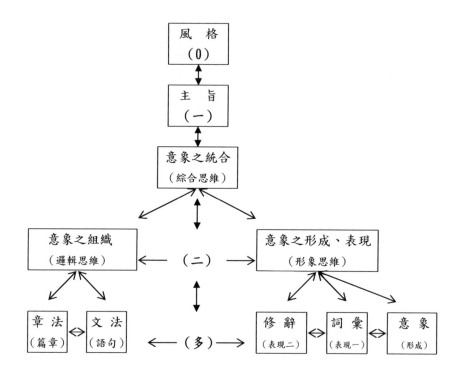

這樣看來，辭章是離不開「意象」的，就是主旨與風格，也是如此。因為「主旨」是核心之「意」，而風格是以主旨統合各「意象」之形成、表現與組織所產生之一種抽象力量。

　　可見「主旨」與「風格」在辭章內涵中乃上徹的地位，是居於最為核心之層面的。而「章法結構」就起了關鍵作用。如果將「多二一（0）」螺旋系統再由辭章落到篇章結構之上，則「多←→二」指「章法結構」，由「陰陽二元」為基礎以組合各個別意象或材料，形成一篇之核心結

構[54] 與各輔助結構；其中「一」指主旨，為作者所要表達的核心之情、理；「（0）」指風格，為整體之「審美風貌」[55]。它們的關係可呈現如下圖：

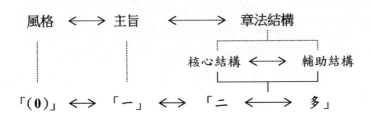

而這種結構系統，很普遍地可從不同文體之作品中獲得檢驗。

二　實例解析

茲舉古典詩文各一篇，略作解析，以見一斑。文如韓愈〈送董邵南遊河北序〉：

> 燕趙古稱多感慨悲歌之士。董生舉進士，連不得志於有司，懷抱利器，鬱鬱適茲土，吾知其必有合也。董生勉乎哉！
> 夫以子之不遇時，苟慕義彊仁者，皆愛惜焉。矧燕趙之士，出乎其性者哉！然吾嘗聞風俗與化移易，吾惡知其今不異於古所云邪？聊以吾子之行卜之也。董生勉乎哉！

---

54 一篇辭章之「情」或「理」，亦即主旨，是決定一篇辭章內容與形式，以至於風格、境界等的最主要因素。所以認辨核心結構，也要以此為準，換句話說，就是要以「一（0）」與「多」作審慎之認定。見陳滿銘：〈論章法「多、二、一（0）」的核心結構〉，臺灣師大《師大學報‧人文與社會類》48 卷 2 期（2003 年 12 月），頁 71-94。

55 顧祖釗：「風格的成因並不是作品中的個別因素，而是從作品中的內容與形式的有機整體的統一性中所顯示的一種總體的審美風貌。」見《文學原理新釋》（北京市：人民文學出版社，2001 年 5 月一版二刷），頁 184。

吾因子有所感矣。為我弔望諸君之墓，而觀於其市，復有昔時屠
狗者乎？為我謝曰：「明天子在上，可以出而仕矣。」

　　此文為一贈序，寫以送董邵南往遊河北。由於當時河北藩鎮不奉朝
命，送行之人「斷無言其當往之理，若明言其不當往，則又多此一
送」[56]，所以作者採「先擊後敲」（上層）包孕「先正後反」、「先泛後具」
（次層）與「因、果、因」「先因後果」（底層）的結構，避開河北之
「今」，而從其「古」下筆。首先自開篇起至「出乎其性者哉」句止，
用「因、果、因」（底層）的「轉位」結構，說古時之燕趙（即河北）
多「慕義彊仁」的豪傑之士，從正面預卜董生此行必受到「愛惜」而「有
合」，以見其當往；其次自「然吾嘗聞」句起至「董生勉乎哉」句止，
用「先因後果」（底層）的「移位」結構，說如今燕趙之風俗，或許已
與古時有所不同，從反面勉董生聊以此行一卜其「合與不合」[57]，以進
一步見其當往；以上兩段，直接扣住董生之當「遊河北」來寫，是「擊」
的部分。最後以末段，筆鋒一轉，旁注於燕趙之士身上[58]，用「先泛後
具」（次層）的「移位」結構來表達，要董生傳達「明天子在上」而勸
他們來仕之意，含董生不當往的暗示作收[59]；這是「敲」的部分。由此

---

[56] 林雲銘：《古文析義合編》上冊卷四（臺北市：廣文書局，1965 年 10 月再版），頁
216。
[57] 王文濡在首段下評注：「此段勉董生行，是正寫。」在次段下評注：「此段勉董生行，
是反寫。」見《精校評注古文觀止》卷八（臺北市：臺灣中華書局，1972 年 11 月臺
六版），頁 36-37。
[58] 王文濡於「吾因子而有所感矣」下評注：「上一正一反，俱送董生，此下特論燕趙」，
同前註，頁 37。
[59] 王文濡在篇末評注：「送董生，卻勸燕趙之士來仕，則董生之不當往，已在言外。」
同前註，頁 37。

角度分析，可畫成如下結構系統表：

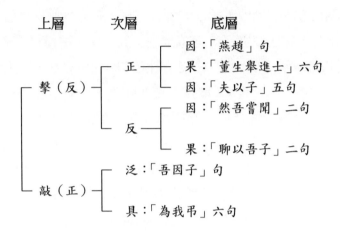

　　此文結構含三層，是用「先擊後敲」（上層）的結構[60]加以統合的。這個結構，足以涵蓋此文正面（擊）與側面（敲）的全部內容，可視為核心結構。其中「擊」的部分，先由一疊「因、果、因」（變化）與一疊「先因後果」（秩序）的調和性之輔助結構，造成第三層節奏（韻律），以轉位之「變化」（陽剛）與移位之「秩序」（調和）來支撐這「先正後反」之對比性（陽剛）結構，以造成第二層反復與往復之節奏（韻

---

60 為「敲擊」結構之一種。「敲擊」一詞，一般用作同義的合義複詞，都指「打」的意思。但嚴格說來，「敲」與「擊」兩個字的意義，卻有些微的不同，《說文》說：「敲，橫檛也。」徐鍇《繫傳》：「橫檛，從旁橫擊也。」而《廣韻・錫韻》則說：「擊，打也。」可見「擊」是通指一般的「打」，而「敲」則專指從旁而來的「打」。也就是說，以用力之方向而言，前者可指正〔前後〕面，也可指側面，而後者卻僅可指側面。依據此異同，移用於章法，用「敲」專指側寫，用「擊」專指正寫，以區隔這種篇章條理與「正反」、「平側」（平提側注）、賓主等章法的界線，希望在分析辭章時，能因而更擴大其適應的廣度與貼切度。大體說來，「敲擊」，主要在用不同事物以表達同類情意時，藉「敲」加以引渡或旁推，來呼應「擊」的部分，與「正反」、「賓主」之彼此映襯或「平側」之有所偏重的，有所不同。見陳滿銘：〈論幾種特殊的章法〉，臺灣師大《國文學報》31 期（2002 年 6 月），頁 196-202。

律）；再由此對比性（陽剛）結構來為「擊」的部分作支撐，使得這個部分，由「移位」、「轉位」造成明顯而有變化的最二層節奏（韻律），以對比與調和形成「剛中寓柔」的強大力量，有力地帶出「敲」部分。而「敲」部分，則因離開了「送董邵南」的主題，故僅以「先泛後具」的一疊調和性結構，一面藉「移位」所造成的簡單節奏，與上個部分的「反復」與「往復」之節奏（韻律）銜接呼應，串聯為最高一層的一篇韻律；一面藉此調和性結構，適切地表達「董生不當往」的「言外之意」。由此看來，這篇文章「先擊後敲」的核心結構本身，雖性屬調和，卻因隱含對比性極強之「正反」成分，已形成「二」以輔助結構之「多」，又帶有「剛中寓柔」的強大力量，所以上徹至「一（0）」，便足以表達本文頗曲折之主旨，而形成「剛柔互濟」之風格。其分層簡圖如下：

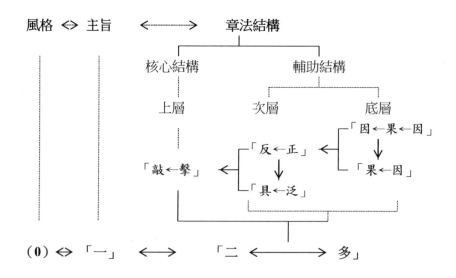

如此對應於「多、二、一（0）」而言，則此文以「正反」、「因果」與「泛具」各一疊的「移位」性結構，與「轉位」性的「因、果、因」

結構與節奏（韻律），形成了「多」；以「先擊後敲」的移位性核心結構與節奏（韻律），自為陰陽對比，是為關鍵性之「二」，藉以統括輔助性結構，徹下徹上，形成一篇規律；以「董生不該往」之一篇主旨與「開闔變化」的風格為「一（0）」。吳楚才說：「董生憤己不得志，將往河北求用於諸藩鎮，故公作此送之。始言董生之往必有合，中言恐未必合，終諷諸鎮之歸順，及董生不必往。文僅百十餘字，而有無限開闔，無限變化，無限含蓄。」[61] 這種特色之形成，很明顯地可從其「多、二、一（0）」之結構系統中找到重要線索。

詩如李白〈登金陵鳳凰臺〉：

鳳凰臺上鳳凰遊，鳳去臺空江自流。吳宮花草埋幽徑，晉代衣冠成古邱。三山半落青天外，二水中分白鷺洲。總為浮雲能蔽日，長安不見使人愁。

這首詩藉作者登臺之所見所感，以寫其身世之悲與家國之痛，是採「圖、底、圖」[62]（上層）的結構加以統合而寫成的。它首先在起聯，用「先昔後今」（次層）的結構，扣緊「金陵鳳凰臺」，突出登臨之地點，用「遊」與「去」寫其盛衰，以寓興亡之感；這是頭一個「圖」的部分。接著在頷、頸兩聯，用「先近後遠」（次層）包孕「先近後遠」、「先遠後近」（底層）的結構，先以「吳宮」二句，就「近」寫今日所

---

61 《精校評注古文觀止》卷八，頁 36-37。

62 圖底，章法之一。一般說來，作者在辭章中所用之時、空〔包括「色」〕材料，有一些是充當「背景」用的，也有某些是用來作為「焦點」的。就像繪畫一樣，用作「背景」的，往往對「焦點」能起烘托的作用，即所謂的「底」；而用作「焦點」的，則對「背景」而言，都會產生聚焦的功能，即所謂的「圖」。這種條理用於辭章章法上，也可造成秩序、變化、聯貫的效果，而形成「先圖後底」、「先底後圖」、「圖、底、圖」、「底、圖、底」等結構。見陳滿銘：〈論幾種特殊的章法〉，頁 191-196。

見「幽徑」與「古邱」之「衰」景，而用「吳宮花草」與「晉代衣冠」帶入昔日之「盛」況，形成強烈對比，以深化興亡之感；後以「三山」二句，將空間拓大，就「遠」寫今日所見「三山」與「二水」一直延伸到「長安」的山水勝景；這對上敘的「臺」或下敘的「人」（不見長安之作者）而言，均有烘托、襯映的作用，是「底」的部分。最後在尾聯，聚焦到自己身上，用「先因後果」（次層）的結構，以「浮雲」之「蔽日」，譬眾邪臣之蔽賢，「長安」之「不見」，喻己之謫居在外，既為自己被排擠出京而憤懣，又為唐王朝將重蹈六朝覆轍而憂慮；這是後一個「圖」的部分。循此角度切入，它的結構系統表是這樣子的：

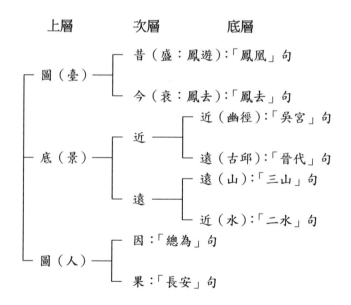

由上表可看出，作者此詩，經過「邏輯思維」作了安排，就最上一層來說，以「圖、底、圖」（一疊）之轉位，造成其往復節奏，以統合各次、底層節奏，串成一篇韻律，而其主旨就出現在後一個「圖」裡，因此可確定此「圖、底、圖」為核心結構；就次層而言，以「先昔後

今」、「先近後遠」與「先因後果」等調和性結構，由時、空、事理之移位，造成其反復式節奏，以支撐上一層之「圖、底、圖」；就底層來說，以「先近後遠」（一疊）、「先遠後近」（一疊）調和性結構之空間轉位，造成其往復節奏，以支撐次層之「先昔後今」（一疊）、「先近後遠」與「先因後果」。這樣看來，本詩是全由調和性之結構所組成的，而其風格也應該趨於純柔才對，但由於其中次層之「先昔後今」與底層之「先近後遠」兩結構，都形成了強烈對比，即一盛（反）一衰（正），且其主旨又在抒發家國之悲；而其中「順」和「逆」並用而產生變化的，除「圖、底、圖」外，還有中間兩聯所形成的「近、遠、近」，這些都使得此詩之風格在「柔」之中帶有「剛」氣。其分層簡圖如下：

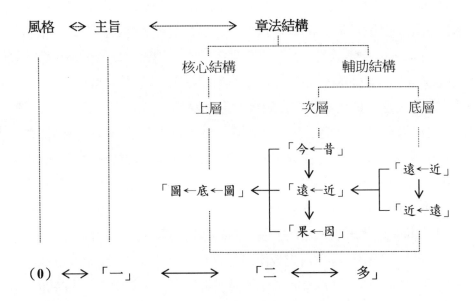

如此對應於「多、二、一（0）」來看，則由「今昔」、「因果」各一疊與「遠近」三疊所形成之移性結構，可視為「多」；由「圖底」自為陰陽徹下徹上所形成之轉化性結構，可視為關鍵性之「二」，藉以統

括輔助性結構，形成一篇規律；而由此呈現的「憂國傷時」之主旨與「自然天成，清麗瀟灑」的風格，則可視為「一（0）」。張志英說：「這首詩，在登臨處極目遠眺，觸景生情；語言自然天成，清麗瀟灑，憂國傷時，寓意深厚。」[63] 以此對應於此詩之「多、二、一（0）」結構系統來看，是相當吻合的。

第四節　「多二一（0）」的美學詮釋

　　要深入了解章法現象，以呈現其整體內容，除了須探討其哲學源頭外，也有結合其心理基礎，進一步探析其美感效果的必要。

　　由於章法所講求的是邏輯思維，是「二元對待」，而「二元對待」的結構（含章法單元與結構單元）所形成之節奏（局部）和韻律（整體），是最容易感動人的。宗白華在其《藝術學》中說：「有謂節奏為生理、心理的根本感覺，因人之生理，均兩兩相對，故於對稱形體，最易感入」[64]，說的就是這個道理。而李澤厚也在其《美學四講》中說：「（審美注意）長久地停留在對象的形式結構本身，並從而發展其心理功能如情感、想像的滲入活動。因之其特點就在各種心理因素傾注在、集中在對象形式本身，從而充分感受形式。線條、形狀、色彩、聲音、時間、空間、節奏、韻律、變化、平衡、統一、和諧或不和諧等形式、結構的方面，便得到了充分的『注意』。讓感覺本身充分地享受對對象形式方面的這些東西，並把主觀方面的各種心理因素如感情、想像、意念、願望、期待等等，自覺或不自覺地投入其中」[65]，這雖然是針對造型藝術來說，卻一樣適用於章法結構與規律之上，其中所謂「時間、空

63　《山水詩歌鑑賞辭典》，頁 226。
64　林同華主編：《宗白華全集》1（合肥市：安徽教育出版社，1994 年 12 月一版二刷），頁 506。
65　《美學四講》，頁 158-159。

間、節奏、韻律」，便涉及到章法結構，而「變化、平衡、統一、和
諧」，則涉及到章法的四大律（秩序、變化、聯貫、統一）。

　　既然章法結構或規律，是容易引起人之「審美注意」的，那就必然
也可容易地獲得美感效果。邱明正在其《審美心理學》中說：「在這（審
美心理活動）一過程中，主體通過求同、求異性探究，把握對象審美特
性，使主客體之間、主體審美心理要素之間的矛盾、差異達於和諧、統
一，獲得美感；或保持主客體的差異、矛盾、對立，以確保自己審美、
創造美的獨立性、自主性和獨特個性。這一過程，是種有著內在節奏的
的有序運動的過程」[66]，經過這種「有著內在節奏的有序運動的過程」，
人（主體）之對於章法（客體），自然可以「獲得美感」。如以其「多」、
「二」、「一０」的結構而言，就可以獲得如下之美感效果：

一　「多」的美感效果

　　所謂的「多」，就是「多樣」。歐陽周、顧建華、宋凡聖等在其《美
學新編》中說：

　　　　所謂「多樣」，是指整體中所包含的各個部分在形式的區別和差
　　　　異性，前面所舉各種法則（整齊一律、對稱與均衡、比例與尺
　　　　度、節奏與韻律）都包含在這一總的形式美總法則中，成為其一
　　　　個組成部分或一個側面。[67]

　　這種「多樣」，對章法而言，凡是主結構以外的各個局部性結構，
都在它的範圍內。其中的每一章法或結構單元，無論是順或逆、調和性

---

66 邱明正：《審美心理學》（上海市：復旦大學出版社，1993 年 4 月一版一刷），頁
　92。
67 《美學新編》，頁 80。

或對比性，都可以因為「移位」（章法單元如「由正而反」、結構單元如由「先賓後主」而「先凡後目」）或「轉位」（章法單元如「正、反、正」、結構單元如由「先賓後主」而「先主後賓」），而產生變化，形成節奏與秩序。所以對應於章法四大律，「多」就是指「產生變化，形成節奏與秩序」的多種結構，而可由此獲得「秩序美」與「變化美」。

　　一般說來，「秩序」是由形式之「齊一」或「反復」而呈現。陳望道在其《美學概論》中說：

> 形式中最簡單的，是反復（Repetition）。反復就是重複，也就是同一事物的層見疊出。如從其他的構成材料而言，其實就是齊一。所以反復的法則同時又可稱為齊一（Uniformity）的法則。這種齊一或反復的法則，原本只是一個極簡單的形式，但頗可以隨處用它，以取得一種簡純的快感。[68]

　　對這種「反復」或「齊一」，歐陽周、顧建華、宋凡聖等在其《美學新編》中則稱為「整齊一律」，結合「節奏與秩序」，作了如下說明：

> 又稱單純一致、齊一、整一，是一種最常見、最簡單的形式美。它是單一、純淨、重複的，不包含差異或對立的因素，給人一種秩序感。顏色、形體、聲音的一致或重複，就會形成整齊一律的美。農民插秧，株距相等，橫直成行；建築物採用同樣的規格，長短高矮相同，門窗排列劃一；在軍事檢閱中，戰士們排成一個個人數相等的方陣，戰士的身材、服裝、步伐、敬禮的動作、歡

---

68 陳望道：《美學概論》（臺北市：文鏡文化事業公司，1984 年 12 月重排初版），頁 61-62。

呼的口號聲完全一致，都表現了一種整齊一律的美。我們常見的
二方或多方連續的花邊圖案，在反復中體現出一定的節奏感，也
屬於齊一的美。這種形式美給人一種質樸、純淨、明潔和清新的
感受。[69]

　　可見「多」（多樣），是會因其形式之「齊一」或「反復」而形成
簡單「節奏」，而「給人一種秩序感」的。

　　至於「變化」，乃一種動力作用不已之結果，也是形成「多樣」的
根本原因。《周易・繫辭上》說：「剛柔相推而生變化。……變化者，
進退之象也。」而〈繫辭下〉又說：「易，窮則變，變則通，通則久。」
可見「窮」是變化的條件，而變化又與象不可分割。對此，陳望衡在其
《中國古典美學史》中闡釋說：

　　　《周易》的這些關於變的觀念對中國文化包括中國美學影響深
　　遠。……「象」最大的功能就是能變。……「變」既是空間性
　　的，表現為物體位置的變異；又是時間性的，表現為時光的線性
　　流程。〈繫辭上傳〉云：「法象莫大乎天地，變通莫大乎四時。」
　　最大的象是天地，最大的變通應是春下秋冬四時的更迭。這實際
　　上是提出，我們視察事物應該有兩種相交叉：空間的—天地（自
　　然、社會）；時間的—四時（歷史）。[70]

　　既然「變化」是時、空交叉的，而章法又離不開時空，所以這種
「變化」的觀點，用於章法，不但可以解釋章法或結構單元之「移位」

69　《美學新編》，頁 76。
70　《中國古典美學史》，頁 188。

（齊一、反復）與「轉位」（往復）與時空交叉之關係，也可以和人之心理緊密地接軌。陳望道在其《美學概論》中說：

> 人類心理卻都愛好富於變化的刺激，大抵喚取意識須變化，保持意識的覺醒狀態也是需要變化的。若刺激過於齊一無變化，意識對它便將有了滯鈍、停息的傾向。在意識的這一根本性質上，反復的形式實有顯然的弱點。反復到底不外是同一（縱非嚴格的同一，也是異常的近似）狀態之齊一地刺激著我們的事。反復過度，意識對於本刺激也便逐漸滯鈍停息起來，移向那有變化有起伏的別一刺激去的趨勢。[71]

而「變化」是會形成較複雜之「節奏」的，歐陽周、顧建華、宋凡聖等在其《美學新編》中就針對由「變化」所引生的「節奏」，加以解釋說：

> 節奏是一種連續的合規律的週期性變化的運動形式。郭沫若說：「把心臟的鼓動和肺臟的呼吸，認為節奏的起源，我覺得很鞭辟近裡了。」是有道理的。世界上沒有一樣事物是沒有節奏的：日出日沒，月圓月缺，寒往暑來，四時代序，這是時間變化上的節奏；日作夜眠，起居有序，有勞有逸，這是人們日常生活上的節奏；人體的呼吸、脈搏、情緒乃至思維，都像生物鐘一樣，是一種有節奏的生命過程。當外在環境的節奏與人的機體的律動相協調時，人的生理就會感到快適，並引起心理上的喜悅。[72]

---

71 《美學概論》，頁 63-64。
72 《美學新編》，頁 78-79。

可見時空或生活變化，甚至生命過程，都會引起「節奏」，與人之生理律動相協調，產生「心理上的喜悅」。而這種由「變化」、「節奏」所引起的「心理上的喜悅」，說的正是美感效果。

由上述可知，章法之「多樣」美，是由其結構之「秩序」（順或逆）與「變化」（順與逆），引生時間或空間性之節奏（韻律）而呈現的。

二　「二」的美感效果

所謂的「二」，是「陰」（柔）與「陽」（剛）。由於事事物物，都可形成「二元對待」，而分陰分陽，甚至有「陽中陰」、「陰中陽」，由「包孕」以形成層次的現象。因此陰陽可說是層層對待，且一直互動、循環的。就以章法單元或結構單元而言，除了本身自成陰陽之外，又可以其他結構形成「二元對待」，而形成另一層陰陽。其中屬於陰性的，便成調和性結構，而造成陰柔之美；屬於陽性的，則成對比性結構，而造成陽剛之美。陳望道於其《美學概論》裡說：

> 兩個極相接近的東西並列在一處，其間相差很微，便多成為調和（Harmony）的形式。兩個極不相同的東西並列在一處，其間相去很遠，便多成為對比（Contrast）的形式。例如從正黑色，漸次淡薄到正白色的一列中，取正黑色和其次的但黑色相並列時就是調和；取兩端的黑白兩色相並列時就是對比。……凡是調和的兩件東西，總是互相類似的，並無甚麼觸目的變化。所以接觸到它時，也就每每覺得它有融洽、優美、鎮靜、深沉等情趣。……對比的形式，因為變化極明顯，每每帶有華美、鮮活、健強及闊達等情趣，與調和所隨有的情調，差不多相反。[73]

73　《美學概論》，頁 70-72。

他用顏色為例來說明，很能凸顯「調和」與「對比」的不同，而由此所
引生的「情趣」，又以「融洽、優美、鎮靜、深沉」與「華美、鮮活、
健強及闊達」加以區別，也很能分出「陰柔之美」與「陽剛之美」之差
異與層次來。而歐陽周、顧建華、宋凡聖等在其《美學新編》中，也對
這種「調和」與「對比」因素之造成及其所引生之美，提出如下說明：

　　對比，指的是具有顯著差異的形式因素的對立統一。如色彩的濃
　　與淡、冷與暖，光線的明與暗，線條的粗和細、直與曲，體積的
　　大與小，體量的重與輕，聲音的長與短、強與弱等，有規則地組
　　合排列，就會相互對照、比較，形成變化，又相互映襯、協調一
　　致。這種對立因素的統一，可收到相反相成、相得益彰的效果。
　　色彩學上的對比色就是這個道理。如紅與綠互為補色，可產生強
　　烈的色對比和反差。「桃紅柳綠」、「紅花綠葉」、「紅肥綠瘦」、
　　「萬綠叢中一點紅」等，使人感到特別鮮明、醒目，富有動感。
　　所以民間有俗話說：「紅配綠，花簇簇」，「紅間綠，看不足」。
　　由對立因素的統一造成的形式美，一般屬於陽剛之美。調和，指
　　的是沒有顯著差異的形式因素之間的對立統一。它只有量的區
　　別，是一種漸變的協調，並不構成強烈的對比。如果說，對比是
　　差異中趨向於「異」，那麼，調和則是在差異中趨向於「同」。
　　以色彩為例，紅與橙、橙與黃、黃與綠、綠與藍、藍與青、青與
　　紫、紫與紅，都是相似色，在同一色中又有濃淡、深淺的層次變
　　化，如綠有深綠、淺綠、暗綠、墨綠、嫩綠、翠綠、碧綠等。這
　　種相似或相近的顏色相互配合協調，在變化中保持大體一致，就
　　會給人一種融和、寧靜的感覺。……由非對立因素的統一造成的

形式美，一般屬於陰柔美。[74]

他們不但把事物「調和」與「對比」之差異與各自所造成的美感，都說明得很清楚，也把「調和」一般屬於「陰柔美」、「對比」一般屬於「陽剛美」的不同，明白地指出來[75]，有助於了解「陰柔美」與「陽剛美」產生的一般原因。

三　「一（0）」的美感效果

　　所謂的「一（0）」，籠統地說，就是「統一」，也可說是「和諧」。這是統括「多」與「二」所獲致的結果，如就章法來說，則是連結在時、空結構中，由「反復」（秩序）、「往復」（變化）與「包孕」（聯貫）所引起之「節奏」（韻律）、「調和」與「對比」所呈顯之「剛柔」（陰陽），以串成整體「韻律」（節奏）、突出情理（主旨）、形成風格、氣象，而達於「和諧」的一個境界。而這種「統一」或「和諧」，可以從「形式原理」方面來探討。陳望道在其《美學概論》裡說：

> 所謂形式原理，就是繁多的統一。我們對於美的形式，雖不一定其如此如彼，只是四分五裂雜亂無章，總覺得是與審美的心情不合的。所以第一，「統一」實為對象所不可不具的一個要質。而且它所統一的又該不止是簡單的一二個要素。如止是一二個要素，則統一固易成就，卻頗不免使人覺得單調。所以第二，繁多又為對象所不可不具的一個要質。我們覺得美的對象最好一面有著鮮明的統一，同時構成它的要素又是異常的繁多。卻又不是甚

---

[74] 《美學新編》，頁 81。
[75] 仇小屏：《古典詩詞時空設計美學》（臺北市：文津出版社，2002 年 12 月初版一刷），頁 323-331。

麼統一與否定了統一的繁多相並列，而是統一即現在繁多的要素
之中的。如此，則所謂有機的統一就成立。能夠「統一為繁多
的統一，而繁多又為統一的分化」。既沒有統一的流弊的單調板
滯，也沒有繁多的流弊的厭煩與雜亂。所以古來所公認的形式原
理，就是所謂繁多的統一（Unity in Variety），或譯為多樣的統
一，亦稱變化的統一。[76]

所謂「統一為繁多的統一，而繁多又為統一的分化」，將「多」與「一
（0）」不可分的關係，說得很明白。而這「多」與「一（0）」，是要徹
下徹上的「二」來作橋樑的。對這「多樣的統一」，歐陽周、顧建華、
宋凡聖等在其《美學新編》裡，也加以闡釋說：

　　所謂統一，是指各個部分在形式上的某些共同特徵以及它們之間
　　的某種關聯、呼應、襯托、協調的關係，也就是說，各個部分都
　　要服從整體的要求，為整體的和諧、一致服務。有多樣而無統
　　一，就會使人感到支離破碎、雜亂無章、缺乏整體感；有統一而
　　無多樣，又會使人感到刻板、單調和乏味，美感也難以持久。而
　　在多樣與統一中，同中有異，異中求同，寓「多」於「一」，「一」
　　中見「多」，雜而不越，違而不犯；既不為「一」而排斥「多」，
　　也不為「多」而捨棄「一」；而是把兩個對立方面有機結合起來，
　　這樣從多樣中求統一，從統一中見多樣，追求「不齊之齊」、「無
　　秩序之秩序」，就能造成高度的形式美。……多樣與統一，一般
　　表現為兩種基本型態：一是對比，二是調和。……無論對比還
　　是調和，其本身都要要求在統一中有變化，在變化中求統一，把

76 《美學概論》，頁 77-78。

　　兩者巧妙地結合在一起，就能顯示出多樣與統一的美來。[77]

　　可見「一（0）」與「多」也形成了「二元對待」，有機地結合在一起。也就是說，「一（0）」之美，需要奠基在「多」之上；而「多」之美，也必須仰仗「一（0）」來整合。在此，最值得注意的是，歐陽周他們特將這種屬於「二元對待」的「調和」（陰）與「對比」（陽），結合「多」（多樣）與「一（0）」（統一）作說明，凸顯出「二」（「調和」（陰）與「對比」（陽））徹下徹上的居間作用。這對章法「多、二、一（0）」結構及其所產生美感方面的認識而言，有相當大的幫助。

　　而這個「一」中的（0），簡單地說，在辭章中指的是風格、韻味、氣象、境界等辭章之抽象力量。這些抽象力量，是與「剛」（對比）、「柔」（調和）息息相關的。就以風格而言，即可用「「剛」（對比）、「柔」（調和）」來概括。關於這點，姚鼐在其〈復魯絜非書〉中就已提出，大致是「姚鼐把各種不同風格的稱謂，作了高度的概括，概括為陽剛、陰柔兩大類。像雄渾、勁健、豪放、壯麗等都可歸入陽剛類；含蓄、委曲，淡雅、高遠、飄逸等都可歸入陰柔類。就這兩類看，認為『為文者之性情形狀舉以殊焉』」，性情指作者的性格，跟陽剛、陰柔有關；形狀指作品的文辭，跟陽剛、陰柔有關。又指出這兩者『糅而氣有多寡進絀』，即陽剛和陰柔可以混雜，在混雜中，陰陽之氣可以有的多，有的少，有的消，有的長，這就造成風格的各種變化」[78]。據此，則陽剛（對比）和陰柔（調和），不但與風格有關，而為各種風格之母；也一樣與作者性情與作品文辭有關，而為韻味、氣象、境界等的決定因素。

　　對這種道理，吳功正在其《中國文學美學》裡，以美學的觀點，從

77　《美學新編》，頁 80-81。

78　周振甫：《文學風格例話》（上海市：上海教育出版社，1989 年 7 月一版一刷），頁 13。

「陰陽」這一範疇切入說：

> 由一個最簡括的範疇方式：陰陽，繁孵衍化出正多的美學範疇：
> 言與意、情與景、文與質、濃與淡、奇與正、虛與實、真與假、
> 巧與拙等等，顯示出中國美學的一個顯著特徵：擴散型；又顯示
> 出中國美學的另一個顯著特徵：本源不變性。這兩個特徵的組
> 合，便顯示出中國美學在機制上的特性。如劉勰的《文心雕龍》
> 就以此作為理論的結構框架。關於審美的主客體關係，劉勰認
> 為，心（主體）「隨物以宛轉」，物（客體）「與心而徘徊」。關
> 於情與物的關係：「情以物興，故義必明雅；物以情觀，故詞必
> 巧麗」。其他關於文質、情文、通變等範疇和問題，也都是兩兩
> 對舉，都有著陰陽二元的基本因子的構成模式。[79]

　　在此，他提出了兩個重要觀點：一是指出心（情）與物、文與質、
情與文、通與變等等範疇，都與「陰陽二元」有關。二為「陰陽二元」
的特徵，既是「擴散」（徹下）的，也是「本源不變」（徹上）的。也
正由於「陰陽二元」，是諸多範疇構成的基本因子，有著擴散（徹下）、
本源不變（徹上）的特徵，所以既能繁衍為「多」，也能歸本於「一
（0）」。由此可知，陽剛（對比）和陰柔（調和）之重要，因而也凸顯
了「二」（陽剛、陰柔）在「多」、「一（0）」之間不可或缺的地位。
　　這樣看來，這（0）之美，是統合了「多」、「二」、「一」所形成的；
而「多」、「二」、「一」之美，則依歸了（0）所呈現的，這就說明了此
種「多、二、一（0）」結構美之一體性。

---

79 吳功正：《中國文學美學》下卷（南京市：江蘇教育出版社，2001 年 9 月一版一刷），
　　頁 785-786。

　　經由上述，可以看出「多、二、一（0）」結構的系統性，它不但是屬於哲學、美學的，也是屬於文學的。而落於辭章的章法上，則既適用於解釋章法之四大律：「秩序」（移位）與「變化」（轉位）為「多」、「聯貫」（由陰陽包孕形成調和與對比，以徹下徹上）為「二」、「統一」（主旨與風格、韻味、氣象、境界等）為「一（0）」；而章法及其結構，也由於它們是一律由「陰陽二元」相對待所形成的，非屬於「調和」（陰柔），即屬於「對比」（陽剛），可徹下徹上，是為「二」，而以核心結構以外之結構為「多」、統合全文之主旨與所形成之整體風格、韻味、氣象、境界等為「一（0）」，以呈現其藝術性；所以也一樣適用而無所牴觸。這些都可從所舉散文或詩詞的諸多例子中，獲得充分之證明。而由此「異」中求「同」，特用「多、二、一（0）」的結構加以貫串，嘗試著將哲學、美學、文學等冶為一爐，以見「天下一致而百慮，殊塗而同歸」（《周易·繫辭下》）的道理；尤其是特地從多樣的「二元對待」中提煉出「剛柔（陰陽、仁義）」[80]來統合，在「多樣」與「統一」之間，搭起一座「二」（二元對待—剛柔、陰陽、仁義）以徹下徹上的橋樑，來發揮居間收、散之樞紐作用，開拓了一些「有理可說」的空間，這不但對辭章章法的藝術性可作統合性之梳理，就是對文學、美學與哲學的「求同」研究而言，也是會有「一以貫之」之效果的。

80　《周易·說卦傳》：「昔者聖人之作易也，將以順性命之理，立天之道曰陰與陽，立地之道曰剛與柔，立人之道曰仁與義。兼三才而兩之，故易六畫而成卦，分陰分陽，迭用剛柔，故易六位而成章。」見李鼎祚：《周易集解》（臺北市：世界書局，1963 年 5 月初版），頁 404-405。